Carsten Sebastian Henn
Gran Reserva

PIPER

Zu diesem Buch

Modefotograf Max aus Köln braucht Luftveränderung und noch wichtiger: eine Lebensveränderung. Also reist er Hals über Kopf nach La Rioja, wo die Weine herkommen, die er so liebt. Er will die Faszination dieser wilden Tropfen auf Bilder bannen, es sollen Fotos werden, bei deren Betrachtung man den Wein förmlich auf der Zunge spüren kann. Seine erste Station ist das berühmte Weingut Faustino. Die charmante Cristina zeigt ihm den imposanten Betrieb – und sofort ist Max von ihr angetan, von ihrer direkten Art, ihrer natürlichen Schönheit. Die Führung geht auch in den Weinkeller, wo jeder ein Fach zum Einlagern seiner besten Faustino-Weine mieten kann. Doch in einem der Fächer liegt keine Flasche, sondern eine Leiche. Max will sofort die Polizei informieren, Cristina aber reißt ihm das Telefon aus der Hand. Ein Besuch des spanischen Königs steht bevor, da kann sie einen solchen Skandal nicht gebrauchen. Max lässt sich darauf ein, ihr bei der Beseitigung des Toten zu helfen. Doch dann taucht eine zweite Leiche auf …

Carsten Sebastian Henn, geboren 1973 in Köln, arbeitet als Schriftsteller, Weinjournalist und Restaurantkritiker. Er ist Chefredakteur des Gault & Millau WeinGuides sowie Redaktionsleiter Deutschland des Weinmagazins Vinum. In St. Aldegund an der Mosel besitzt er einen Steilstweinberg mit alten Rieslingreben, den er selbst bewirtschaftet. Wenn er einmal nicht seiner Leidenschaft fürs Kochen nachgeht, ist er auf der Suche nach neuen Gaumenfreuden.

Carsten Sebastian Henn

Gran Reserva

Ein Wein-Krimi

PIPER

Mehr über unsere Autoren und Bücher:
www.piper.de

Von Carsten Sebastian Henn liegen im Piper Verlag vor:
Professor-Bietigheim-Krimis:
Band 1: Die letzte Reifung
Band 2: Der letzte Aufguss
Band 3: Die letzte Praline
Band 4: Der letzte Whisky
Band 5: Der letzte Champagner
Band 6: Der letzte Caffè

Niccolò & Giacomo-Krimis:
Band 1: Tod & Trüffel
Band 2: Blut & Barolo

weitere Bücher:
Birne sucht Helene
Gran Reserva. Ein Wein-Krimi
Das Apfelblütenfest
Eine Prise Sterne
Der Buchspazierer

FSC www.fsc.org
MIX
Papier aus verantwortungsvollen Quellen
FSC® C083411

Ungekürzte Taschenbuchausgabe
ISBN 978-3-492-30495-5
1. Auflage September 2014
3. Auflage Mai 2021

Umschlaggestaltung: Hauptmann & Kompanie Werbeagentur, Zürich
Umschlagabbildung: David Hauptmann
Satz: seitenweise, Tübingen
Gesetzt aus der Scala
Druck und Bindung: CPI books GmbH, Leck
Printed in the EU

Für alle Löwinnen – besonders die nicht ganz so harmlosen

»Wer genießen kann, trinkt keinen Wein mehr, sondern kostet Geheimnisse.«
Salvador Dalí

Prolog

Der Spiegel war vollends beschlagen. Max wollte ihn mit dem Handtuch frei wischen, beschloss dann stattdessen, mit dem Finger einen Stier hineinzuzeichnen. Wie sie als Werbetafeln für einen Brandy hundertfach in Spanien standen.

Das Ergebnis seiner spontanen Kunstaktion hätte allerdings auch ein dickes Pferd sein können. Aber Max war zufrieden.

Er besah sich durch den Bauch des Stieres seine Bartstoppeln und entschied, sie stehen und wachsen zu lassen. Für immer. Oder wenigstens bis er über seinen Bart stolperte. Er war es leid, sich jeden Morgen zu rasieren, und es war ihm verdammt egal, ob irgendeiner das hip fand oder nicht. Scheiß drauf, dachte Max, ich mach das jetzt einfach. Auch wenn er dadurch etwas weniger wie Filmschönling Matthias Schweighöfer aussah. Das würde diesen vermutlich freuen ...

Das Handtuch um die Hüfte, trat er ins Wohnzimmer seines Apartments im Kranhaus Nord, dem neuesten architektonischen Aushängeschild Kölns im Rheinauhafen. Nachts sah es aus wie eine beleuchtete Nähmaschine und tagsüber wie eine unbeleuchtete.

So etwas hatte es in Köln vorher nicht gegeben. Und in einer Stadt, in der Archive einstürzten, Kirchen sich schief stellten und der Bau neuer U-Bahn-Linien länger als der

des Doms dauerte, stellte das durchaus einen Anlass für Lokalstolz dar. Die Wohnungen waren sündhaft teuer, und zu Max' Nachbarn zählten Fußballprofis, Fernsehschauspieler und Vorstandsvorsitzende.
Man grüßte sich höflich mit einem kurzen, aber bestimmten Kopfnicken.

Das müde Licht der Morgensonne drang durch die breite Fensterfront und tauchte alles in ein träges Ockergelb. Auf dem zwei Meter breiten Bett, das er gegenüber seinen Freunden gerne als Spielwiese bezeichnete, lagen Berge von Klamotten. Unmengen. Für alle Wetterlagen, für alle Anlässe. Selbst wenn die Welt unterginge, wäre er passend gekleidet.

Zu verdanken hatte er das seiner Mutter, die ihm das Einkalkulieren aller nur denkbaren Wetterphänomene stets eingetrichtert hatte. Seine Mutter, die nichts dem Zufall überließ, die vor jeder Reise, und war es nur ein verlängertes Wochenende im Schwarzwald, sicherheitshalber einen Abschiedsbrief verfasste und auf der Dielen-Kommode deponierte – man wusste schließlich nie, wo der Tod einen überraschte. Max setzte sich auf die Bettkante und fuhr mit der Hand über den Stoff seiner Kleidung, deren Exklusivität man in den Fingerspitzen spüren konnte. Nur das Beste, nur das Neueste. Die Designer liebten es, wenn der Modefotograf ihre Kleidung trug. Das schmeichelte ihrem Ego, und je mehr diesem geschmeichelt wurde, desto mehr Honorar konnte Max für das nächste Fotoshooting verlangen.

Er liebte die eng geschnittenen Maßanzüge von Hedi Slimane. Nur um in sie hineinzupassen, hatte Karl Lagerfeld Unmengen an Kilos verloren. Max hatte zum Glück von Natur aus die entsprechende Figur. Er hatte auch das Gesicht dafür, in den Anfangstagen seiner Fotografenkarriere hatte er selbst gemodelt. Doch sobald er als Fotograf genug verdiente, hatte er damit aufgehört. Es war ihm unangenehm, im Rampenlicht zu stehen. Er wollte lieber selbst betrachten als betrachtet zu werden.

Drei luxuriöse Koffer lagen bereits aufgeklappt neben dem Bett, doch Max ging zum Schrank und holte aus der hintersten Ecke seinen alten Seesack aus Jugendtagen hervor, knüllte ein paar widerstandsfähige Kleidungsstücke hinein und schnürte ihn zu.

Leichtes Gepäck. Keinen Ballast mehr. Ein Neuanfang.

Alles, was auf dem Bett lag, war der alte Max, der gegen die Wand gelaufen war, immer wieder, bis der Kopf zu bluten begann. Doch erst, als ihm das Rot in die Augen lief, hatte er damit aufgehört.

Es war Zeit, in eine andere Richtung zu gehen. Eine ohne Wände.

Auf der Anrichte neben den Whiskys stand ein Foto von Esther. Er legte es mit dem Gesicht nach unten auf das Kirschholz, warf sich seinen Seesack über die Schulter und warf die Wohnungstür hinter sich zu.

Der Kölner Dom schien sich neben dem flachen Gebäude das Hauptbahnhofs bis ins himmlische Jerusalem zu erheben. Seine dunklen Türme waren gleichermaßen mächtig wie filigran, ein Bau, der Gottes andersweltliche Pracht wie ein Stein gewordenes Gebet verdeutlichte. Max liebte den Dom, an dem, seit er denken konnte, gearbeitet wurde.

Für alle Ewigkeiten würde er ausgebessert werden müssen. Die Kölner glaubten ohnehin, dass an dem Tag, an dem der Dom tatsächlich fertig gestellt und nichts mehr auszubessern wäre, die Apokalypse käme. So war Max froh über jeden Tag, an dem er die sichtbaren Spuren der Domarbeiten wahrnahm. Alle paar Jahre wanderte das riesige Gerüst, das am Südturm hing wie ein metallener Vogelkasten, an eine andere Stelle. Viele verwünschten diesen Makel, doch für Max war er das Zeichen fürsorglicher Pflege. Er hatte ihn oft fotografiert – obwohl niemand ihm diese Fotos je abgekauft hatte.

Touristen strömten von der Domplatte ins Kirchenschiff wie ein riesiger Schwarm Fische – und genauso schnell wieder hinaus. Max glaubte nicht wirklich an Gott, und wenn es doch einen gab, glaubte dieser nicht an ihn. Sonst sähe sein Leben anders aus. Aber Max glaubte an Kerzen, und vor jeder Reise entzündete er eine Flamme. Meist schloss er nach dem Auflodern des Dochtes kurz die Augen, senkte den Kopf und bat um eine sichere Rückkehr.

Diesmal bat er nur um eine sichere Ankunft.

Dann tat er etwas, was er noch nie zuvor getan hatte. Max warf noch mehr Geld in den metallenen Kasten unter dem Kerzenständer und griff sich ein zusätzliches Teelicht. Er wusste nicht, warum oder für wen er es anzündete, er sprach auch kein Gebet. In Sekundenbruchteilen fing die Kerze das Feuer der ersten und brannte sofort hell und hoch.

Als er den Dom verließ, berührte er zum Abschied mit der Hand das gewaltige Portal und verabschiedete sich, denn er hatte das Gefühl, niemals in seine Heimatstadt zurückzukehren. Aber Max wusste: Man konnte Köln verlassen, doch Köln verließ einen nie. Er wollte es auf einen Versuch ankommen lassen.

Dann griff er in die Sakkotasche, fischte sein Handy heraus und versenkte es im nächsten Mülleimer.

Es war Sonntag, der 17. September um 9 Uhr 26, als Max Rehme im Hauptbahnhof in den Zug nach Düsseldorf stieg, um von dort nach Bilbao zu fliegen, sich einen Wagen zu mieten und nach La Rioja zu reisen, ins Herz des spanischen Weinbaus.

Mit der Absicht, dort Wurzeln zu schlagen.

Metertief wie ein alter Rebstock.

Kapitel I

1973 – Ein gutes Jahr, das eine ganze Anzahl charaktervoller Weine hervorbrachte. Zehn Prozent der Weine wurden Gran Reservas und trinken sich heute noch sehr angenehm.

Max hatte von Menschen gehört, die im Flieger das Gespräch mit ihren Sitznachbarn suchen. Er gehörte nicht dazu und hatte auch noch nie einen solchen kennengelernt. Zum Glück. Vielleicht weil man ihm ansah, dass er in Ruhe gelassen werden wollte. Er setzte sich nie an den Gang, immer ans Fenster, die Faszination der bergigen Wolkenlandschaft hatte für ihn nie nachgelassen. Im Regen zu starten und über der Wolkendecke die Sonne an einem kristallblauen Himmel zu sehen, erschien ihm immer wieder wie ein Wunder. Und so war es auch heute. Der Mann neben ihm las den »Spiegel«, welcher mit dem spanischen König aufmachte, der in Russland gerade irgendein Wildtier erlegt hatte – einen Elch, einen Wolf oder einen Bär. Allerhand Tierschützer gingen dagegen auf die Barrikaden. Kein Wunder, war der König doch Ehrenpräsident des WWF. Das war, als würde man den Vorsitzenden von Amnesty International bei Fesselspielchen mit einer unfreiwilligen Sklavin erwischen. Die Dame am Gang, sicher sechzig, in einem schwarzen Dior-Kleid, die Haut glatt wie ein Kinderpopo, den Hals mittels eines Schals verdeckt, las die »Vogue«. Auf dem Titelbild Catherine Deneuve und ihre Tochter Chiara Mastroianni. Es war ein nettes Shooting gewesen, die zeitlose Schönheit, Eleganz und Würde, und der unwiderstehliche und scheinbar ebenso zeitlose Sex-Appeal Catherines, gegenüber der Energie und dem aufreizenden Witz ihrer Tochter. Sie hatten viel gelacht, Max hatte alles wie ein ungezwungenes Spiel erscheinen lassen, dabei war von vornherein klar, dass ein Coverbild herauskommen musste. Schließlich hatte er sie in ihren Lieblingskleidern in der Küche von Catherines Pariser Wohnung abgelichtet, Mehl in der Luft, vor den beiden ein dampfender Kuchen, Lachen.

Im Innenteil waren noch weitere Fotos von Max abgedruckt.

Sie zeigten Esther.

Er hatte es geschafft, sie hineinzubringen.

Weil sie schöner war als Catherine und ihre Tochter zusammen.

Und nun stand sie vermutlich in seiner leeren Wohnung und suchte nach ihm.

»Über den Wolken muss die Freiheit wohl grenzenlos sein«, hieß es in Reinhard Meys Klassiker. »Alle Ängste, alle Sorgen, sagt man, blieben darunter verborgen, und dann wird, was einem groß und wichtig erscheint, plötzlich nichtig und klein.« Max hörte Reinhard Mey nicht. Doch wenn er flog, liefen diese Zeilen in seinem Kopf in Dauerschleife und ließen ihn sich fragen, welche Sorgen er gerne für immer verborgen sehen würde.

Diesmal war die Antwort leicht.

Die Wolkendecke sollte sich über sein ganzes Leben legen.

Und in Spanien, da wäre der Himmel ein anderer.

Bereits zum zweiten Mal fragte die Stewardess ihn, was er trinken wolle. Er kämpfte gegen den Drang, »Tomatensaft« zu antworten. Auf dem Boden trank er dieses Zeug niemals, warum hatte er also im Himmel plötzlich Lust darauf? Und warum ging es anderen genauso? Er schmeckte hier oben doch genauso wenig wie unten, und er schützte auch nicht vor Flugkrankheit. Tomaten waren dazu da, im Salat zu landen, in einer Soße oder auf einer Pizza. Aber doch nicht gepresst wie Äpfel oder Orangen. Wie hatte die Tomatensaftindustrie das nur geschafft? Vermutlich verkaufte sie neunundneunzig Prozent ihrer Produktion an Fluggesellschaften.

»Was darf ich Ihnen bringen?« Zum dritten Mal.

»Tomatensaft.«

Der Flughafen Bilbao lag versteckt zwischen grünen Hügeln, ein ganzes Stück von der Küste, der Ría de Bilbao entfernt. Das vom berühmten spanischen Architekten Santiago Calatrava entworfene Gebäude wirkte wie die Enklave eines verschollenen Elben-Volkes, seine eleganten Formen wie ein auf den Boden gesunkenes Segel, das kein Wind mehr aufblähte.

Max entschied sich für einen schwarzen Jeep als Mietwagen, obwohl er nicht vorhatte, querfeldein zu fahren, und diese Spritfresser aus ökologischem Blickwinkel rigoros ablehnte. Aber er wollte ein Nutzfahrzeug ohne Schnickschnack – und musste feststellen, dass Jeeps heute auch nicht mehr das sind, was sie mal waren. Sogar seinen MP3-Player konnte er anschließen, und so sang Mike Scott von den Waterboys »Sweet Dancer«, während die Landschaft immer karger, rauer und unbesiedelter wurde. Nicht zum ersten Mal fühlte er sich wie in einem Western, und Winnetou grüßend auf einer Hügelkette zu erspähen, hätte ihn in diesem Moment weniger verwundert als das McDonald's-Werbeschild an der Autobahnausfahrt. Manchem mochte dieser Teil Spaniens schroff und unwirtlich erscheinen, doch Max faszinierte diese karge Schönheit. Er genoss den weiten Blick in die trockenen Täler und das dumpfe Röhren des Motors.

Irgendwann hielt er an einem Rastplatz, rauchte eine Zigarette, aß ein paar Tapas – frisch geschnittenen Schinken, eine Tortilla, ein paar Oliven –, trank dazu einen kühlen Weißen aus Rueda und begann darüber nachzudenken, wohin er eigentlich wollte. La Rioja, klar, aber auch da schlief man nicht einfach auf der Straße. Kleine Höhlen gäbe es hier in der Gegend zur Genüge, aber er war nicht zum Eremiten geschaffen, und bei aller Liebe zur Einfachheit waren warmes Wasser, elektrischer Strom und ein gefüllter Kühlschrank für Max doch unentbehrlich. Ein Hotel? Er blickte ans andere Ende der langen Theke, wo der Wirt mit einem weißbärtigen Lkw-Fahrer redete, während aus dem in der Ecke hängenden Fernseher ein Musikkanal ohrenbetäubend laut dudelte. Die beiden Männer schafften es mit ihrem Lachen, diesen noch zu übertönen.

Mit einem Mal wusste Max, wohin er fahren würde. Zu Juan Gil de Zámora. Eine völlig verrückte Idee, wahrscheinlich wohnte Juan schon lange nicht mehr in dem kleinen Örtchen Entrena, zwischen schier endlosen Weinbergen mit knorrigen Rebstöcken, dahinter die prachtvollen Ausläufer der Sierra de la Demanda.

Wo genau er Juan dort finden sollte, wusste Max nicht, doch die Beschreibung des Hauses hatte er nicht vergessen: Die Wände mit einer Farbe wie Ochsenblut gestrichen, ein Garten, in dem alles wuchern durfte, wie es wollte, und jede Katze, die den Weg dorthin fand und blieb, wurde ein Leben lang gefüttert. Max würde es einfach versuchen.

Er hatte ja Zeit. Alle Zeit der Welt. Nachdem die Welt ihm zuvor kaum eine freie Minute gegönnt hatte.

Ab jetzt würde das anders sein. Die Welt mochte sich nicht ändern, aber er schon.

Max hatte sich mit Juan immer gut verstanden, es hatte sich fast wie Blutsbrüderschaft angefühlt, und doch war der Kontakt schon vor über einem Jahrzehnt abgebrochen. Warum? Wer wusste das schon. Die Entfernung war nur ein schwacher Grund, im Zeitalter von Internet und Billigflügen war Distanz eine Illusion, und ein Flug von Köln nach Logroño, in die kleine Hauptstadt La Riojas, dauerte wenig länger als eine Fahrt nach Hannover.

Wenn er so darüber nachdachte, fragte er sich, warum er Hannover so oft La Rioja vorgezogen hatte.

Am dort angebauten Wein konnte es schon mal nicht liegen.

Juans Häuschen war leichter zu finden als gedacht. In der kargen Landschaft wucherte direkt an der Straße Richtung Navarrete ein Garten wie eine Oase, wie ein kleines Paradies. Ein alter Zaun umgab ihn, doch rankende Pflanzen hatten diesen längst zu einem Teil des Gartens werden lassen, sie hatten die von ihm gesetzte Grenze einfach nicht akzeptiert. Und doch war es trotz all des Grüns, all des Sprießens und Blühens keine entfesselte, sich selbst überlassene Natur. Es war Menschenwerk. Juan musste sicherlich viel Wasser verteilen, um den fehlenden Regen zu ersetzen.

Das eingeschossige, ochsenblutrote Haus lag genau in der Mitte des Gartens, das Dach von Efeu überwuchert. In die Wände waren nachträglich Fenster eingesetzt worden, doch das fachgerechte Verputzen hatte man sich gespart. Es gab eckige Fenster, runde und auch völlig unförmige, zusammengesetzt aus farbigen Glasscherben und Flaschenböden. Juan schien dem Licht jede nur erdenkliche Möglichkeit zu geben, hereinzukommen. Von Mauerwerk oder gar tragenden Wänden ließ er sich dabei nicht aufhalten.

Max parkte den Jeep vor dem Haus neben zwei anderen Wagen, einem alten VW Bulli und einem kanariengelben Seat Ibiza. Keine Katze zu sehen. Wenn er eine Katze wäre, dachte Max, würde er auch nicht vor dem Haus schlummern, sondern sich irgendwo im dichten Grün ein schattiges Plätzchen suchen. Idealerweise nur eine Pfotenlänge von einem Mauseloch entfernt.

Die Tür stand weit offen, eine Klingel gab es nicht, auch keinen Türklopfer. Dieses Gottvertrauen bewunderte Max. Wer in Köln seine Tür unverschlossen ließ, musste seines Besitzes arg überdrüssig sein.

Im Flur lagen die ersten Katzen. Die ersten ... vierzehn. Sie blickten nicht einmal auf, als Max sich zwischen ihnen vorsichtig einen Weg suchte. Die meisten Katzen waren recht dünn, an einigen Ohren konnte man Kampfspuren erkennen, an dem einen oder anderen Katzenkörper fehlte irgendwo ein Stückchen Fell. Sie lebten anscheinend wie echte Raubkatzen.

»Hola? Jemand zu Hause? Juan?« Sein Spanisch hörte sich noch etwas rostig an, doch mit jedem Wort erinnerte sich seine Zunge mehr an die Feinheiten, oder besser: Grobheiten der Sprache. Und seine Stimme gewann an Volumen, wurde lauter, so wie es hier üblich war.

Musik war zu hören. Ein beständiges, tiefes Wummern. Max folgte den Tönen, es gesellten sich mehr dazu, elektronische, aber keine Stimmen, der Sound war technisch und kühl, voller pulsierender Energie. Er führte Max wieder hinaus aus dem Haus, in den dahinter liegenden Gartenteil.

Dort fand er seinen Studienfreund. Malend, an einer sicher drei Quadratmeter großen Leinwand, die er gegen zwei eng stehende, knorrige Olivenbäume gelehnt hatte und auf der er entschlossen rosa Farbe verteilte.

Juan war nicht allein, sein Motiv saß wenige Schritte entfernt in der Sonne: ein nacktes Pärchen auf einer gusseisernen Gartenbank. Die Farbe war abgeblättert, Dellen und Kratzer verliehen ihr eine romantische, ungeschminkte Schönheit, die auch das ältere Paar ausstrahlte.

Beide waren schon weit im Rentenalter, er hatte eine polierte Glatze und einen ebenso runden, allerdings umso stärker behaarten Schmerbauch, sie war hager, fast dürr, ihre weißen Haare fielen wallend über ihre Schultern.

Sie winkten Max freundlich zu.

Er ging näher zu Juan, leise, um ihn nicht in seiner Konzentration zu stören. Es gelang ihm, die Schönheit der beiden so herauszuarbeiten, dass sie die Makel des Alters überstrahlte. Die ineinander verschlungenen Hände waren überlebensgroß dargestellt. Die Frau lehnte ihren Kopf an die Schulter des Mannes, in die Kuhle neben dem Halsansatz, die wie für sie geschaffen schien. Es war Liebe zwischen ihnen, um sie, hüllte sie ein, eine über Jahrzehnte gewachsene, die sich fast schon mit dem bloßen Auge erkennen ließ. Vor allem für einen Maler wie Juan. Ihre Liebe war eine Überlebende. Ein seltenes Exemplar. Sie war es wert, gemalt zu werden.

Max spürte, wie er zu seiner Notfall-Kamera griff, die er immer in der Jackentasche mit sich trug. Eine kleine kompakte mit Zeiss-Objektiv, immer schussbereit, damit ihm kein Motiv entging. Max musste einfach fotografieren, es war manchmal wie ein Zwang. So wie andere immer noch einmal prüften, ob ihr Wagen auch wirklich verschlossen war, obwohl sie gerade erst den entsprechenden Knopf auf der Fernbedienung gedrückt hatten. Seine drei Spiegelreflex lagen mit ihren Objektiven samtbehütet in einem speziellen Koffer hinten im Jeep.

Doch er drückte nicht ab.

Dies war Juans Motiv, es wäre wie Diebstahl gewesen.

Er steckte die Kamera wieder ein, und schrammte dabei mit dem Metall kurz am Reisverschluss seiner Jacke entlang.

Juan drehte sich um, ließ den Pinsel und die Malerpalette auf den Boden fallen, lief zu Max hinüber und schloss ihn in die Arme. Fest klopfte er ihm auf den Rücken. Max spürte Juans raue Bartstoppeln an der Wange, roch Zigaretten und Wein der Tempranillo-Traube. Das hatte sich also nicht geändert. Wie gut.

»Ich hab dich erwartet, Max.« Juan ließ ihn nur los, um den Arm um seine Schultern legen zu können.

Max musste grinsen. »Wir haben uns seit, warte, lass mich zählen, zehn, nein, sogar zwölf Jahren, nicht mehr gesehen. Und du willst mir erzählen, du hättest mich *erwartet?*«

»Ich wusste einfach, dass du irgendwann kommst, dass unsere Geschichte noch nicht zu Ende ist. Das, Mamá und Papá, ist Max, mein bester Freund von der Kunstakademie in Düsseldorf. Ich hab euch doch so viel von ihm erzählt, er schießt diese tollen Fotos.«

Sie kamen rüber und schüttelten Max die Hände. Gott sei Dank sahen sie davon ab, ihn zu umarmen. Juans Mutter tätschelte ihm liebevoll die Wangen. Max versuchte krampfhaft, seinen Blick auf ihre Augen zu fixieren. Er wollte schließlich nicht den falschen Eindruck erwecken. Aber welcher Eindruck war hier eigentlich der falsche?

»Wir malen in zwei Stunden weiter, ja? Gleich nach der Siesta! Jetzt muss ich mich um Max kümmern.«

Die beiden Alten nickten verständnisvoll und zogen sich ihre Kleidung wieder an, die ordentlich über den Ast einer alten Eiche gehängt worden war.

Max lehnte sich näher zu Juan und sprach leise.

»Macht es ihnen nichts aus, dass ich sie…?« Obwohl Max beruflich häufig nackte Menschen vor der Kamera hatte, war ihm eine solche Begegnung im Privaten doch ein wenig unangenehm.

Juan winkte ab. »Sind sie gewöhnt, das hier ist ein offenes Haus. Und sie sind Anhänger der Freikörperkultur. Wenn sie könnten, würden sie sich nie wieder anziehen. Nicht wahr, ihr zwei?«

Sie lachten. »Im Winter«, sagte Juans Vater mit rauer Stimme, »ist Kleidung manchmal schon ganz nützlich. Oder wenn man anstreicht. Aber sonst? Pah! – Haben wir die Schuhe drinnen stehen lassen, Querida?«

»Aber sicher, Querido.« Seine Frau nickte mit einem nachsichtigen Lächeln, und sie gingen hinein.

»Eigentlich wollten die beiden heute eine Führung bei Faustino mitmachen«, erklärte Juan. »Aber ich muss dringend die Bilder für meine große Ausstellung in Bilbao fertigstellen. Nächsten Monat im Guggenheim! Ist das zu fassen, Max? Ich im Guggenheim! Du bist natürlich mit dabei. Keine Widerworte. Und du wohnst natürlich hier, solange du in Rioja bist, ich hab ein großes Gästezimmer, stört dich ja sicher nicht, dass da ein paar Bilder drin stehen.«

Hatte Juan gerade Faustino gesagt? Von dieser Bodega stammte der erste Rioja, den Max je getrunken hatte. Im Supermarktregal hatte er danach gegriffen, weil er sich mal etwas gönnen wollte. Er war ungemein animalisch, fast fleischig und ungezähmt gewesen. Nie zuvor hatte er so etwas verkostet. Mit einem Wein von Faustino hatte seine Liebe zu Rioja-Wein begonnen. Und von da an hatte er sich mehr und mehr mit Wein, den verschiedenen Rebsorten und Weingütern beschäftigt und sich ein stattliches Wissen angeeignet. Was für ein Zufall, dass sich schon an seinem ersten Tag hier die Chance bot, seine Liebe zu dieser wunderbaren Weingegend dort zu zelebrieren, wo sie ihren Anfang nahm. Er würde Fotos schießen können, bei deren Betrachtung man den Wein förmlich auf der Zunge spüren kann.

»Sag mal, könnte ich vielleicht auf diese Führung gehen? Das wär der Wahnsinn.«

Juan hob den Zeigefinger. »Die Führung von meinen Eltern wäre schon heute Morgen gewesen, aber warte eine Sekunde, vielleicht gibt es ja noch eine.« Schon war er verschwunden.

Erst jetzt, da Max nicht mehr von den beiden Nackten abgelenkt war, entdeckte er, dass in fast jedem Baum eine Katze lag. Es war wie in einem Wimmelbild. Nur wenn man genau hinsah, erkannte man die vierbeinigen Bewohner. Ein großer, sandfarbener Kater mit weißem Kinn und ausgesprochen wuscheligem Fell und buschigem Schwanz fixierte ihn interessiert von einer Astgabel aus. Er ließ ihn keine Sekunde aus den Augen, beobachtete jede Bewegung des Neuankömmlings aus Deutschland.

Juans Eltern traten aus dem Haus – sie hatten ihre Schuhe offensichtlich gefunden – und verabschiedeten sich von Max. Sie umarmten und küssten ihn und luden ihn zu sich zum Essen ein. Juan riefen, nein, brüllten sie ihren Abschiedsgruß zu.

Dieser brüllte zurück.

Spanien, alles ein paar Dezibel lauter. Und einige Stufen herzlicher. Max mochte das sehr.

Juans Stimme war aus dem Haus zu hören, er redete aufgebracht, aber Max konnte nicht genau verstehen, um was es ging. Dann kehrte Stille ein, und Juan kam lachend und mit weit ausgebreiteten Armen zurück. »Ich hab gerade mit der Bodega gesprochen. Sie sagen, du kannst kommen. Die Führung ist allerdings nur auf Spanisch – aber ich hab schon gemerkt, dass du fleißig geübt hast. Sogar einen kastillianischen Akzent hast du, Respekt!«

Kein bisschen hatte Max geübt, aber für die Arbeit mit spanischsprachigen Models war es sehr hilfreich. Deshalb sprach er mittlerweile auch ganz gut Portugiesisch und ein paar Brocken Russisch.

»Wann startet die Führung denn?«

Juan zuckte mit den Schultern. »Ich glaube, in einer halben Stunde. Aber genau kann ich es dir nicht sagen.« Er hob sein blankes Handgelenk. »Ich hab noch immer keine Uhr. Wenn du gleich losfährst, müsstest du es aber schaffen. Bring eine Flasche Gran Reserva mit, damit stoßen wir dann heute Abend auf unser Wiedersehen an. Und für den Rest der Nacht stelle ich den Wein zur Verfügung. Mensch, Max, ich freu mich so! Dass du es endlich geschafft hast!«

Ja, dachte Max, ich habe es endlich geschafft.

Die Bodegas Faustino befanden sich nördlich von Logroño, an der Carretera De Logroño im kleinen Ort Oyón. Die Straße war gesäumt von Nutzbauten, bei denen nicht einmal versucht wurde, irgendetwas zu verschönern. Die Bodegas Faustino reihten sich nahtlos ein. Hier wurde Wein gearbeitet. Wer das Etikett des Gran Reserva kannte, das aus jedem Quadratmillimeter Tradition ausstrahlte wie Penélope Cruz' Sex-Appeal, der erwartete eine einfache Hütte, in der singende Großmütter Trauben stampften und jede Flasche per Hand aus uralten Holzfässern befüllten.

Keine einzige Großmutter zu sehen.

Weit und breit nicht.

Auch keine Hütten. Keine Penélope Cruz. Nicht einmal eine Montserrat Caballé. Wobei Max auf die am ehesten verzichten konnte.

Man fuhr durch ein Tor aus grauen Steinen mit drei Spitzen, auf dem in der Mitte das weltberühmte Porträt prangte, das den besten Wein des Hauses, den wohl bekanntesten Rioja-Wein der Welt, den Gran Reserva »Faustino I«, zierte. Ein Meisterwerk von Rembrandt. Wie Max wusste, zeigte es kein Mitglied der Familie Martinez, welcher die Bodegas gehörten, sondern den holländischen Handelsmann Nicolaes van Bambeeck, und stand für die Liebe der Familie zu Kunst und Handel. So hatte es ein Holländer geschafft, für viele Menschen auf dem Globus zu einem der bekanntesten Spanier zu werden.

Ein Weingut mit Geheimnissen.

Hinter dem Tor erhob sich ein zweigeschossiges Haus, dessen deutlich sichtbare Holzbalken fast wie Fachwerk aussahen. Links davon befand sich ein dreigeschossiges Gebäude, auf dem in riesigen Buchstaben »Faustino V« angebracht war, sowie eine lange Lagerhalle.

Max sollte am Haupteingang abgeholt werden, aber außer ihm stand niemand auf dem großen Parkplatz. Die Sonne schien dies bemerkt zu haben und ihre sämtlichen Strahlen auf Max zu richten. Schatten suchend, stellte er sich vor den schmucklosen Eingang.

»Hola, ich bin Cristina.« Max drehte sich um.

Eine ganz unbedeutende, harmlose Bewegung, wie er sie tausendfach zuvor gemacht hatte. Und doch war diese eine in der spanischen Hitze von ganz anderer Bedeutung.

Cristina lächelte ihn an und blinzelte in die Sonne. »Du musst Max sein. Sollen wir gleich loslegen? Die Gruppe hat leider abgesagt, wir sind nur zu zweit.«

Sie trug ihre Haare im Pferdeschwanz, vorne zu einem Pony geschnitten – und hatte dunkelbraune Augen, wie Max sie noch nie fotografiert hatte. Sie waren so wunderschön, so tief, und so viel lag in ihnen, Wärme, Lebensfreude und eine große Portion Vorwitz.

Er war ihr auf Anhieb verfallen.

Obwohl oder vielleicht gerade weil sie kein Supermodel war. Sie war ... echt.

So wie manche Taxifahrer das Gewicht ihrer Fahrgäste auf das Kilogramm genau schätzen konnten, wenn diese Platz nahmen und die Stoßdämpfer nachgaben, so erkannte Max auf Anhieb Größe und Maße einer Frau. Cristina war einen Meter zweiundsechzig klein, schlank, mit einer sportlichen Figur, aber nicht hager, sondern mit weiblichen Formen. Eigentlich war sie so gar nicht sein Typ. Der war eher androgyn, mit langen Beinen und messerscharfen Wangenknochen. Doch mit einem Mal, mit einem Blick, hatte er keinen Typ mehr.

Obwohl sie völlig anders aussah, erinnerte Cristina ihn an die Frau, die vielleicht seine große Liebe war. Mit dieser Frau, die ihren Namen tief und mit größter Sanftheit in sein Herz geritzt hatte, war er nur wenige Wochen zusammen gewesen – doch für das Herz zählte nur Qualität, nicht Quantität. Beziehungen, die viele Jahre gedauert hatten, wie die mit Esther, verblassten neben dieser, die ihm im Nachhinein wie eine Sternschnuppe vorkam. Völlig unerwartet war sie aufgetaucht, wunderschön und hell, doch viel zu schnell verglüht.

Da war es wieder, dieses Gefühl, das er damals gehabt hatte, dieses Unbeschreibliche, das man Liebe auf den ersten Blick nennt. Diese unglaubliche Verbundenheit, und gleichzeitig diese Sehnsucht, endlich dort anzukommen, wo die Welt einen nicht mehr schwindlig dreht. An der Seite des Menschen, zu dem man gehört.

Schrecklich romantisch.

Seit Jahren nicht mehr Max' Art.

Vielleicht bildete er sich das alles auch nur ein.

Oder es waren die Nachwirkungen des Tomatensaftes.

»Dann lassen Sie uns einfach beginnen, ja?« Sie breitete die Arme aus. »Willkommen in La Rioja, einem uralten Weinland. Als die Römer zu uns vordrangen – das war im ersten Jahrhundert nach Christus –, lebte hier ein Volk, das sie Celtiberi nannten – iberische Kelten. Diese zertraten Trauben in Steintrögen und ließen den Saft in Amphoren oder Zisternen laufen. Die Römer, dem Wein seit jeher zugetan, zeigten den Celtiberi, wie es noch besser ging. Springen wir nun ein wenig und noch ein bisschen mehr bis ins 16. Jahrhundert, als der Export spanischer Weine begann, nach Frankreich, Italien und Flandern. Schon 1560 schlossen sich die Winzer zu einem Verband zusammen, der ein einheitliches Brandzeichen für seine Fässer verwendete, um so die Herkunft der Weine zu garantieren.

Der Wein wurde damals noch fast genauso zubereitet wie zu Zeiten der Römer und in Lederbeuteln transportiert. Erst später inspirierte der Bordeaux die spanischen Winzer dazu, Holzfässer nicht nur zum Transport, sondern zum Ausbau der Weine im Keller zu verwenden. Es entstand ein völlig neuer Weinstil, den wir heute klassisch nennen und dem wir uns noch immer verpflichtet fühlen. Willkommen bei Bodegas Faustino!«

Max fotografierte. Allerdings nicht die Bodega, sondern nur Cristina. Er suchte nicht die schönste, sondern die wahrhaftigste Perspektive, die am meisten über sie verriet. Manchmal waren es nur ihre strahlenden Augen oder die Art, wie sie ihren Kopf leicht schräg hielt, wenn sie lächelte. Ein anderes Mal waren es die ausladenden Bewegungen ihrer Hände, wenn sie etwas erklärte. Kleinigkeiten verrieten so viel, wenn man nur darauf achtete. Am häufigsten aber suchte er die Persepektive, von der er ihr linkes Ohr am besten aufs Bild bekam, denn das hatte es ihm angetan. Drei wunderschöne Perlenohrringe trug Cristina darin, darüber befanden sich drei kleine Leberflecke genau nebeneinander, sodass es aussah, als besäße sie drei weitere Ohrlöcher. Eine Frau mit eingebauter optischer Täuschung! Unfassbar. Und ein schönes Ohr war es noch dazu. Perfekt gerundet, nicht zu groß, eher klein, geradezu niedlich. Wie hätte er nicht Foto um Foto davon schießen können?

»1926 wurde der Consejo Regulador gegründet – ein Ausschuss, der Vorschriften festlegte, wie Wein erzeugt werden muss, der das Zeichen D.O. tragen darf: Denominación de Origen. Dieses garantiert seine Herkunft. Rioja-Wein war seit jeher sehr gefragt, auch von den Pilgern auf dem Jakobsweg, die maßgeblich zum Reichtum der Region beitrugen. Der spanische Bürgerkrieg und der Zweite Weltkrieg warfen die Winzer jedoch weit zurück, und es dauerte bis in die Sechzigerjahre des 20. Jahrhunderts, bis der Wein wieder zu verdienter Blüte kam. 1991 wurde Rioja dann D.O.Ca: Denominación de Origen Calificada. Die strengste Ursprungsbezeichnung. Man kann guten Gewissens sagen, dass bis in die 1980er-Jahre nahezu alle großen spanischen Weine aus der Rioja kamen. Und einige davon werden Sie heute verkosten.«

Max fühlte sich fast genötigt zu klatschen, ließ es aber dann. Alleine klatschen war irgendwie komisch.

»Folgen Sie mir bitte.«

Max hatte gehofft, zuerst verkosten und sich dann beschwingt die Bodega anschauen zu können. Aber seine Führerin sah das anders. Es folgten Edelstahltanks und Barrique-Fässer, Weinpressen, Filter und Schläuche. Max hatte keine Augen dafür.

Schließlich bekam er endlich den berühmten Gran Reserva des Hauses zu Gesicht, den Faustino I. Leider nicht geöffnet.

Sie befanden sich im Flaschenkeller, umringt von etlichen Jahrgängen, die darauf warteten, in den Verkauf zu kommen. Insgesamt unfassbare neun Millionen Flaschen, wie Cristina betonte.

»Dieser Wein ist eine spanische Ikone. Erstmals im Jahr 1964 auf den Markt gebracht, ist er einer der großen, im traditionellen Stil erzeugten Gran Reservas. Der aktuelle Jahrgang wurde aus fünfundachtzig Prozent Tempranillo-, zehn Prozent Graciano- und fünf Prozent Mazuelo-Trauben erzeugt und reifte für achtundzwanzig Monate in Barrique-Fässern aus französischer und amerikanischer Eiche, anschließend noch mindestens drei Jahre in der Flasche. Diese besteht bei unserem Faustino I übrigens aus gefrostetem Glas, weil es ...«

»... so schön aussieht.«

Cristina schüttelte den Kopf. »Nein, das gefrostete Glas der Burgunderflasche verringert den schädigenden Lichteinfall und lässt den Wein besser reifen.«

»Schick ist es trotzdem.«

»Es geht nicht immer nur um Äußerlichkeiten.«

»Gott sei Dank.«

»Wissen Sie, was das Besondere einer Gran Reserva ist?«

Oh, Quiz. Max beschloss, sich dumm zu stellen, damit Cristina etwas zu erklären hatte. »Es ist der beste Wein eines Gutes?«

»Das auch, aber warum?«

Max schoss ein weiteres Foto von ihr. Sie schien leicht ungeduldig.

Er ließ sie etwas zappeln.

»Die besten Trauben?«

»Das auch. Aber das Geheimnis ist das Alter des Weines. Bei einer Crianza muss der Wein mindestens ein Jahr im Eichenholzfass und mindestens ein weiteres in der Flasche reifen. Bei einer Reserva mindestens ein Jahr im Eichenholzfass und mindestens zwei Jahre in der Flasche. Und bei einer Gran Reserva mindestens zwei im Eichenholzfass und mindestens drei in der Flasche. Es gibt auch Weine, die unter der Mindestdauer liegen und dann Semicrianza oder Roble genannt werden.

Gran Reserva sagt also eigentlich nichts über die Qualität eines Weines aus – doch je besser der Wein, desto länger kann er im Fass reifen. Deswegen werden auch nur die besten Weine einer Bodega als Gran Reservas ausgebaut. Und in schwachen Jahren gibt es gar keine Gran Reservas. So, das waren jetzt ganz viele Fakten. Nun etwas fürs Herz. Unsere Schatzkammer. Haben Sie Lust?«

Max schenkte ihr ein Lächeln, das als Antwort mehr als ausreichte.

Cristina trat in einen viereckigen Raum, in dessen weiße Wände gusseisern vergitterte Fächer eingelassen waren, alle rund einen Meter hoch und einen halben breit. Weinflaschen lagerten darin, Namensschilder verrieten, wem der Inhalt gehörte: Firmen, Privatpersonen, dem Königshaus. Einige Flaschen hatten bereits Staub angesetzt – was sie nur noch begehrenswerter erscheinen ließ. Große Riojas des Hauses Faustino reiften hier bei perfekter Temperatur und Luftfeuchtigkeit heran.

Max wusste, was von ihm erwartet wurde – und es kam von Herzen. »Ich bin wirklich beeindruckt. Könnte ich auch so ein Fach mieten?«

Cristina lächelte. Max schoss ein Foto davon.

»Jeder kann eines mieten – und muss nicht einmal etwas dafür bezahlen, sondern nur achtundvierzig Flaschen kaufen, die dann hier eingelagert werden. Ein Fach ist gerade erst geleert worden, wenn Sie sich jetzt entscheiden, ist es Ihres. Soll ich es Ihnen zeigen?«

Max nickte ohne Zögern. Die Vorstellung, eigene Flaschen hier unten zu besitzen, hatte etwas von einem geheimen Piratenschatz, ein Grund, immer wieder zurückzukehren.

Das fragliche Fach befand sich in der rechten Ecke, ganz unten, wenig Licht fiel dorthin, ideal für die Reifung des Weins. Die hintere Wand war nicht zu erkennen. Stattdessen ungleichmäßige Düsternis. Wie in einem Kleidersack.

Cristina trat näher heran, ging in die Knie, öffnete das Schloss und zog das Gitter zu sich. Plötzlich begann sie zu zittern.

Auch Max beugte sich hinunter. Eine Form hob sich von der Dunkelheit ab. Es war ein Kopf.

Und in diesem kein Leben mehr.

Cristina sank auf die Knie, presste sich die Hände auf den Mund, um ihr Schluchzen zu ersticken. Max kniete sich neben sie, und aus der Nähe erkannte nun auch er, dass in das Fach ein menschlicher Körper gepresst worden war.

Der Kopf war der eines hageren, alten Mannes, Haare und Vollbart grau, die Haut zerfurcht wie brüchiger Fels. Seine Augen waren noch geöffnet, blickten leer und gebrochen in Cristinas Richtung. Ein unausgesprochener Vorwurf lag darin. Über und über war sein Gesicht mit Blut bedeckt.

Max fühlte sich, als sei sämtlicher Sauerstoff aus seinen Lungen gepresst worden. Sein Herz stolperte und er wich automatisch vor dem Toten zurück. Cristina zitterte am ganzen Leib, ihre Schultern zuckten auf und ab, stockend sog sie die Luft ein.

Mit klammen Fingern wollte Max sein Handy aus der Jacke ziehen – doch das hatte er ja vor seinem Flug in einem Mülleimer versenkt. Er würde in der Bodega nach einem Telefon suchen müssen. »Welche Nummer hat die Polizei hier?«, fragte er mit brüchiger Stimme.

Cristina sagte nichts.

»Ich geh schnell rauf, oben wird es schon irgendjemand wissen.« Max war unwohl dabei, Cristina mit der Leiche im Keller zurückzulassen, doch die Behörden mussten so schnell wie möglich informiert werden, soviel wusste er aus unzähligen Filmen und Fernsehserien. »Bin gleich wieder zurück.«

Doch Cristina stand auf und schüttelte den Kopf. Ihre Augen waren glasig, ihre Lippen blass. »Keine Polizei, bitte.«

»Was? Wie meinen Sie das?«

»Davon darf keiner erfahren. Niemand.«

Max schüttelte den Kopf und wandte sich wieder Richtung Treppe.

»Bitte! Tun Sie es nicht.« Cristina drehte sich um, blickte nochmals zur Leiche, als wolle sie sichergehen, dass sie es sich nicht nur eingebildet hatte. Dann schob sie Max einige Meter in die Mitte des Raumes, um Abstand zum Unfassbaren zu gewinnen. Sie schaute auf ihre schmale Damenarmbanduhr. »Es ist schon nach sechs. Da keine Lese ist, sind wir die Letzten in der Bodega.«

»Was soll das heißen? Ist mir völlig egal, wie viele noch in der Bodega sind. Wir rufen jetzt sofort die Polizei. Es gibt Angehörige, die von seinem Tod erfahren müssen. Je eher, desto besser. Und dieser Mann ist allem Anschein nach ermordet worden. Wir müssen die Polizei informieren. Sie muss den Tatort sichern, Spuren suchen, Mitarbeiter der Bodega befra …«

Cristina presste ihm ihre Hand auf den Mund. »Unser König hat sich angekündigt. Zum 50-jährigen Jubiläum der Faustino-Weine. Ein neuer Fasskeller wird zu diesem Anlass eröffnet. Wenn es einen Mordfall in der Bodega gibt, wird er seinen Besuch absagen. Und da ich die Leiche gefunden habe, wird man es mir in die Schuhe schieben.«

Max drückte ihre Hand fort. »Aber Sie haben ihn doch nicht auf dem Gewissen!«

»Ich habe ihn entdeckt und bin auch noch in der Probezeit. Ich habe mir schon ein paar Kleinigkeiten geleistet, das bringt das Fass zum Überlaufen. Bitte!« Sie strich Max zärtlich über die Wange, doch ihre Finger zitterten dabei. »Bitte.«

Max wusste, dass man manchmal nicht merkte, wenn sich das eigene Leben entscheidend änderte. Manche Abzweigungen nahm man, ohne ihre Bedeutung auch nur zu erahnen. Kleinigkeiten, wie etwa die Entscheidung, einen anderen Bus zu nehmen, in dem man dann die Frau seines Lebens trifft, einen günstigeren Urlaub zu buchen, in dem man sich später beide Beine bricht. Doch in diesem Moment war Max klar, dass sich sein Leben ändern würde.

Falls er Cristinas Bitte nachgab. Der Bitte einer Frau, die er gerade einmal eine Stunde kannte. Die wegen ihres Jobs einen Mord vertuschen wollte. Was war das nur für eine Frau?

Sollte er ihr wirklich solch einen Gefallen tun? Einen Gefallen von der Größe des Himalaja-Gebirges? Und seiner Ausläufer?

Wohl eher nicht.

»Okay«, sagte Max nach einigen kräftigen Atemzügen. »Ich rufe die Polizei nicht an. Und ich bin auch nie hier gewesen. Alles Gute für Sie. Ich finde alleine raus.«

Er kam nur bis zum Ausgang der Schatzkammer, als Cristinas Stimme wieder erklang. »Das schaff ich nicht alleine.« Ihr kamen Tränen. »Das krieg ich niemals hin.«

Max drehte sich um. »Dann rufen Sie Ihren Freund an oder jemanden aus der Familie!«

Sie schüttelte den Kopf. »Davon darf keiner wissen. Niemand.«

»Sie wollen doch nicht etwa sagen, ich soll Ihnen helfen, die Leiche zu verstecken? Damit mache ich mich strafbar. Ich bin doch nicht wahnsinnig. Nachher denkt noch einer, ich hätte was damit zu schaffen. Was, wenn ich dabei gesehen werde? Nee, niemals. Ich bin jetzt weg.«

Cristina rannte ihm nach, griff mit beiden Händen seinen Kopf und küsste ihn, leidenschaftlich. Max spürte an der Unsicherheit des Kusses, daran, wie sich ihre Lippen mit ungestümem Druck auf die seinen legten, dass sie solch einen verzweifelten, flehenden Kuss zum ersten Mal gab. Dass Küsse für sie sonst keine Währung waren, um zu bekommen, was sie wollte. Und dank der wenigen Quadratzentimeter, an denen sich ihre Körper gerade berührt hatten, änderte sich etwas in ihm. Vierunddreißig Gesichtsmuskeln hatten sich gerade bewegt, Cristinas Zungenspitze hatte seine berührt, und ein kleiner Blitzschlag war durch seinen Körper gefahren.

Max hatte in seinem Leben schon Frauen geküsst, die den Kuss zur Kunstform entwickelt hatten, doch dieser unbeholfene Kuss war vielleicht der ehrlichste von allen gewesen. Ein Flehen. Ein SOS aus tiefstem Herzen.

Und er konnte sich diesem nicht verschließen.

Er hatte doch ein neues Leben gewollt, eines mit rauen Kanten, ein ungeschöntes, ein nicht auf immer festgezurrtes. Und nun drängte es ihn beim ersten Anzeichen eines steinigen Weges zurück in seine Komfortzone? Nein. Er würde diese Frau nicht in ihrem Schmerz, ihrer Hilflosigkeit, ihrem Elend alleinlassen. Er würde etwas riskieren. Jetzt und hier.

»Was soll ich tun?«

Max hatte nicht damit gerechnet, dass seine erste Hilfe darin bestehen würde, das Fach mit einem Putzlappen von Blut zu befreien.

Kurz nach Mitternacht parkten sie Max' Jeep am Ufer des Ebro, weit außerhalb Logroños, an einer Stelle, wo nicht einmal mehr die Lichter der Stadt zu sehen waren. Nur Felder wurden vom Mond beschienen. Der bei der Fahrt über den Feldweg aufgewirbelte Staub wehte wie Gewitterwolken über Max, als er ausstieg.

Er wartete.

Ob sich irgendwo etwas tat, jemand zu hören war, zu sehen.

Dann erst trat er zur Beifahrertür und öffnete sie für Cristina. Doch sie stieg nicht aus.

»Sicher?«

»Sicher.«

»Willst du nicht noch näher ans Ufer fahren?« In der Zwischenzeit war das Sie schnell dem vertrauteren Du gewichen. Doch weitere Küsse hatte es für Max nicht gegeben. Cristinas erster lag immer noch wie Zucker auf seinen Lippen.

»Es ist nicht genau zu erkennen, wo die Böschung beginnt. Lass uns lieber kein Risiko eingehen.«

»Ich will die Leiche nicht weit schleppen müssen. Es ist schrecklich. Sie ist so schwer und so…«

»…tot«, ergänzte Max und öffnete den Kofferraum. »Wir sollten es hinter uns bringen.« Er zündete sich eine filterlose Zigarette an, sog jedoch nur dreimal daran, bevor er sie nervös und ohne einen Gedanken daran zu verschwenden auf den Weg warf. Dann zog er die Spülhandschuhe an und reichte Cristina ein weiteres Paar. Kein einziger Fingerabdruck würde sich an der Leiche finden, die sie notdürftig in durchsichtige Folie gewickelt hatten, welche normalerweise für Paletten von Weinkartons verwendet wurde. Sie hatten nichts anderes gefunden. Und den Toten einfach so zu transportieren, erschien ihnen viel zu gefährlich, sie hätten überall Blutspuren hinterlassen.

Das Plastik verzerrte das Gesicht des Toten. Paketband hielt alles notdürftig zusammen. Cristina war stärker, als sie aussah, und griff sich die Beine, Max packte den Toten unter den Schultern an. Gute zwanzig Meter waren es bis zum Ebro, der sich breit und langsam wie schwarze Lava dahinschob.

»Wir müssen ein Stück rein, damit die Strömung die Leiche fortträgt.«

Max zögerte, die Kälte des Wassers war auch aus der Entfernung auf der Haut zu spüren, doch die Leiche zog an seinen Armen, er wollte sie loswerden, keine Sekunde länger berühren müssen.

Als er ins eisige Wasser trat, nagte es mit spitzen Zähnen an seinen Füßen und Unterschenkeln.

Cristina ließ los und lief zurück ans Ufer, sodass Max den leblosen Körper die letzten Meter alleine ziehen musste, bis er weit über die Knie im Strom stand.

Dann übergab er ihn dem Wasser. Ob die Leiche unterging oder weitertrieb, egal, sie war endlich weg.

»Es ist vorbei«, sagte er leise, doch in der Stille der Nacht trugen seine Worte bis zu Cristina. »Wenn uns niemand gesehen hat.«

»Keiner war mehr da«, sagte Cristina, mehr um sich selbst zu beruhigen. »Und wir haben alles geputzt. Videoaufzeichnungen gibt es nicht.«

»Aber ich sag es dir noch mal: Irgendjemand muss gesehen haben, wie dieser Mann reingegangen ist. Man kommt doch nicht so einfach bei euch in die Schatzkammer.«

»Lass uns fahren. Ich will ins Bett.«

»Du kannst jetzt schlafen?« Max trat zurück ans Ufer und presste das Flusswasser mit den Händen aus seiner Kleidung.

»Bitte. Ich bin erschöpft.«

Er wurde nicht schlau aus dieser Frau. War sie etwa nicht so aufgewühlt wie er?

Auf dem Weg zum Auto sah er auf dem Boden etwas im Mondlicht schimmern, an einer Stelle, über die sie gerade noch die Leiche gezerrt hatten. Er bückte sich hinunter und hob es auf. Ein goldenes Kreuz an einer ebensolchen Kette. Es musste dem alten Mann gehört haben. Max steckte es ein und bekreuzigte sich. Er glaubte immer noch nicht an Gott, aber in dieser Nacht hätte er gut einen gebrauchen können.

Als sie sich ins Auto setzten, starrte Cristina vor sich hin. Max beschloss zu schweigen.

Er brachte sie zurück zu Faustino, hielt jedoch nicht vor dem Gebäude, sondern gute hundert Meter entfernt.

Cristina stieg ohne ein Wort aus. Es gab keine Verabschiedung. Keinen weiteren Kuss.

Sie verschwand nur in der Dunkelheit.

Kapitel 2

1982 – Ein herausragendes Jahr, auch wenn die Weine nicht die Langlebigkeit der 81er haben. 64er und 94er sind allerdings noch besser. Fast jede Bodega erzeugte in diesem Jahr große Weine. Unter anderem Salceda, El Coto, Faustino.

Juan verteilte gerade mit breitem Pinsel Rot über das Bild seiner nackten Eltern, als Max kurz nach drei Uhr früh ins Wohnzimmer trat. Auf dem Boden stand ein gefüllter Rotweinkelch. Der große sandfarbene Kater schnupperte kritisch daran.

»Der Wein steht in der Küche«, sagte Juan zur Begrüßung. »Ist von Faustino, ein Crianza, Selección de Familia. Etwas moderner als der Gran Reserva. Passt sehr gut zu meinem Bild. Das soll auch modern werden.« Er zog eine breite, rote Pinselspur über die Augen seiner Eltern und lachte.

»Ich verstehe spanische Frauen nicht«, sagte Max, den Blick in den dunklen Garten gerichtet.

»Dann geht es dir wie allen Männern dieses Landes. Das ist das Wunderbare an unseren Frauen.«

Max ging in die Küche und schenkte sich ein. Er trank das Glas in einem Zug leer. Sofort füllte er nach. »Interessiert es dich gar nicht, wo ich gesteckt habe?«, rief er in Richtung Wohnzimmer.

»Du hast dich vermutlich amüsiert. Das ist doch schön für dich!«

»Amüsiert? Na ja, so wie man sich amüsiert, wenn man auf einer Achterbahn gefesselt ist.«

»So sind spanische Frauen.«

Max setzte sich auf die Kante des massiven Holztisches, der Kater sprang neben ihn und rieb den Kopf an seinem Oberschenkel. Jetzt erst fiel Max auf, dass er leicht getigert war, braune Streifen verliefen über sein Fell.

»Yquem hat Hunger«, erklärte Juan. »Yquem hat immer Hunger. Er ist der verfressenste Kater von ganz Spanien.«

»Ich hab aber nichts für ihn.«

»Irgendwann wirst du etwas haben. Er arbeitet gern im Voraus. Wie sind deine Fotos geworden? Gab's bei Faustino was Ordentliches für deine Linse?« Mit seinen blutrot gefärbten Händen griff Juan sich das Glas und trank einen Schluck. »Diese Aromen von Gewürzen und Vanille, grandios. Tempranillo, du bist wundervoll! Weißt du eigentlich, dass es übersetzt ›Die kleine Frühe‹ heißt? Ich finde immer, das hat etwas von frühreif, von erotischer Spannung. Er heißt natürlich nur so, weil die Beeren einerseits klein und andererseits eher reif sind als die anderer Sorten. Ist mir aber egal.«

Max holte seine Kamera aus der Tasche und klickte die Fotos, die er im Laufe des Tages gemacht hatte, auf dem Display durch. Auf fast allen war Cristina zu sehen. Und auf einigen wenigen die Leiche eines alten Mannes. Diese Bilder hatte er ihr verschwiegen. Er hatte noch nie einen Toten fotografiert. »Ich hab wirklich einige ... außergewöhnliche Fotos gemacht.«

»Siehst du, es lohnt sich, dass du hergekommen bist. Hier erlebst du was Neues.«

»Das kannst du laut sagen.« Yquem kletterte auf seinen Schoß und begann zu schnurren. »Was weißt du über Faustino?«

Juan hörte auf zu malen. »Wie meinst du das? Die machen Wein, großer Laden, sehr bekannt. Eine der wenigen Bodegas, die richtig viele Weinberge besitzt. Irgendwas über fünfhundert Hektar. Die meisten anderen kaufen ja Trauben auf, das ist hier so üblich. Faustino hat noch fast alles selbst in der Hand. So wie die Châteaus in Frankreich.«

»Gab es mal Skandale oder so was?«

»Wieso? Hast du bei denen Leichen im Keller gefunden?«

Max musste grinsen.

Das tat gut. »So kann man das sagen. Ganz genau so kann man das sagen.«

Juan drückte die gläserne Schiebetür zum Garten auf, trat hinaus und streckte die Arme auseinander. »Also, ich weiß von keiner Leiche bei Faustino. Feinde wird es bestimmt geben, immerhin sind sie erfolgreich. Die Martinez, das sind die Besitzer, gehören zur High Society bei uns. Allerdings mit weniger Skandalen als unser Königshaus. Nämlich gar keinen. Komm, lass uns ein bisschen spazieren gehen. Du hast mir noch gar nicht erzählt, was dich zu mir geführt hat. Es ist wegen einer Frau, oder? Bei dir war immer alles wegen einer Frau. Dein Herz ist zu groß, Max. Auch dein Hirn braucht etwas Blut.« Er packte sich lachend in den Schritt. »Und deine Schlange auch.«

Die Nacht war noch kühler geworden. Sie nahmen die gefüllten Rotweingläser mit und schlenderten durch den Garten, der in einen Weinberg überging.

Sie redeten lange und viel.

»Weißt du schon, was du morgen machen willst?«, fragte Juan.

»Zum Ebro«, antwortete Max. »Mal schauen, was der Fluss so mit sich trägt.«

Das Gästezimmer hatte weder Rollläden noch Vorhänge an den Fenstern, und so piesackten Max die Sonnenstrahlen schon früh. Selbst die über den Kopf gezogene Bettdecke bot keinen Schutz.

Dabei war er erst kurz zuvor völlig erschöpft eingeschlafen. Juan hatte sich Decken in den Garten gelegt, um unter dem Sternenhimmel schlafen zu können, doch Max bevorzugte eine Matratze. Und einen Ort zum Alleinsein. Selbst wenn er nur die Wände anstarrte. Erst als die Vögel bereits sangen, hatte ihn der Schlaf überwältigt.

Nun war er wach, und so tief die Müdigkeit auch saß, an Einschlafen war nicht mehr zu denken. Er trug nur Shorts und T-Shirt, als er in die Küche trat, wo eine sündhaft teure italienische Espressomaschine stand. Gurgelnd ließ er sie eine Tasse für sich bereiten und trat hinaus in den Garten. Juan schlief immer noch. Leise setzte er sich neben ihn ins Gras. Der Duft der gerösteten Bohnen brachte Juan dazu, die Augen zu öffnen.

»Herrlich«, sagte er müde. »Ist der für mich?«

»Jetzt schon«, sagte Max und reichte ihm die Tasse. »Schläfst du immer draußen?«

»Nur wenn mir danach ist. Und meist nicht allein.« Ein verschmitztes Lächeln erschien auf seinem Gesicht.

»Wieso ist eigentlich keine Frau hier? Du hattest doch immer mindestens eine um dich – meistens mehrere.«

»Muss mich von der Letzten erholen.«

Juan war kein klassisch schöner Mann, sein Gesicht war kantig, sein Bart stets ungepflegt, sein Haar immer ungewaschen. Aber seine Ausstrahlung, sein Selbstbewusstsein, dieses vollkommene Mit-sich-im-Reinen-sein wirkte auf viele Frauen unglaublich anziehend.

»Wie spät ist es?«

»Kannst du Naturbursche das nicht am Stand der Sonne ablesen?«, fragte Max und blickte auf seine Uhr. »Gerade mal kurz nach sieben. Ich fahr gleich los zum Ebro.«

»Ohne Frühstück?«

»Mir ist gerade nicht nach Essen. Aber heute Abend lad ich dich in eine Tapas-Bar ein. Logroño soll ja ein paar schöne haben.«

»Oh ja, bestimmt fünfzig auf der Fläche eines Tennisplatzes. Die meisten davon in der Calle del Laurel. Da hat schon Hemingway Tapas gegessen – und nirgendwo in Spanien gibt's bessere! Aber einen Scheißdreck wirst du tun und zahlen. Ich lad dich ein – *Das* ist genau die Farbe, die ich gesucht habe!« Juan zeigte begeistert auf den Himmel, dessen Blau die Sonne immer weiter ausbleichte. »Für das Bild mit meinen Eltern. Das ist es!« Er sprang auf, um Farben, Staffelei und Leinwand herauszuschleppen.

Max griff sich seine alte Lederjacke und hob kurz die Hand zum Abschied.

Der Ebro war kein angeberischer Fluss. Er protzte nicht mit seiner Kraft und Größe, floss ganz gemächlich dahin und teilte das Weinbaugebiet in drei Teile auf. Rioja Alta im Süden, Rioja Baja im Osten sowie Rioja Alavesa, der baskische Teil, im Norden. Alta, das war der beste Boden – glaubte man den Bodegas und Weinbauern, die dort Besitz hatten.

In Alavesa, mit seinen nach Süden ausgerichteten, kalkhaltigen Weinbergen, reifte die Tempranillo-Traube mit dünneren Schalen heran, was zu besonders schönen Fruchtnoten im Wein führte, der schon früh trinkbar war. In Alta, dem mit Abstand größten Gebiet Riojas, wuchs die Schale dicker, die Weine wurden langlebig, aber auch eleganter, mit weniger Alkohol. In Baja ergaben die fruchtbaren Schwemmböden dunkle, alkoholreiche Weine aus der Garnacha-Traube. Die besten Kellermeister wussten aus diesen unterschiedlichen Variationen ein neues Ganzes zu schaffen, das viel mehr war als die Summe seiner Teile. Zwischen all der heißen Kargheit wirkte der Fluss wie ein gütiger Wanderer, der stets einen Schluck kühlendes Wasser mit sich führte. Doch heute, das wusste Max, trug er auch den Tod in sich.

Max hatte sich gefragt, wo die Strömung die Leiche ans Ufer schwemmen würde und fuhr dieses nun ab – ausgehend vom Ort, wo sie den Toten ins Wasser geworfen hatten. Vom Wagen aus rief er mit seinem eben in der Innenstadt erworbenen Handy der neuesten Generation bei Faustino an, um nach Cristina zu fragen. Doch sie hatte sich krankgemeldet, und ihre Privatnummer wollte man ihm nicht geben. Ihr Nachname war Lopez. Davon gab es in der Rioja so viele wie Rebstöcke. Den Blick ins Telefonbuch konnte er sich also sparen.

Die Leiche war nirgends zu sehen. Vielleicht war sie auf den Grund des Ebro gesunken oder hatte sich uneinsehbar an einem der tief in den Fluss hineinragenden Äste verhakt. Obwohl dies gut gewesen wäre und sogar noch besser, wenn Fische die Leiche auffraßen, konnte Max beim Blick auf das dunkle Blau des Ebro nicht verdrängen, dass er hoffte, der alte Mann würde gefunden werden, damit seine Familie Klarheit hatte.

Doch der Ebro gab sie nicht wieder her, wie so vieles, was er mit der Zeit in seinen feuchten Magen bekommen hatte. Sein Autoradio spielte McGuiness' und Flints »When I'm Dead and Gone«, gefolgt von Marilyn Monroes »River of no Return«. Hatte er aus Versehen die Taste für schwarzen Humor gedrückt?

In Logroño parkte Max seinen Wagen am Stadtrand und ging von hier aus zu Fuß den Fluss entlang. Grün wucherte zu beiden Seiten des Ebro, umschloss ihn fürsorglich. Die Stadt liebte und lebte Wein, Max bildete sich ein, seinen Duft sogar jetzt riechen zu können. Juan hatte ihm berichtet, dass der Bürgermeister von Logroño im Jahr 1635 sogar den Verkehr von Fuhrwerken auf den Zufahrtsstraßen der Bodegas untersagt hatte, um Vibrationen zu vermeiden.

Das passte.

Über die Puente de Piedra wollte Max auf die andere Seite des Ufers gelangen. Doch nach wenigen Metern blieb er abrupt stehen, als wäre er gegen eine unsichtbare Wand gelaufen. Auf der kleinen grünen Ebro-Insel die im Besitz des Museo Riojane de Arte war, befand sich eine Gruppe

Menschen. Uniformierte. Weißgekleidete. Dazu Absperrbänder. Und die aus der Plastikfolie befreite Leiche.

Erst jetzt bemerkte Max, dass viele Menschen auf der Puente de Piedra standen und in Richtung Insel schauten.

Max musste hin. Wie Motten zum Licht zog es ihn zur Insel.

Es war schwierig, ein Boot zu finden, das ihn hinüberbrachte. Schließlich kaufte er im El Corte Inglés ein aufblasbares Paddelboot. Es dauerte eine halbe Ewigkeit, bis er es endlich mit Luft gefüllt hatte. Egal.

Er wäre sogar geschwommen.

Nach nur wenigen Ruderzügen legte er auf der kleinen, bewaldeten Insel an, sprang ans Ufer und ging sofort Richtung Westspitze, wo die Leiche angeschwemmt worden war.

Die Polizei bemerkte ihn sofort. Gleich mehrere Uniformierte eilten auf ihn zu, die Arme erhoben, ihn wegscheuchend wie Geflügel. Auch Max hob einen Arm – und in der Hand hielt er seine Eintrittskarte. Den Presseausweis. Er erneuerte ihn trotz der Kosten jedes Jahr. Unter anderem weil man damit beim Autokauf Rabatt erhielt.

Und nach einigen frei erfundenen Erklärungen auch den Zugang zum Fundort der Leiche. Allerdings musste er einen gewissen Abstand einhalten.

Doch er hatte seine leistungsstarke Spiegelreflex mit 35-fachem Zoom dabei. Und sein gutes Gehör.

Sie sprachen leise miteinander, doch der Wind trug ihre Worte zu ihm.

»Sein Name ist Alejandro Escovedo aus Gipuzkoa«, sagte ein Uniformierter.

Ein anderer Polizist schnappte nach Luft. »Tiefstes Baskenland.«

»Siebenundachtzig Jahre alt, verheiratet, drei Kinder, keine Vorstrafen. Wanderte gerade den Jakobsweg, hat die vorletzte Nacht in der Gemeindeherberge ›Albergue de Peregrinos‹, einem Pilgerquartier hier in Logroño, verbracht. Mehr haben wir noch nicht. Außer dass er nach Aussage des Herbergsvaters ein Jakobsweg-Abzeichen getragen hat, das sich nicht mehr an der Leiche befindet.«

Ein Mann auf Sinnsuche, dachte Max. Ein Bruder im Geiste.

Doch noch etwas fiel ihm ein. Der Jakobsweg verlief nicht an den Bodegas Faustino vorbei.

Sie verwiesen ihn der Insel. Anscheinend hatte ein Vorgesetzter beschlossen, dass deutsche Journalisten doch nicht erwünscht waren. Beim Zurückrudern fühlte Max sich, als hätte er den Mann umgebracht, als sei diese Leiche seine Verantwortung. Und Cristinas. Als wären sie durch diesen Toten verbunden – und würden dem Abgrund entgegentreiben. Wie hatten sie nur glauben können, die Polizei übers Ohr zu hauen? Sie würden etwas finden, DNA-Spuren, Flecken von Faustino-Wein, Bodenbrösel, die es so nur in Oyón gab, und das würde sie zum Weingut führen, weiter zu Cristina und dann auch zu ihm. Wie konnten sie nur so dumm gewesen sein zu glauben, mit der Entsorgung der Leiche wären alle Probleme gelöst? Wieso hatte er sich nur darauf eingelassen?

Und wieso konnte er nun nicht einfach loslassen und vergessen?

Er wollte mehr über das Leben des Toten wissen. Seines Toten.

Wer als Pilger aus Logroño kam, wählte als nächsten Halt zumeist das rund dreißig Kilometer entfernte Nájera, welches zwei Pilgerherbergen bot, wobei die private im Vergleich zur städtischen mehr Betten hatte. Er wusste das von seiner eigenen Reise über den Weg, die er wie wohl viele andere deutsche Pilger Hape Kerkeling zu verdanken hatte. Auch wenn er damals einige Etappen übersprungen hatte. Aus Zeitgründen.

Wenn er sich beeilte, konnte er in Nájera noch Wanderer des Jakobswegs abfangen, die mit Escovedo die Nacht in der Albergue de Peregrinos verbracht hatten, die etwas erzählen konnten über diesen Mann, den er selbst nur mit dem Tod in seinen Augen kannte.

Nájera zählte nur rund siebentausend Einwohner und war vor allem wegen des ehemaligen Benediktiner-Klosters Santa María la Real berühmt. Max hatte Glück, am Morgen losgefahren zu sein, einige Pilger hatten sich noch nicht auf den Weg Richtung Santo Domingo de la Calzada gemacht. Max gab vor, Fotos für einen Bildband über den Jakobsweg zu schießen, und erzählte jedem von einer wunderbaren Begegnung mit einem gewissen Alejandro Escovedo in Logroño. Doch niemand hatte von diesem gehört oder ihn getroffen. Bei der zweiten Herberge dasselbe Ergebnis. Schließlich fuhr er den Jakobsweg entlang bis nach Azofra und befragte jeden Pilger, der dort Rast eingelegt hatte.

Max hatte schon die Hoffnung aufgegeben, als er auf ein

älteres Pärchen aus Schweden traf, die mit Goretex-Rucksäcken und Wanderstöcken an ihm vorbeimarschieren wollten, als er ihnen den Namen des Toten zurief.

Sie blieben stehen.

»Kennen Sie ihn?«

Ihr Spanisch war brüchig, doch ihr Englisch sattelfest. »Ein wunderbarer Mann und ein großer Freund der Tiere. Er hat sich lange die Tauben angesehen und saß so still, dass sie sich sogar auf ihn setzten.« Die Frau lächelte bei dieser Erinnerung. »Er erzählte uns, dass er Ziegen am allerliebsten mochte, weil sie so kluge Tiere seien. Ziegen seien sein Ein und Alles. Erst mit dem Alter hätte er sein Herz für Fische entdeckt, und dass er eigentlich ein Mann sei, der immer Wasser um sich brauche.«

Das zumindest, dachte Max, hatte er bekommen.

»War er schon lange auf dem Jakobsweg unterwegs?« Max erinnerte sich daran, dass sich kein Rucksack in dem Fach befunden hatte, in dem Cristina und er die Leiche entdeckt hatten. Vielleicht hatte der Mörder ihn entsorgt?

Jetzt sprach der Mann, aus dessen sonnengebräuntem Gesicht der weiße Dreitagebart herausstach. »Nein, er war kein richtiger Pilger, hatte seine Wanderschaft auch erst in Estella begonnen. In seinem Alter ist aber selbst ein kurzes Stück eine Leistung.«

Erstaunlich, das aus dem Mund eines Mannes zu hören, der die Siebzig sicher auch schon hinter sich hatte. Aber es gab eben immer noch Ältere.

»Hat er erzählt, dass er Weingüter besuchen wollte? Faustino vielleicht?«

Jetzt schüttelten beide den Kopf. »Er erzählte etwas von

einem alten Freund, der seine Hilfe brauche. Aber erst müsse er sich noch darüber klar werden, wie diese aussehen könne. Mehr wollte er nicht darüber erzählen, aber das war wohl der Grund, warum er so viel grübelte.«

Wie Nadelstiche im Rücken spürte Max, dass jemand hinter ihm stand und ihn anblickte. Er drehte sich um.

Dort stand ein Uniformierter. Bevor Max etwas sagen konnte, sprach er schon.

»Sind Sie der Mann, der sich nach Alejandro Escovedo erkundigt hat?« Er wartete die Antwort nicht ab. » Folgen Sie mir bitte umgehend aufs Polizeirevier.«

Fragen wie Beschuldigungen, Blicke wie Verurteilungen, ein Raum wie ein Gefängnis. Für Max war es die Wiederholung eines Stückes aus seiner Jugend – doch diesmal in der FSK-18-Version. Mit sechzehn Jahren hatte er gegen den Golfkrieg protestieren wollen, indem er auf eine schöne, große Hauswand »Rettet Irak – Trinkt Öl statt Wasser!« sprayte – er kam jedoch nur bis zur Hälfte, da erwischte ihn die Polizei. Die Wand gehörte zu einem Gebäude des Erzbistums Köln. Es gab einen Prozess, der mit einer Verurteilung zu Sozialarbeit endete.

So glimpflich würde er hier wohl nicht davonkommen.

Die Policía Municipal wollte einen Mörder stellen. Je eher, desto besser. Max' Hinweise auf seinen Status als Journalist und darauf, dass der Täter sich nach seiner Tat wohl kaum nach dem Opfer erkundigen würde, brachten nichts. Die Polizisten pressten ihn mit ihren Fragen, immer weiter. Doch er sagte nichts darüber, wo er sich in den letzten Tagen aufgehalten und ob er den Toten gekannt hatte. Er gab ihnen nur seine Personalien und seinen Aufenthaltsort. Obwohl Max bewusst war, dass er sich damit nur noch verdächtiger machte. Nur: Was sollte er sagen? Welche Lügen wären glaubwürdig? Sein Hirn streikte.

In Juans Freundeskreis befand sich glücklicherweise ein Anwalt, welcher glücklicherweise einen Polizisten kannte, dem glücklicherweise einer der ermittelnden Beamten etwas schuldig war.

Sie ließen ihn gehen.

Doch los ließen sie nicht, das spürte Max. Der leitende Beamte, ein aufgeschwemmter Mann mit Elvis-Tolle namens Emilio Valdés, dessen Körper selbst an den Stellen mit Fettpolstern bedeckt war, wo laut Biologieunterricht gar keine sein konnten, blickte ihn an, wie ein Hund, der seine Zähne tief in ein Stück Fleisch versenkt hatte und dieses nicht mehr herausrücken wollte.

Max fühlte sich unwohl als Stück Fleisch.

Der Anwalt, Felipe Jacinto, ein älterer Herr mit Dalí-Bart und stoischem Lächeln, fuhr zuerst mit ihm in eine Bar, wo sie einen Café Solo, dann einen Café Cortado und zum Schluss einen Vina Joven aus Rioja tranken. Danach ging es Max ein wenig besser, und er ließ sich zurück zu seinem in Azofra abgestellten Wagen fahren. Felipe wollte kein Geld als Dankeschön, er schien regelrecht beleidigt, als Max es ihm anbot. Stattdessen fragte er nur, was er noch für ihn tun könne, als gäbe es keine Arbeit, die auf ihn wartete. Doch Max lehnte dankend ab und verabschiedete sich. Denn nach diesem Vorfall wollte er Cristina umso dringender sprechen – und er hatte eine Idee, wie er an ihre Nummer gelangen würde. Er blickte sich um, ob ihm ein Polizist gefolgt war, dann holte er sein Handy hervor und wählte die Nummer der Bodegas Faustino.

»Hola, hier ist Miguel, Cristinas Großcousin aus Schweden. Ist sie zu sprechen?«

»Hola, Miguel. Sie ist leider krank. Da musst du zu Hause anrufen.«

»Hab gerade ihre Nummer nicht zur Hand. Könntest du sie mir kurz durchgeben?«

Schweigen. »Ihre Stimme kommt mir so bekannt vor. Haben Sie nicht heute ... sind Sie nicht der ...«

Max legte auf.

Verdammt!

Er musste hin. Vertrauen gewinnen. Dann würde er auch die Nummer bekommen. Und wenn er nicht bald mit Cristina sprach, würde er explodieren.

Doch diesmal: offene Karten. Kein Versteckspiel. Ganz offiziell als Fotograf zu Faustino, um Bilder des Weingutes zu schießen. Dabei würde er auf die einzige Frau zu sprechen kommen, die er bei Faustino kannte: Cristina. Das konnte ihm ja niemand zum Vorwurf machen! Über den Kofferraum gebeugt, prüfte er, ob der Akku seiner Kamera aufgeladen war. Dabei fiel sein Blick auf ein Kartenset mit Sekundenmeditationen. Er hatte es vor einem Jahr gekauft und geplant, sich jeden Tag eine anzusehen. Doch diese Sekunden hatten sich nie gefunden. Dabei hatte der Tag 86400 davon.

Er zog eine heraus. »Heute gehe ich ohne Kopf«, stand darauf. Max schüttelte den seinen vor Verwunderung – und griff unwillkürlich an sein Haupt. Würde ihn der heutige Tag noch den Kopf kosten? Oder sollte es bedeuten, seinen Gefühlen zu vertrauen? Oder nur, dass man ohne Kopf nicht gehen konnte, da man dann auch nichts sah, hörte oder roch? Er kam ins Grübeln. Das war dann wohl die Meditation. Ohne eine Antwort dazustehen. Wie so oft im Leben.

Viel zu schnell, geradezu kopflos, fuhr Max zu Faustino.

Vor der Bodega schoss Max Fotos von Arbeitern, die Gerätschaften auf einen Anhänger luden. Alte, sonnengegerbte Männer, deren Hände mehr Schwielen aufwiesen als Traktorreifen Rillen.

Die Bodega war sehr geschäftig. Die Weinberge wurden auf der Schattenseite entblättert, um mehr Luftzirkulation zuzulassen, welche die Trauben nach Regen schneller trocknen ließ. So ließen sich Staunässe und Schimmelbildung verhindern.

Max stellte sich am Empfang vor, und nach kurzer Rücksprache mit dem jung-dynamischen Exportmanager Pepe Salinas, einem Mann, der aussah, als käme er gerade erst von der Party seines Lebens, die bis in den frühen Morgen gedauert hatte, bekam er die Erlaubnis, sich auf der Bodega frei zu bewegen – man bat nur um Kopien seiner Fotos.

Erst als er nun allein durch die Bodega ging, begriff Max die Ausmaße dieser Kellerei, erst jetzt ihre vielen Gänge, ihre unzähligen Tanks und Fässer. Eine Stadt aus Wein, so kam es ihm vor, und ihre flüssigen Bewohner reisten in die ganze Welt. Es gab unzählige Motive für ihn. Vor allem die Geometrie der gestapelten Fässer hatte einen besonderen Reiz. Wie sich die Rundungen übereinanderlegten, addierten, zum Himmel zu steigen schienen. Max schoss unzählige Fotos, doch immer hielt er mit einem Auge Ausschau nach Arbeitern. Und wenn er einen sah, fotografierte er ihn. Die meisten waren relativ maulfaul, und auf Nachfragen zu Cristina erntete er zumeist nur zustimmendes Brummeln, obwohl die Spanier sonst ein ungemein zuvorkommendes und hilfreiches Volk waren.

Er schoss gerade Bilder der Bodega-eigenen Grillhütte, als eine junge Frau mit Handy am Ohr an ihm vorbeihuschte. Sie war ungefähr in Cristinas Alter, trug ein modisches, lavendelfarbenes Kostüm mit kurzem Rock und perfekt darauf abgestimmten, hochhackigen Schuhen. So modisch arbeitete niemand im Keller, wie Cristina hatte sie mit Sicherheit einen Schreibtisch in der Verwaltung.

Er lief zu ihr. »Hola!«

Sie beendete ihr Gespräch und lächelte ihn an. »Hola, Sie müssen der Fotograf aus Deutschland sein. Wir sind alle sehr gespannt auf Ihre Bilder.« Sie reichte ihm die Hand und lächelte. Max kannte dieses Lächeln. Es passte perfekt zu ihrem Gesicht, war nicht zu angestrengt, nicht zu lässig, entblößte genau das richtige Maß an Zähnen – und war durch und durch falsch.

»Dürfte ich Sie kurz vor dieser Hütte fotografieren? Eine so schöne Frau wie Sie, mit solchen Beinen, sorgt für die nötige Eleganz.«

Auch dieser Satz war falsch, aber Max hatte Übung darin und brachte ihn überzeugend dar. Sie hieß Ines Sastre und arbeitete in der Exportabteilung. Deutschland kannte sie von der Messe ProWein – weswegen sie nun von der Düsseldorfer Altstadt schwärmte, was einem gebürtigen Kölner wie Max in der Seele wehtat. Es war schlimm genug, dass er dort studiert hatte. Anmerken ließ er sich das alles natürlich nicht. Stattdessen fotografierte er, was das Zeug hielt. »Das Kinn etwas höher, Blick zu mir, lächeln, perfekt, Sie machen das wie ein Profi! Die Hüfte leicht eindrehen. Hervorragend, ganz natürlich bleiben. Einfach super!«

Sie war grauenvoll.

Die Figuren in Madame Tussauds Wachsfigurenkabinett wirkten lebendiger.

»Ich hab ja schon eine Frau hier bei Faustino fotografiert, Cristina hieß sie. Aber sie hat es bei Weitem nicht so gut gemacht wie Sie. Kennen Sie diese Kollegin?«

»Ja«, antwortete das Teilzeitmodel. »Sie steht gerade hinter Ihnen.«

Da stand sie tatsächlich, die Arme vor dem Brustkorb verschränkt. Die Oberlippe vorgezogen. Die Augen funkelnd. Und eines war ihr Gesichtsausdruck auf jeden Fall: authentisch. Aber leider auch stinkwütend.

Cristina drehte sich um und ging. Max lief hinterher.

»Ich dachte, du bist krank?«

Ihr Schritt wurde schneller.

»Bin ja froh, dass du es nicht bist! Wir müssen reden.«

Noch schneller.

»Die Polizei hat mich verhört.«

Sie blieb stehen. Ihre Schultern zuckten nervös. Dann drehte Cristina sich um, die Lippen aufeinandergepresst. Mit dem Kopf deutete sie auf das Nebengebäude, in dem die Txoko untergebracht war, die traditionelle Probierstube. Der Raum mit niedriger Decke und Holzbalken war über und über behängt mit Fotos und Urkunden. Rasch schloss Cristina die Tür hinter Max und verriegelte sie.

»Die Polizei hat dich verhört? Sag es doch noch lauter! Oder spray es am besten gleich an die Wand der Bodega!« Sie trommelte wütend mit den Fäusten auf den langen, polierten Holztisch.

»Ganz ruhig, Cristina!«

»Also: Wieso hat die Polizei dich befragt? Was hast du erzählt? Wieso redest du überhaupt mit denen? Hast du ihnen etwa meinen Namen genannt? Bist du völlig verrückt? Warum bist du überhaupt noch hier? Wolltest du nicht zurück nach Deutschland?«

Max atmete kurz durch, bevor er antwortete. »Nein. Weil ich mich nach unserem Toten erkundigt habe. Nichts. Ich konnte nicht anders. Nein. Nein. Warum nicht? Nein.«

»Was?«

Er erklärte es ihr in Häppchen. Und bevor er es wieder vergaß, bat er sie um ihre Handynummer. Sie war so überrumpelt, dass sie sie ihm gab.

Mit unentwegtem Kopfschütteln sprach sie weiter. »Der Tote geht uns nichts an. Überhaupt nichts! Gar nichts! Ich will das alles nur schnell vergessen, hörst du? Das alles ist nie passiert. Wir kennen uns nicht.«

»Doch«, sagte Max. »Wir kennen uns. Nur leider nicht gut genug.«

»Soll das eine Anmache sein? Ich bin dir nichts schuldig.«

»Nein, bist du nicht, Cristina.«

»Dann sind wir uns ja einig.«

»Ja, das sind wir.«

»Auch darin, dass ich bei Weitem nicht so fotogen bin wie Ines.«

»Das war doch nur so dahingesagt!«

»Es klang sehr überzeugend.«

Max erkannte eine Sackgasse, wenn er in einer steckte. Und er war in Gesprächen mit Frauen schon in vielen Sackgassen gelandet. Esther war sehr gut darin gewesen, ihn dort hineinzuleiten. Meist ohne dass er es merkte.

Er griff sanft nach Cristinas Oberarm. »Die Polizei wird den Mörder vermutlich nicht finden können, weil sie nicht weiß, wo Alejandro Escovedo umgebracht wurde. Das heißt: Der Mörder läuft weiterhin frei herum. Unbehelligt. Vielleicht bleibt es nicht bei einem Opfer. Nur wir können weitere verhindern. Entweder, indem wir der Polizei alles erzählen oder indem wir den Täter selbst stellen.«

»Wir sind doch nicht in einem Hollywood-Film! Warum sollte der Mörder nochmals zuschlagen? Und wer sind wir, einen Mörder zu stellen? Du bist Fotograf, und ich arbeite im Marketing. Wir bringen uns nur selbst in Gefahr. Und damit ist keinem geholfen.«

Sie blickte ihn an, und Max musste an seinen Foxterrier aus Jugendtagen denken, als er diesem aus Versehen auf den Schwanz getreten war. Dasselbe Feuer in den Augen.

Max stellte sich vor sie, ganz nah, er konnte riechen, dass sie kein Parfum trug, doch ihr Duft war umso betörender. »Dann mache ich es allein. Und deinen Namen werde ich niemandem verraten. Selbst unter Folter nicht.«

Sie sah ihn kritisch an, ihr Gesicht zeigte Härte, ihre Pupillen zuckten. »Ich kann dich nicht daran hindern.«

»Dann hinderst du mich auch nicht daran, nach der Tatwaffe zu suchen.«

Max wartete ihre Antwort nicht ab, schloss die Tür auf und machte sich auf den Weg zur Schatzkammer der Bodega. Es dauerte nicht lange, dann rannte Cristina hinter ihm her. »Gerade ist eine Besuchergruppe unterwegs. Bist du wahnsinnig?«

Max ging weiter. »Ich fotografiere doch nur.«

»Und was, wenn du irgendwo einen blutigen ... ich weiß nicht was, findest? Das fällt doch auf!«

»Dann musst du eben dafür sorgen, dass mich niemand sieht.«

Es war nicht weit bis zur Schatzkammer und Max hatte sich den Weg gemerkt. Er blickte sich um, nahm alle Details auf. War Escovedo vielleicht mit einer Flasche umgebracht worden? Er holte die Fotos der Leiche auf das Display seiner Digitalkamera. Der Baske war erschlagen worden, die tiefe, klaffende Wunde am Hinterkopf bewies dies. Und der Täter hatte nicht nur einmal zugeschlagen, die Schädeldecke war wie ein Frühstücksei zersplittert gewesen, das jemand mit einem Hammer bearbeitet hatte. Einige spitze Winkel waren auf den Fotos trotz der blutverklebten Haare zu erkennen gewesen. Aber wirklich feststellen konnte das natürlich nur ein Gerichtsmediziner.

An einer Flasche fanden sich solche Kanten nicht. Max war sich sicher, dass die Leiche nach dem Mord nicht weit transportiert worden war, denn jeder Meter mehr hätte die Gefahr, entdeckt zu werden, potenziert.

Die Touristengruppe betrat den Raum, Max ging hinaus. Cristina war aschfahl. Wie der Mond in einer verhangenen Nacht.

Der Gang zur Schatzkammer bestand links und rechts aus riesigen Fächern, in denen unetikettierte Flaschen gestapelt waren. Aus welchem Jahr sie stammten, wussten nur wenige, Kennziffern verrieten es einzig den Eingeweihten. Eine Mordwaffe war auch hier nicht zu sehen. Max ging weiter, Cristina wortlos direkt hinter ihm. Der folgende Gang war breiter, und die Wände bedeckten Küferwerkzeuge, vermutlich seit Jahrzehnten. Wer ihren Gebrauch nicht kannte, hätte sie ohne Weiteres für Folterinstrumente halten können.

Max nahm alle ihn Augenschein. Als sie die Leiche weggeschafft hatten, stand ihnen der Sinn nicht nach der Suche nach der Tatwaffe. Sie waren panisch gewesen, ängstlich, wollten es schnell hinter sich bringen. Jetzt nahm er sich die Zeit. Nichts schien zu fehlen. Und doch stimmte etwas nicht. So wie Max es spürte, wenn an einem Model eine Stelle ungepudert war, noch bevor er die glänzende Stelle ausmachen konnte, so war etwas ... falsch an dieser Wand.

Dann sah er es.

Ein einziges Ausstellungsstück war nicht von millimeterdickem Staub bedeckt. Max nahm es von der Wand. Ein Holzhammer, hart wie Stein von den Jahren des Gebrauchs. Er roch daran.

Seife.

»Was machst du denn da?«, fragte Cristina. »Die Gruppe kommt. Schieß schnell ein Foto!«

Max hörte die näher kommenden Schritte und schoss ein Bild. Extremes Makro.

So etwas hatte er sich gedacht.

Ein Haar fand sich in einer mikroskopisch kleinen Spalte des Hammers. Es war weiß, wie das von Alejandro Escovedo. Er zeigte es Cristina und beugte sich zu ihrem Ohr, um hineinflüstern zu können. »Der Mörder hat sich offenbar die Mühe gemacht, die Tatwaffe zu säubern und wieder an ihren Platz zu hängen, anstatt sie irgendwo zu entsorgen.«

»Das ist mir völlig egal. Und jetzt geh. Bitte.«

»Die Leiche versteckt er in der hintersten Ecke der Schatzkammer. Auch das Mordwerkzeug lässt der Mörder am Tatort zurück – anstatt beides verschwinden zu lassen. Wo gibt es denn so was?«

»Bei Faustino«, antwortete Cristina. »Aber wir werden es nicht in unsere offizielle Tour aufnehmen.«

Wie sich herausstellte, war Cristina heute von ihrem Großvater zu Faustino gefahren worden, da ihr eigener Wagen zur Inspektion in die Werkstatt musste. Max bot ihr an, sie nach Hause zu fahren – oder besser: er überredete sie. In ihren Augen war weiterhin ein raubtierhaftes Lauern, doch bot man einer Katze einen bequemen Platz – oder einen leeren Pappkarton –, konnte sie kaum widerstehen. In diesem Fall war Max' Jeep die unwiderstehlich gemütliche Kartonage, die Cristina sogar nach Hause bringen konnte.

Sie lebte in La Bastida, einem kleinen Ort westlich von Haro, der seine Blüte im 17. und 18. Jahrhundert hatte und heute zum größten Teil vom Weinbau lebte.

Eine Geisterstadt.

Niemand auf den Straßen, kein Auto, sämtliche Fensterläden geschlossen. Es fehlte nur, dass wie in Western Tumbleweeds vom Wind über die staubigen Straßen gepustet wurden.

Home sweet home.

»Und welches ist dein Haus?«

»Fahr da rechts in die kleine Straße, da kannst du mich rauslassen.«

Sie zeigte auf eine Hinterhofgasse ohne Bürgersteig. Keine Hauseingänge zu sehen.

»Ich fahr dich gern bis zur Tür. Kein Problem.«

»Nein, hier ist prima. Ich möchte noch ein paar Schritte gehen.«

Max blickte sie an. »Du willst nicht mit mir gesehen werden.« Er fuhr in die Gasse und bremste hart. »Wünsch dir noch einen schönen Tag.« Er beugte sich über sie und öffnete die Beifahrertür. »Hoffe, du kannst heute Nacht gut schlafen.«

Das war zu viel, Max merkte es, als die Worte seinen Lippen entwichen. Doch er war es nicht mehr gewohnt, dass man sich seiner schämte. Er war es gewohnt, dass man sich mit ihm schmückte.

Cristina lehnte sich zu ihm, es sah für einen Moment aus, als wolle sie ihn küssen, doch dann strich sie ihm nur sanft mit der Hand über die Wange, bevor sie wortlos seinen Wagen verließ.

Max schaute ihr hinterher.

Ihr Schritt schwenkte nicht perfekt die Hüfte, wie der eines Models. Sie ging, als wate sie durch ein Kohlfeld.

Und Max fand das sogar noch erotischer. Auch als sie längst um die Ecke gebogen war, blickte er noch in ihre Richtung.

Max war jetzt nicht nach Autofahren. Ihm war nach Nachdenken, nach Spazierengehen. Er ließ seinen Jeep einfach stehen und ging in die Richtung, die nach Zentrum aussah. Soweit ein Nest wie La Bastida eines hatte.

Vielleicht gab es ja auch hier einen Platz mit großem Baum, Bank darunter und Brunnen daneben. Wo der Ältestenrat täglich die Fußballergebnisse diskutierte und feststellte, dass früher alles besser war.

Er hatte geglaubt, die Frauen mittlerweile zu kennen. Doch das war ein Trugschluss. Man wusste nie, was sie dachten oder wollten. Man konnte Hochrechungen anstellen, Statistiken auswerten, empirische Ergebnisse zu Rate ziehen – und lag dann doch völlig daneben. Im Kopf und im Herzen einer Frau gab es zu viele Unbekannte. Es war wie eine fremde Stadt, in der man sich verlief, ohne Straßenschilder und mit so vielen Wolken am Himmel, dass sich nicht einmal die Himmelsrichtung bestimmen ließ.

Bei Esther hatte er immer gewusst, woran er war. Nach so vielen gemeinsamen Jahren.

Nach viel zu vielen gemeinsamen Jahren.

Vor dem Rathaus, dem Ayuntamiento, saß ein alter Mann auf einer Bank, den rechten Arm auf einen Holzstock gestützt, der in all seiner knorrigen Verdrehtheit ein Rebstock sein mochte. Auf Dorfklischees war also doch Verlass. Der Mann wirkte wie eine Skulptur, so wenig bewegte er sich. Seine Kleidung schien dem Wind völlig egal zu sein und bewegte sich ebenfalls nicht.

Max setzte sich neben ihn.

»Hola, was für ein Tag.«

»Es ist genau derselbe wie gestern.« Max hatte nicht gesehen, wie der Mund des Greises sich bewegt hatte, seine Stimme brummte, als würde sie von zwei Bäumen erzeugt, die aneinanderrieben.

»Nicht für jeden«, sagte Max. »Für mich ist nicht einmal die Welt dieselbe wie gestern.«

»Dann machen Sie etwas richtig.«

»Da bin ich mir nicht so sicher. Oder doch: Ich bin mir sicher, dass ich etwas völlig falsch gemacht habe. Ich bin Max.« Er streckte ihm seine Hand entgegen, doch sie wurde nicht geschüttelt. »Was tun Sie hier? Wollen Sie Tauben füttern?«

»Ich sitze.«

»Nur sitzen?«

»Nur sitzen.«

»Machen Sie das jeden Tag?«

»Seit dreiundzwanzig Jahren.«

Die Lippen bewegten sich nur wenig, als wollte der Alte keine Kraft unnötig verschwenden. »Sie kennen wahrscheinlich jeden hier im Ort.«

Der Greis brummte.

»Dann sicher auch Cristina Lopez.« Es war ein Schuss ins Dunkle. Max war nicht so naiv zu glauben, dass jeder Cristina kennen würde. Aber worüber sollte er mit dem Mann sonst reden?

Jetzt bewegte er sich. Max meinte, das Knarzen seiner Knochen zu hören, gleich einem Baukran, der herumschwenkte.

»Wenn du glaubst, dass ich dir irgendetwas über Cristina Lopez erzähle, dann hast du dich sehr getäuscht. Dir erzähle ich auf gar keinen Fall was.«

»Wieso? Also wieso gerade mir nicht?«

Doch der Mann hatte sich wieder seiner Lieblingstätigkeit zugewendet: dem Sitzen. Max fragte noch zweimal nach, doch er bekam keine Antwort.

Er hatte sich in Spanien Kargheit gewünscht. Doch jetzt war es ihm doch ein bisschen zu viel.

Max spürte, dass alles sogar noch viel schlimmer kommen konnte.

Egal, wie viele Tagesmeditationen er durchziehen würde.

Kapitel 3

1997 – Regen im Sommer. Nicht glorreich.

Max hatte den Nachmittag im Bett verbracht, denn Juan plante, die Nacht in den Tapas-Bars Logroños zu verbringen. Damit meinte er die ganze Nacht, bis die Sonne wieder aufging.

Max holte deshalb einige der Stunden nach, die ihm die letzte Nacht versagt hatte. Es war bereits neun Uhr abends, als Juan ihn weckte.

»Sag mal, kennst du eine Esther?«

»Was? Wen?« Der Traum wich nur langsam zurück, wollte der Realität nicht kampflos das Feld überlassen. Doch der Name Esther zerriss ihn jetzt wie eine Bombe.

»Sie kennt dich auf jeden Fall.« Eine Katze sprang auf sein Bett.

Max setzte sich auf, die Fetzen seines Traums verblassten im Nu. »Sie ist meine Ex. Und sie hat keine Ahnung, dass ich hier bin.«

»Oh doch.«

»Aber keiner weiß ...« Und dann dämmerte es ihm. Seine Mutter. Er hatte sie angerufen, damit sie sich keine Sorgen machte oder die Polizei informierte. Er hatte ihr das Versprechen abgenommen, niemandem davon zu erzählen. Vor allem nicht Esther, die seine Mutter tief ins

Herz geschlossen hatte. Ganz besonders nicht Esther. Und obwohl seine Mutter es ihm hoch und heilig versprochen hatte, tat sie für gewöhnlich das, was sie selbst für richtig hielt, statt das, was Max sich wünschte. Und Esther hielt sie für richtig. Doch woher wusste sie von Juan? Er selbst hatte es doch erst auf dem Weg entschieden, wo er Quartier bezog. Und sein Handy lag in einem Mülleimer des Kölner Hauptbahnhofs. Wie um alles in der Welt …?

»Was wollte sie?«

»Dich sprechen.« Eine weitere Katze erschien neben Juan.

»Was hast du gesagt?«

»Dass du nicht da bist.« Katze Nummer drei legte sich neben ihm auf den Rücken.

»Mist, dann weiß sie jetzt definitiv, dass ich hier bin.«

»Nein.« Juan riss die Decke vom Bett. Fünf Katzen warfen sich in Kampfeslaune darauf. »Ich habe gesagt, dass ich dich seit Jahren nicht gesehen habe.«

Max stand aus dem Bett auf, obwohl er nur ein T-Shirt trug – und stolperte dabei fast über eine der zwölf Katzen. »Wieso?«

Juan pfiff kurz, und die Katzen gaben den Weg frei. »Die anderen warten schon, zieh dich an. Es wird ein denkwürdiger Abend.«

»Woher hast du gewusst, dass du sagen musst, ich sei nicht da? Weil du ein verfluchtes Genie bist?«

Juan grinste breit. »Das auch. Aber es war vor allem ihre Stimme, sie war so … schneidend. Das kann ich nicht leiden. Und du machst den Eindruck, als wärst du auf der Flucht. Vielleicht vor einer Frau? Das könnte ich verstehen.

Und als dein Bruder im Geiste gewähre ich dir hiermit offiziell Rioja-Asyl.«

Max schloss ihn in die Arme und strich ihm über die wallenden Haare. »Du bist echt gut, weißt du das? Richtig, richtig gut.«

»Weiß ich doch«, sagte Juan. »Und du solltest mich erst mal in einer Tapas-Bar singen hören.«

Es war laut. Ein startender Düsenjet wäre untergegangen. Spanier suchten sich grundsätzlich niemals eine Kneipe aus, in der noch Platz war, sondern stets die, in die eigentlich niemand mehr reinpasste. Auch keine Luft. Juan hielt sich mit Freuden an diese Tradition. Jetzt stand er auf dem Tisch und sang, irgendetwas über Wein, Schläuche und Frauen. Dreiviertel der Bar sangen mit.

Es blieb nicht die einzige Tapas-Bar, die sie in Logroño besuchten. Im Tapas-Viertel drückte sich in kleinen, mittelalterlichen Gassen eine Bar neben die andere, als wollten sie alle einen Platz in der ersten Reihe haben. Jede bot zwei, drei kulinarische Spezialitäten an, wegen derer die Gäste kamen und zu welchen stets ein Glas Wein getrunken wurde, bevor man weiterzog. So gab es auch keine Konkurrenz.

Max aß Chorizo Riojano a la Brasa, Croquetas Caseras de Jamón, Espárragos de Navarra con dos Salsas sowie Pimientos del Piquillo Asados al Horno und lernte viele neue Freunde kennen, deren Gesichter und Namen er sich nicht merkte. Irgendwann wusste er auch nicht mehr, ob er gerade im El Sitio de Logroño oder im Asador Tahiti war, alle Tapas-Bars verschmolzen zu einer, überall schienen die gleichen Menschen zu feiern, die Nacht schweißte alles zusammen zu einer einzigen langen Theke. Und mit Juan führte er ein einziges langes Gespräch – das in Wirklichkeit von ständigen Bar-Wechseln unterbrochen wurde. Der Alkoholpegel in Max' Blut stieg derweil sprungartig an.

Es begann mit einer harmlosen Frage von Juan. »Wie ist das Leben als Modefotograf, Max? Klingt nach einem Traum.«

Max stieß mit ihm an. »Wie eine jahrelang aufsteigende Übelkeit – mittlerweile finde ich die ganze Branche nur noch zum Kotzen.« Er grinste in sein Glas. »Natürlich habe ich es am Anfang geliebt. Und auch viele Jahre danach noch. All die Bewunderung, die schönen Frauen, die schönen Frauen in meinem Bett, das Geld, die Partys, all das Highlife, das Gefühl, zu den Auserwählten zu gehören, zu Gottes Lieblingskindern.«

»Sind wir Künstler das denn nicht?«

»Vielleicht du. Aber ich gehörte in diese Szene nie hinein. Das war nie *ich*, verstehst du? Es war ein bisschen, als hätte man mich unter Drogen gesetzt. Und jetzt will ich den Entzug. Hier. Weißt du, was das für Leute sind, Juan? Merlot-Trinker, allesamt! Je samtig-weicher, desto besser!«

Juan verzog das Gesicht, als hätte ihn jemand mit High Heels auf den Fuß getreten. »Echt?«

Max nickte. »Am liebsten Merlot, der geschmacklich kaum von Fruchtbowle zu unterscheiden ist. Wobei sie ihn meist nicht mal getrunken haben, natürlich nicht, sie nippen nur daran, bevor sie zur Cola Light übergehen. Da kann man ja gleich an einer Plastiktüte lecken!«

»Und deine Freundin, Emilia?«

»Esther.« Max schüttelte den Kopf. »Wir haben nie zusammengepasst. Zumindest hat sie nicht zum echten Max gepasst. Zu dem gefeierten Modefotografen im Dauerhigh schon, zu dem Geblendeten, am eigenen Erfolg Besoffenen. Ich hab genug davon. Sollen sie mir Yachten, Inseln und Königreiche bieten. Ich kehre nicht zurück. Ich bleibe bei dir – natürlich nur, wenn du mich haben willst.«

»Aber sicher, Max. Das weißt du doch. Noch einen Tempranillo?«

»Einen alten«, sagte Max, »einen klassischen, einen animalischen, Gran Reserva, sonst nichts.«

Es gab einen alten Faustino, ein 1999er, guter Jahrgang. Er duftete nach Pflaumen, Himbeeren, Zedernholz, Waldboden, Vanille und Gewürzen aus dem Morgenland. Am Gaumen gesellte sich englischer Christmas Cake dazu. Alles harmonisch und komplex, kein bisschen zu schwer.

Max zeigte demonstrativ auf das Glas. »So einen Wein verstehen die in der Modeszene nicht. Das war die letzten Jahre meine kleine, meine einzige Rebellion gewesen, dieses Urzeug, dieses wilde Grollen, diese weingewordene Stierstampede, bei mir gab's nichts anderes, schon gar keinen Merlot!«

Juan füllte großzügig nach, denn so wie der Wein aus der Flasche floss, sollte auch all der Kummer aus Max entweichen.

»In Düsseldorf hattest du mit Mode doch noch gar nichts zu tun?«

»Bin da so reingerutscht, hatte nie vorgehabt, in dem Bereich zu landen ... oder besser: zu stranden! Hatte einmal einen Job angenommen, der war gut gelaufen, dann folgte der zweite. Wie es halt so ist.«

Max verschwieg, dass sein Erfolg aber nicht nur Zufall war. Er hatte ein sehr gutes Auge für Motive, arbeitete professionell, und war im Gegensatz zu vielen seiner Kollegen kein komplett geisteskrankes Arschloch. Deshalb stieg er rasant auf. Bald hatte er den Ruf, sogar mit den schwierigsten Zicken zurechtzukommen. Andere Fotografen kannten nur zwei Methoden, mit diesen umzugehen: devot all ihre Macken ertragen und hinterher ablästern oder den Brigadegeneral raushängen lassen inklusive Brüllen, Strafen, Einzelhaft.

Max ignorierte die Macken einfach, tat so, als wäre überhaupt nichts. So war es damals auch bei Naomi Campbell gewesen, dem Albtraum schlechthin, dem natürlichen Feind des Modefotografen, dem Teufel in Traummaßen. Sie hatte bei ihm die ganze Show abgezogen: Heulen, Schreien, übelste Beschimpfungen, Wurfgeschosse aus allem, was gerade zur Hand war – inklusive dem Mittagessen des gerade verhungernden Beleuchters.

Max fotografierte einfach weiter.

Das Magazin hatte die Fotos geliebt, die Leser hatten sie geliebt, die Jury des International Fashion Photography Prize ebenfalls – und ihm den ersten Preis verliehen.

Danach hatte Naomi ihn geliebt. Die Sache hatte sich schnell rumgesprochen: Zick nicht rum, er schießt sowieso. Und: Vertrau ihm, seine Bilder sind geil.

Danach konnte Max verlangen, was er wollte. Sie zahlten.

Es tat ihm gut, darüber zu reden. Auch wenn er sich

danach arg selbstmitleidig vorkam. Aber wenn man das gegenüber einem guten Freund nicht sein durfte, wann dann? Eben!

Doch der Abend war in einer Hinsicht anders als erwartet. Er war ein Puzzle. Immer wieder drangen Gesprächsfetzen von anderen Barbesuchern an Max' Ohr, die meisten über Familie, Fußball, Radfahren, Frauen oder Politik. Doch es gab ein weiteres Thema, das sich durch die Düfte der würzigen Spezialitäten und der roten, weißen und roséfarbenen Weine der Rioja stahl und das mit tödlicher Sicherheit in jeder Bar auftauchte, wenn man nur lange genug wartete. Zuerst hatte Max nicht erkannt, dass die einzelnen Teile zusammenhingen, doch am Ende der Nacht hatte er sie zusammengefügt.

Bar Lorenzo, ca. 22.20 Uhr, gegrillte Chistorra – Chorizo mit süßer Paprika und Knoblauch sowie Lamm-Kebab mit Geheimsoße.

»War der Ami schon bei euch in der Bodega?«

»Nein, welcher Ami?«

Der Rest ging im Gemurmel unter.

Bar Soriano (direkt daneben), ca. 2250 Uhr, Setas – in Knoblauchbutter gebratene Pilze, aufgespießt mit einem Shrimp.

»Der Bursche, also der war wohl schon bei etlichen Bodegas.«

»Welcher Bursche?«

»Na, der aus den USA. Muss unglaublich viel Geld haben.«

La Aldea (gegenüber), ca 23.10 Uhr, Krustentiere, die hier bis zur Perfektion gekocht wurden.

»Ein Sammler. Aber was für einer. Frag mich nicht nach dem Namen. So was kann ich mir nie merken.«

La Tasco del Pato (etwas entfernt auf der Calle Laurel), wen interessierte es noch, wie spät es war? Gegrillter weißer Spargel mit einem Wrap aus Rioja-Käse und txangurrito, einem Fischkuchen aus Krustentieren und einer reichhaltigen Bechamelsoße.

»Nur Rotwein. Und alter. Probieren will der Ami nicht, nur kaufen.«

El Soldado de Tudelilla, nachts, Guindillas – Grüne Peperoni, die so scharf waren, dass die Luft vor ihnen flirrte.

»Ist erst seit wenigen Tagen in Rioja. Ein dicker Bursche, ein Walross mit prächtigem Schnurrbart, trägt immer Sonnenbrille, als wäre er ein Pokerspieler. Na ja, ist er irgendwie wohl auch. Ein knallharter Verhandler. Weiß genau, was die Weine auf dem Markt bringen.«

Max fand es interessant, dass sich der ganze Ort mit dem gleichen Mann zu beschäftigen schien, doch er dachte sich nichts weiter dabei. Seine Gedanken kreisten mit steigendem Alkoholkonsum immer weniger um den Mord und immer mehr um Cristina. In seinen sehnsüchtigen Gedanken verschmolz sie immer mehr mit seiner ... ja, seiner großen Liebe, einer Frau von unglaublicher Sturheit und mit einem Willen, für den eisern ein zu biegsames Wort wäre. Menschen, die mit ihren Händen über dem Kopf tanzten, gingen für sie überhaupt nicht. Langhaarige Männer, Käse (außer Camembert), Tätowierungen, Innereien, lange Flüge, schwabbeliges Essen, Bitteres (auch Kaffee), Wellen. Die Liste der Dinge, die sie aus vollstem Herzen verachtete, war beeindruckend. Und für jede einzelne ihrer Abneigungen hatte er sie nur noch mehr ins Herz geschlossen. Und so begriffen, dass er sie liebte.

Ob Cristina ebenfalls dermaßen verrückt war?

Er hoffte es.

Morgens um kurz nach sieben war Max so betrunken, dass er sie anrief.

Es dauerte lange, bis sie abnahm. Cristina klang kein bisschen müde. Nach kurzer Zeit wusste er, warum.

»Max? Sie suchen die Ufer des Ebro nach Spuren des Mörders ab.«

»Wieso? Er ist doch ...«

»Sie werden deine Reifenspuren finden. Und unsere Fußspuren. Du hast doch nicht irgendwas verloren, oder? Geldbörse? Einen Zettel? Irgendwas?«

»Nein. Nicht dass ich wüsste.« Doch mit einem Mal war sich Max nicht mehr so sicher. Und dann war er plötzlich stocknüchtern. »Ich muss hinfahren und nachsehen. Jetzt sofort.«

»Bist du wahnsinnig? Sie werden dich entdecken!«

»Es ist nur ein Flecken am Fluss. Selbst wenn die Polizei Spuren von uns findet, heißt es nicht, dass wir eine Leiche dort entsorgt haben.«

Cristina zog scharf die Luft ein. »Kannst du dich denn nicht mehr an die Nacht erinnern, Max? Wir haben die Leiche ein Stück über den Boden gezogen. Das werden sie sehen können.«

»Ich melde mich wieder.«

»Max!«

Er legte auf. Max wollte nicht hören, dass es eine dumme Idee war – das wusste er nämlich selbst. Cristina versuchte mehrfach, ihn zu erreichen, doch Max stellte das Handy auf stumm, und als er in seinen Wagen stieg, warf er es mit dem Display nach unten auf den Beifahrersitz.

Doch dann griff er es sich wieder.

Wenn es regnete, gäbe es keine Spuren mehr! Der Himmel über La Rioja war nicht strahlend blau, vielleicht war die Natur gnädig? Gab es nicht ein Regenradar für sein Handy? Max fuhr rechts ran, suchte, fand und lud sich die App herunter. Es dauerte lange, bis die GPS-Daten den entsprechenden Landkarten-Ausschnitt anzeigten.

La Rioja würde trocken bleiben.

Die Spuren von Reifen und Schuhen so frisch, als wären sie gerade erst entstanden.

Max trat aufs Gaspedal.

Ihm war noch etwas eingefallen.

Er hatte einen Zigarettenstummel ans Ufer geworfen. Und wenn CSI ihn irgendetwas gelehrt hatte, dann, dass DNA-Spuren heute fast so einfach zuzuordnen waren wie Porträtaufnahmen. Wieso war er damals bloß so dumm gewesen?

Wie lautete seine heutige Sekundenmeditation? Vielleicht beruhigte die ihn.

»Heute nehme ich Momente mit Zeit wahr.«

Prima, dann würde er heute nicht viel zu tun haben.

Max hielt die Augen nach Polizeifahrzeugen offen. Ja, er blickte sogar ständig in seinen Rückspiegel, ob er beschattet wurde. Wo war er nur hineingeraten? Er wollte sein Leben ordnen, seinen Weg finden, der ihm verloren gegangen war, und nun fühlte er sich verlorener als je zuvor. Wie in einem Film, dessen Regisseur aus Frankreich stammte. Lieber wäre ihm ein amerikanischer Actionfilm gewesen. Obwohl er sich die sonst nie anschaute. Aber die Helden überlebten und bekamen die schönste Frau.

Im Radio wurde berichtet, dass Escovedos Leben durchleuchtet wurde, seine Familie, Freunde, doch dass man bisher nichts Außergewöhnliches entdeckt hatte. Escovedo hatte lange im baskischen Tierpark Karpin Abentura gearbeitet, zum Schluss bei den Schildkröten, war beliebt gewesen bei den Kollegen, keine Auffälligkeiten. Eine Seele von Mensch, die Nachbarn waren ratlos. Nach einem unangemessen fröhlichen Lied von Shakira gab es Neuigkeiten von der Polizei. Diese hatte herausgefunden, dass die Folie, in die Escovedo eingewickelt war, fast ausschließlich von Bodegas benutzt wurde.

Die Schlinge zog sich enger.

Und auf dem Regenradar keine Änderung.

Max zögerte, als die Abzweigung zum Ufer rechts vor ihm auftauchte. Er wurde langsamer, blickte nochmals zum Himmel, steuerte dann jedoch abrupt den Feldweg hinab. Das Radio schaltete er aus, das Fenster kurbelte er herunter, Schritttempo. Trockener Staub wirbelte herein, Max versuchte, über dem Fahrgeräusch mögliche Stimmen von Polizisten zu hören.

Dann stoppte er den Jeep und setzte zurück, parkte an der Straße. Am klügsten wäre es, er ginge zu Fuß, und zwar nicht auf dem Feldweg, sondern auf dem vertrockneten, gelben Gras daneben; nur keine Spuren hinterlassen. Max ging langsam – und tatsächlich sah er etwas.

Jemand stand am Ufer.

Kein Polizist.

Er trug normale Kleidung. Und benahm sich ... merkwürdig. Es handelte sich nicht um einen Angler, auch nicht um einen Spaziergänger. Der Mann hatte einen Besen dabei.

Und fegte den staubigen Boden.

Max legte sich auf den Boden und nahm die Szenerie genau in Augenschein. Rechts neben dem Weg stand ein Wagen, ein roter Alfa Romeo. Nicht gerade ein gängiges Polizeifahrzeug. Der Sportwagen stand ein ganzes Stück vom Ufer entfernt auf dem trockenen, gelben Gras, wo nicht so leicht Reifenspuren zurückblieben.

Der Mann telefonierte und blickte dabei den Ebro hinunter Richtung Logroño. Er diskutierte wild, zeigte immer wieder auf den Boden um sich herum, obwohl ihn sein Gesprächspartner ja nicht sehen konnte. Nachdem er aufgelegt hatte, fegte er den Boden in einem größeren Umkreis um sich herum. Dann hielt er inne, hob Max' Zigarettenstummel auf und schnippte ihn ins Wasser. Erst in diesem Moment erkannte Max den Mann.

Es war Pepe Salinas.

Der Exportmanager von Faustino. Der Mann, der aus jeder Pore nach Party roch. Und an dem Cristina kein gutes Haar gelassen hatte, als sie in den langen Stunden, bevor sie die Leiche Alejandro Escovedos zum Ebro brachten, miteinander über Gott und die Welt gesprochen hatten.

Pepe blickte sich nochmals genau um, bevor er zu seinem Wagen zurückging und dabei die eigenen Spuren gründlich verwischte.

Max rannte gebückt Richtung Jeep. Salinas durfte ihn auf keinen Fall sehen! Er hörte den sich nähernden Automotor, und ihm blieb nichts anderes übrig, als sich auf den Boden zu werfen und zu hoffen, dass Salinas den Jeep am Straßenrand nicht wiedererkannte.

Max blieb noch geschlagene fünf Minuten auf dem Boden liegen, nachdem der Exportmanager an ihm vorbeigefahren war.

So ging es nicht weiter!

Max brauchte Hilfe.

Er musste Juan einweihen.

Max fand ihn draußen bei den Mülleimern, wo er die dösenden Katzen malte.

»Gut, dass du kommst! Eine von denen müsste den Kopf hochhalten, sonst ist das zu gleichförmig.«

Max stellte sich neben die Katzen, die mit ihrem Fell faul die Sonnenstrahlen einfingen und ihn keines Blickes würdigten. »Ich kann nicht gut mit Katzen. Ich mag sie nicht mal besonders.«

»Das ist gut! Das mögen Katzen.«

»Was, dass ich sie nicht mag?«

»Ja, eine Herausforderung. Sie sind wie Frauen.«

»Alter Chauvi.«

»Glaub mir, ein Mann, der mit Katzen umzugehen weiß,

kann auch mit Frauen umgehen. Beiden musst du ihre Freiheit lassen, beide können kratzbürstig und schmusig sein, beide schnurren manchmal ...« Er grinste anzüglich. »Nimm dir eins von den Leckerlis aus der Tüte unter der Spüle, und halt es über die Katzen. Eine wird hoffentlich hungrig genug sein und hochschauen.«

Nachdem Max das Leckerli geholt hatte, schaute tatsächlich eine Katze auf. Der sandfarbene Kater mit Namen Yquem versuchte, an seinem Arm emporzusteigen und benutzte dabei seine Krallen als Steigeisen.

Max biss auf die Zähne, schüttelte den Kater ab und hob die Hand höher.

»Die Polizei war hier«, sagte Juan beiläufig. »Hast meine Adresse angegeben, oder?«

»Ja, die haben mich befragt.«

»Mich auch. Wollten wissen, wo du vorgestern Abend und in der Nacht warst. Ich hab gesagt, wir hätten zusammen gegrillt und bis in die Nacht gebechert. Und ich wüsste nicht, wann ich eingepennt wäre. War das richtig so?«

»Ja, das war richtig so. Auch wenn es sich scheiße anfühlt, wenn du für mich lügst.«

»Hat Spaß gemacht. Wollte immer schon mal jemanden decken. Ich kam mir vor wie in einem Humphrey-Bogart-Krimi, nur nicht so schwarz-weiß. Ich weiß aber nicht, ob sie mir die Story abgenommen haben. Du musst mir nicht erzählen, wo du wirklich warst. Aber halt das Leckerli noch was höher.«

Max hielt es höher. Der rote Kater sprang höher.

Und erwischte Max mit seinen Krallen.

»Das tut tierisch weh.«

»Halt's einfach noch ein bisschen höher.«

»Ich muss dir was erzählen.«

»Wenn du musst, dann raus damit.«

Max ließ alles raus, über den Toten und über Cristina. Juan hörte schweigend zu und nickte zwischendurch immer wieder, als hätte er all das erwartet. »Ruf sie lieber nicht an. Du darfst nicht zu interessiert wirken. Sonst hat sie kein Interesse, dich zu erobern.«

»Was meinst du?«

»Cristina. Ruf sie nicht an.«

»Der Tote ist doch jetzt viel wichtiger!«

»Unsinn. Nichts ist wichtiger als die Liebe. Dafür ist sie viel zu selten, viel zu wertvoll. Ich kenne dich, Max, wie oft verliebst du dich Hals über Kopf? Alle zehn Jahre? Jedes Vierteljahrhundert? Der Tote ist tot. Aber die Liebe zu Cristina könnte, na ja, leben. Wenn du keinen Mist baust.«

Der Kater hatte immer noch ein gieriges Funkeln in den Augen. Max kam trotzdem nicht näher mit dem Leckerli.

»Lassen wir Cristina mal außen vor. Und Liebe ist ein viel zu großes Wort. Ich muss an diesen Exportmanager rankommen. Aber nicht so, dass er mich als Nächstes umbringt.«

»Wenn er es war.«

»Er weiß auf jeden Fall, dass Cristina und ich die Leiche weggeschafft haben.«

»Und hat nichts der Polizei erzählt.«

»Noch nicht. Vielleicht erpresst er Cristina bereits.«

»Okay, du musst sie doch anrufen. Aber nur deshalb. Die Hand ein Stück nach links. Jaaaa, genau so.«

Der Kater schlug mit der Pfote in Richtung Leckerli, doch sie war zu kurz. Er maunzte wütend.

»Das wächst mir alles über den Kopf, Juan. Ich bin hierhergekommen, um ihn wieder freizukriegen. Mich zu finden – falls es da noch was zu finden gibt. Und Wein zu trinken, Gran Reserva, je mehr und je animalischer, desto besser.«

»Dreh mal die Mülltonne ein wenig, sodass die Kante zu mir schaut. Und pass auf, dass die Katze dabei nicht … zu spät. Hol dir ein neues Leckerli. Ich hol uns animalischen Wein.«

Als Max mit einem neuen Leckerli zurückkehrte, verteilte Juan Farbe dunkel wie Blut mit dem Spachtel auf der Leinwand. Er schien in seiner roten Phase zu sein.

»Der Täter kann aus dem Weingut selbst stammen – oder aus einem anderen.« Juan verschwand kurz und kam mit einer Flasche Wein zurück, deren Etikett er mit der Hand verdeckte. »Nicht nur die Chinesen kopieren.«

»Was meinst du damit? Weinfälschung?«

»Nicht so plump. Eher eine Art Camouflage. Die Bodegas Faustino sind extrem erfolgreich, weltweit, das Etikett kennt man. Was, wenn nun ein Etikett fast genauso aussieht und auf dem Wein statt Faustino … sagen wir Claustino draufsteht. Würden die Leute das merken oder den Wein trotzdem kaufen? Vielleicht ist er sogar billiger als das Original.«

»So was gibt's?«

»Was denkst du?«

»Okay, dann bestimmt.«

Er nahm die Hand vom Etikett: Bodegas Francino. »Denen käme es zupass, wenn Faustino einen kleinen Skandal hätte, weil dann einige Großhändler auf ihren Wein umsteigen würden. Wenn ich Faustino an den Karren pinkeln wollte, dann würde ich vielleicht kurz vor dem Königsbesuch eine Leiche bei ihnen deponieren.«

»Ist das nicht sehr drastisch?«

»Geht's der spanischen Wirtschaft gut?«

»Hörst du langsam mal auf mit den rhetorischen Fragen? Und ist das Bild endlich fertig? Mein Arm wird lahm.«

»Guck's dir an.«

Max trat zur Staffelei.

Er konnte keine einzige Katze erkennen.

Es sah noch nicht mal nach einem Tier aus.

Max hätte auf Traktor getippt.

Allerdings einen mit Fell.

Exportmanager Pepe Salinas hatte heute keine Zeit für ihn. Und, nein, morgen auch nicht. Die Vinexpo wollte vorbereitet werden und auch die Vinitaly, wichtige Geschäftskunden warteten, gerade war es sehr schlecht, leider, ein andermal gern, oh, da klingelte das Handy, er musste ran, ganz dringend, auf Wiederhören.

Danach hob Salinas nicht einmal mehr ab.

Juan sah Max an. »Er hat den Braten gerochen, oder?«

»Noch bevor ich ihn fragen konnte, ob er Zeit für mich hat.«

»Aber er kann doch gar nicht wissen, dass du ihn gesehen hast.«

Max zündete sich eine Zigarette an, wobei ihn Yquem

vorwurfsvoll ansah. »Ich bin mir bei gar nichts mehr sicher.«

Juan mischte einen neuen Grünton auf seiner Palette zusammen. »Vielleicht hat Cristina recht, und du solltest es sein lassen.«

»Nein, es schnürt mir den Hals zu, aber ich hab zum ersten Mal im Leben das Gefühl, etwas Sinnvolles zu tun. Das ist zur Abwechslung ganz schön. Und es lenkt mich ab von …«

»… dem, was du zurückgelassen hast. Deiner Esther, Freunde, Familie.«

Auf Max' Gesicht erschien ein gequältes Lächeln. »Danke, dass du mich daran erinnerst. Kommst du mit zu Francino? Du kannst mein Assistent sein.«

Juan zog die Augenbrauen empor. »Ein Traum wird wahr.«

»Siehste. Dann trag mal meine Kameratasche.«

Max hatte gerade seine Utensilien eingepackt, als Bewegung in die im Haus schlummernde Katzenmeute kam. Nicht, weil es nun Futter gab, sondern weil an der Tür des sparsam möblierten Gästezimmers etwas ihre Aufmerksamkeit erregt hatte.

Dort stand Cristina.

Er hatte ihr in der Nacht, als sie die Leiche in den Ebro warfen, von seinem Quartier bei Juan erzählt. Sie hatte es anscheinend nicht vergessen.

Ihre Wangen waren röter als sonst.

»Da ist was zwischen uns, oder? Ich weiß nicht, was, aber da ist was.«

Die Katzen versammelten sich um Cristina, als wäre sie ein wärmendes Feuer im kalten Winter. Eine große Katze wedelte sogar mit dem Schwanz.

Wedelte mit dem Schwanz?

Max sah genauer hin. Es war ein Hund. Straßenkötermischung.

War ihm noch nie aufgefallen.

»Ist da was, Max?«

»Ja, da ist was.«

Sie kam einen Schritt näher. Nur einen.

»Ich bin kompliziert.«

»Alle Frauen sind…«

»Unterbrich mich nicht. Ich hab Angst vor Autobahnen, Flügen, Schiffen, Seilbahnen.«

Wie wunderbar, dachte Max. Sie ist verrückt. Wunderbar verrückt.

»Na, und? Ich vor Spinnen.«

»Ich bin Löwin, Max.«

»Und was bedeutet das?«

»Es ist eine Warnung. Ich bin impulsiv, ungeduldig, eifersüchtig, und ich fluche beim Autofahren wie eine mexikanische Straßenhure. Wenn ich nachts nicht schlafen kann, rücke ich alle Möbel um. Auch im Hotel. Oder wenn ich wo zu Besuch bin. Egal. Und ich will immer das letzte Wort haben. Nein, falsch. Ich *habe* immer das letzte Wort. Ich bin keine ganz harmlose Löwin.«

»Die sind mir am liebsten«, sagte Max mit einem Lächeln. »So lange sie süß sind.«

»Das steht ja wohl außer Frage!«

»Das tut es«, sagte Max. Denn so war es.

Er kam einen Schritt näher. Sie wich nicht zurück. Ihre dunkelbraunen Augen, er wollte ganz tief in sie blicken.

»Was ich damit sagen will, Max: Ich bin schwierig.«

»Schwierig ist gut.«

»Nein, schwierig ist schwierig. Kein Puderzucker drüber. Ehrlich sein. Und alles auf Augenhöhe.«

»Auf Augenhöhe. Anders würde ich es nicht wollen.«

Es fühlte sich an, als würden sie einen Pakt aushandeln. Er hätte sie am liebsten sofort umarmt. Doch sie wirkte wie eine Bombe, die noch nicht vollends entschärft war, einige Drähte mussten noch durchgeknipst werden. »Du bist eine starke Frau.«

»Aber ich will auch mal schwach sein dürfen. Jemanden neben mir haben, der stark ist, mich anlehnen können. Wenn du eine starke Frau suchst, such dir eine andere.«

»Ich suche sowieso nicht, ich finde. Können wir nicht einfach schauen, wie sich alles entwickelt?«

»Ich lasse eigentlich immer alles auf mich zukommen. Ohne Erwartungen. Aber bei dir fällt mir das irgendwie schwer.«

»Bist du fertig? Ich küsse dich jetzt.«

»Warte ...«

»Ich muss dich jetzt küssen.«

Er küsste sie. Diesmal nahm er sich Zeit. Am Anfang fanden ihre Lippen noch nicht richtig zueinander, es war eher ein stürmisches Abtasten, aber mit der Zeit erspürten sie ihren Rhythmus. Der Kuss war köstlich, besser als jeder Gran Reserva.

Als Max wieder sprechen konnte, sah er sie an und

musste lächeln. Einfach nur lächeln. Und Cristina ging es genauso.

Dann küssten sie sich ein zweites Mal. Ihre Lippen fanden zueinander, als wären sie seit Jahren aneinander gewöhnt.

Es folgten noch weitere Küsse – bis Juan räuspernd in der Tür stand und auf seine Armbanduhr deutete. »Die machen bald zu.«

»Wer?«, fragte Cristina.

»Francino. Kommst du mit?« Max hielt ihr Gesicht in Händen und hatte Mühe, sie nicht gleich wieder zu küssen.

»Was?«

»Ich muss da jetzt hin.«

»Das Haus des Antichristen betrete ich nicht. Aber wenn wir uns heute Abend treffen, dann können wir uns weiter ... unterhalten.«

Als sie weg war, blieb ihr Geschmack auf seinen Lippen. Ohne dass er es merkte, fuhr er mit den Fingerspitzen darüber.

Es fiel Max schwer, sich während der Fahrt auf die Inkognito-Recherche zu konzentrieren, anstatt an Cristina, ihre Lippen und den bevorstehenden Abend zu denken. Mit Willenskraft versuchte er, seinen Herzschlag wieder in den Ruhepulsbereich zu senken. Max blickte auf das Regenradar seines Handys. Weit und breit nicht mal ein Fetzen Wolken in Sicht. Rioja war trocken wie die Wüste. Und plötzlich sehnte er sich nach Köln, das immer genug Wasser hatte und ab und an sogar generös vom Rhein überschwemmt wurde. Köln. Er liebte die Stadt. Trotz ihrer vernarbten Häuserschluchten, ihrer Lokalbesoffenheit, ihrer Parkplatznot. Denn sie hatte auch den Rhein, den Dom, den Grüngürtel, großartige Blutwurst und stets ein frisch gezapftes Kölsch.

Max blickte hinaus auf die vorbeiziehende Landschaft.

Kein Rhein, kein Dom – und erst recht kein Kölsch.

Juan döste neben ihm, das hatte er früher schon getan, während ihrer Studienzeit. Egal, ob in Auto, Flugzeug oder Bahn, Juan schlief. Er meinte, es käme davon, dass seine Mutter ihn als Baby jeden Abend in den Schlaf gewiegt hatte. Der Rhythmus sei seitdem in seinem Blut.

Als Max den Wagen vor der Bodega Francino parkte, wachte Juan erfrischt wieder auf.

»Sind wir schon da?«

Max antwortete nicht. Sein Mund stand vor Staunen offen. In einem Micky-Maus-Comic hätten Vögel jetzt ein Nest darin gebaut. Francino sah aus, wie sich jeder Reiseveranstalter ein spanisches Weingut wünschte. Don Quijote und Sancho Pansa hatten darin sicher bereits Quartier bezogen. Schließlich gehörte zum Weingut auch ein kleiner, pittoresker Windmühlennachbau – direkt neben dem Busparkplatz, auf dem vier klimatisierte Riesengefährte standen, die ihre Fracht bereits zur Abfüllung ausgeladen hatten.

Dem Bau war anzusehen, dass er neu war, die lackierten Dachziegel glänzten. Es war die Puderzuckerversion eines Weingutes, über der genauso ein Schild wie bei Faustino thronte – nur dieses hier schien vergoldet. Faustino war bodenständig. Man sah es dem Weingut an, das Gewachsene, es war authentisch, ungeschminkt.

Dieses hier hatte Silikonbusen.

Sie waren gerade aus dem Jeep gestiegen, als sich am oberen Ende der breiten Eingangstreppen das hölzerne Tor öffnete und ein durchtrainierter, braungebrannter Surfer mit Khakihosen heraustrat und die Hand zum Gruß hob. Sie schickten also einen Praktikanten zum deutschen Fotografen. So viel zum Thema Wertschätzung. Hoffentlich erhielten sie wenigstens eine kurze Audienz beim Herrn der Finsternis, dem Chef dieses feuchten Weinguttraumes.

»Hallo, du musst Max sein. Ich bin David, willkommen in meinem Reich!«

Der Surfer lief die Treppe hinunter, reichte Max die Hand und schlug ihn mit der anderen auf den Oberarm. »Wollt ihr erst mal was trinken oder direkt loslegen mit den Fotos für eure Reportage? Dann würde ich euch zuerst alles zeigen, und wir trinken danach was zusammen. Was meint ihr?«

Er reichte auch Juan die Hand, der sich wie vereinbart als Assistent vorstellte.

»Du siehst genau wie ein anderer Juan aus. Juan Gil de Zámora, der Künstler, hat demnächst eine große Ausstellung im Guggenheim in Bilbao. Soll ein Spitzentyp sein. Du siehst ihm echt tierisch ähnlich. Ich mein, ich kenne ihn nur von Fotos, aber das ist schon irre. Und du bist dir ganz sicher, dass du es nicht bist?«

»Wer weiß schon, wer er wirklich ist«, antwortete Juan lässig.

»Auch wieder wahr. Also: trinken und gucken oder gucken und trinken?«

»Lieber gucken und trinken. Erst die Arbeit, dann das Vergnügen.«

»Na, na!«, sagte David und knuffte Max in die Seite.

Er führte sie in die von großen, unbefüllten Holzfässern umrahmte Probierstube, in deren Mitte ein aufgebocktes Wagenrad stand, auf das eine runde Glasplatte montiert war. Mit geübten Handgriffen stellte David die vier Weine des Gutes darauf: den Francino No. 1, den Francino No. 5, einen Rosé-Francino und einen weißen Francino. Schon mit einer Dioptrie hätte man sie alle für Faustino-Weine halten können.

Max schoss Fotos aus verschiedenen Winkeln, stellte ein Spotlight und einen Reflektor auf und positionierte die Flaschen in eine perfekte Reihe, bevor er wieder abdrückte.

»Mach schnell, sonst wird der Wein warm«, scherzte David, der bereits mit dem Kellnermesser bereitstand. »Ne, Quatsch, dann hol ich neue, lass dir ruhig Zeit.«

»Wo probieren eigentlich die Busladungen voller Touristen?«

David zeigte in alle Himmelsrichtungen. »Wir haben sechs Verkostungsräume, alle identisch, dazu drei größere Säle, in denen wir auch Bankette veranstalten können.«

Es schien Francino gut zu gehen. Doch wenn es ihnen gut ging, dann war dies eine Sackgasse, denn dann gab es keinen Grund, eine Leiche bei der Konkurrenz zu platzieren.

»Bin fertig«, sagte Max und reichte Juan die Kamera zum Verstauen. Der nahm sie jedoch nicht entgegen, sondern griff stattdessen nach einer der Flaschen. »Kommt mir sehr, sehr bekannt vor, das Etikett.«

»Du meinst wegen Faustino?«, fragte David. »Ja, klar. Wenn du erfolgreich bist, wirst du kopiert. Es ist eine Art Kompliment. Unser Wein kostet im Schnitt allerdings einen Euro weniger. Alles legal. Das Etikett ist genau so nah dran, wie es der Gesetzgeber zulässt. Wenn ihr mich fragt: Faustino profitiert davon, denn unser Wein ist klasse. Gut, wir produzieren keinen Gran Reserva, das ist einfach zu aufwendig, aber viele kaufen später auch die Flaschen von Faustino, weil sie denken, unser Wein wäre drin. Eine Win-Win-Situation.«

»Nur dass Faustino zuerst da war und sich das Image hart erarbeitet hat, von dem ihr nun profitiert.«

»That's life! Wir werden ja auch schon kopiert. Jetzt bauen sie überall schicke Bodegas und kurbeln den Vino-Tourismus an. Insgesamt machen immer mehr Firmen Werbung für Rioja, das hilft allen. Wir müssen halt besser sein als der Rest.«

»Wie laufen die Geschäfte?«, fragte Juan, der langsam Spaß an der Investigation zu finden schien.

Natürlich würde David nicht die Wahrheit sagen. Geschäfte liefen immer gut. Es sei denn, das Finanzamt fragte, dann liefen sie miserabel.

»Geht so«, antwortete David. »Die Auslandsmärkte sind zur Zeit schwierig, vor allem England, da reißen meine Landsleute sich alles unter die Nägel.«

»Australier?«, fragte Max, der den Akzent schon bemerkt hatte.

»Wow, bin beeindruckt, Kumpel. Adelaide, um genau zu sein. Hab da am Roseworthy College Weinbau studiert und später bei Penfolds unter Peter Gago gearbeitet, bevor es mich hierher verschlagen hat. Bin jetzt seit zwei Jahren hier, und nächstes Jahr wollen wir richtig durchstarten. Wer weiß, vielleicht ist Faustino irgendwann froh, dass ihr Name wie Francino klingt und nicht mehr umgekehrt.«

»Wem gehört die Bodega eigentlich?«, fragte Max, während David den ersten Wein, einen weißen, einschenkte. Er war so kühl, dass er nicht nach viel schmeckte. »Auch Australiern?«

»Ihr werdet lachen: einem anderen Zweig der Firma Martinez – also den Besitzern von Faustino. Über achtzehn Ecken verwandt.«

»Gab es da keinen Ärger?«

David zuckte mit den Schultern und öffnete den Rosé. »Muss mich nicht scheren. Ich muss nur zusehen, dass der Wein gut wird. Und das heißt: modern, weich, fruchtig, zugänglich – und jedes Jahr gleich.«

»Also wie Coca Cola«, konnte sich Max nicht verkneifen zu sagen.

»Genau«, sagte David, kein bisschen beleidigt. »Die machen auch einen Superjob. Im Weißen war übrigens die typische Rioja-Rebsorte für hellen Wein, also Viura. Der Rosé, den ihr jetzt bekommt, ist aus achtzig Prozent Tempranillo und zwanzig Prozent Garnacha – genau wie der Faustino VII. Unserer heißt aber eben Francino XII und ist ein flüssiges Fruchtbonbon.«

Das traf es. Er musste für Weintrinker mit dem Gaumen eines Kleinkindes gedacht sein. Die beiden Roten, die nun folgten, waren nur unwesentlich kantiger. Vermutlich konnten Francino-Weine zum Abstillen verwendet werden.

»Und? Was meint ihr?«

Juan stellte sein Glas ruckartig ab. »Ganz ehrlich? Da kann ich auch Fruchtsaft trinken.«

Auf Davids gebräuntem Gesicht erschien ein breites Grinsen. »Der dreht aber nicht so!« Er lachte laut auf. »Ich mag deine Art, nimmst kein Blatt vor den Mund, sehr australisch. Ich muss euch was zeigen.«

Er führte sie in sein Büro und rief die Homepage des Gutes auf. »Ich brauch neue Fotos, und zwar was Dynamisches, Hippes, wir müssen ein bisschen weg vom Alten und neue Kundenkreise ansprechen. Kriegst du so was hin? Hast du eine Homepage, wo man sich deine Sachen anschauen kann?«

Max nannte sie ihm.

Als David sie aufgerufen hatte, ließ er einen anerkennenden Pfiff erklingen. Und gleich noch einen. »Leck mich am Arsch. Du hast ja mit allen gearbeitet, Supermodels, Hollywoodgöttinnen, Politiker, sogar dem Hund von Paris Hilton, du bist ein verdammter Starfotograf. Was machst du in der Rioja?«

»Weingüter fotografieren. Und Reben. Das ist meine Art von Urlaub.«

»Kann ich mir dich überhaupt leisten?«

Max kannte diese Frage. Ebenso die Antwort. Sie kotzte ihn an. »Kann es sich dein Weingut leisten, schlechte Fotos zu haben?«

David stand auf und reichte ihm die Hand. »Ich krieg das finanziert. Und jetzt zeig ich dir, was du so richtig geil in Szene setzen musst.«

Nach der Führung durch das Gut fiel Max' Blick beim

Hinausgehen auf eine Glasvitrine, in der Gläser standen, leere Francino-Weinflaschen sowie einige errungene Weinmedaillen. In der untersten Etage lag ein Jakobsweg-Abzeichen, verkrustet mit Dreck. Die Flasche, die danebenstand, war so gedreht, dass ihr Etikett nicht zu sehen war. Doch Max erkannte an der Halskapsel, dass es eine Flasche Faustino war.

Er würde David danach fragen, wenn er sein Vertrauen vollends gewonnen hatte.

Kapitel 4

1984 – Ein sehr durchschnittlicher Jahrgang. Uninteressant. Nur zwei Prozent des Weins wurden zu Gran Reservas.

Cristina hatte ihm ihre Adresse nicht gegeben. Er sollte sie dort auflesen, wo er sie beim letzten Mal abgesetzt hatte. Sie musste sein Murren gehört haben, doch sie reagierte nicht darauf. Selektive Wahrnehmung war also nicht nur eine Stärke deutscher Frauen.

Max war zu früh in La Bastida, was ihm erst auffiel, als er den Jeep am staubigen Straßenrand parkte, wo die sengende Sonne das schwarze Blech innerhalb weniger Minuten auf Backofentemperatur erhitzen würde. Die Zeit, seit Jahren allgegenwärtig für ihn, sekundengenau sein Leben taktend, hatte sich in La Rioja aufgelöst wie eine Badekugel im Wasser.

Das gefiel ihm.

Doch nun musste er sie totschlagen, die Zeit.

Max schlenderte durch den Ort, fotografierte, was ihm ins Auge fiel, und landete schließlich auf dem Platz vor dem Rathaus, wo ihn beim letzten Mal der Alte abgekanzelt hatte. Eine Rückkehr an den Ort der Niederlage. Die Luft über den heißen Pflastersteinen flirrte, und Max hoffte, dass sich die Kühle des Abends heute etwas früher wie ein Seidentuch über das Land legen würde. Er wollte sich noch ein wenig auf den Platz des alten Mannes setzen und grimmig dreinschauen, damit einer diesen Job erledigte und alles seine Ordnung hatte. Doch seine Hilfe wurde nicht gebraucht. Der Greis saß wieder da, in derselben Körperhaltung, leicht vornübergebeugt, die Unterarme auf den Oberschenkeln abgelegt. Er sah den Neuankömmling – und blickte zu Boden.

Max setzte sich neben ihn, schaltete seine Digitalkamera ein und zeigte ihm die Fotos von La Bastide.

»Ein schöner Ort ist das.«

Keine Antwort. Max klickte Bild um Bild vor, der Blick des alten Grantlers haftete darauf. Plötzlich grunzte er, und Max klickte zurück. Die Kamera wurde ihm aus der Hand genommen. Auf dem Display war ein großes Gebäude zu sehen, das früher eine Art Verwaltung beherbergt haben musste, doch mittlerweile verfallen war. Einige Decken waren bereits eingestürzt, die Fensterscheiben zersprungen. Max hatte die Verwüstung fotografiert, den Verfall, schonungslos und doch auch mit einer friedlichen Schönheit. Den langsamen Verfall, das Nagen der Zeit. Doch aus einem bestimmten Winkel hatte es ausgesehen, als sei alles noch intakt, und die Sonne hatte ihr Licht wie Gold über der Szenerie ausgegossen. Max mochte das Foto nicht, obwohl es aus ästhetischen Gesichtspunkten gelungen war. Es war eine Lüge, oder zumindest eine Illusion.

Der Alte fuhr mit den Fingerspitzen über das Bild, wodurch die Kamera es heranzoomte.

»Ein Touchscreen, Sekunde«, Max stellte die Anzeige zurück.

»Wunderschönes Gebäude. Was ist es?«

Der Greis blickte nicht auf. »Eine Schule. Unsere Schule. Gutes Foto. Ich bin Fernando.« Er reichte ihm die Hand. Sein Atem roch nach Wein.

»Soll ich dir einen Abzug davon machen?«

»Zu viel Aufwand.«

»Mach ich gern.«

»Weil du was von mir wissen willst. Es ist ein Geschäft.«

»Wegen Cristina? Nein, ich muss nichts mehr über sie wissen, das schaff ich auch alleine.«

Fernando lachte knarzend. »Du meinst also, du kennst die Frauen?«

Max dachte darüber nach. Natürlich gab es »die Frauen« nicht, und jede Frau in seinem Leben hatte ihn überrascht und fasziniert. Er kannte die Frauen, so gut man sie eben kennen konnte. »Ich glaube schon.«

»Du kennst die deutschen Frauen, nicht aber die spanischen. Himmelweiter Unterschied. Und Cristina: Noch himmelweiter. Ihr Deutschen wisst nichts über Frauen, gar nichts.« Er reichte Max die Kamera zurück. »Mach mir einen Abzug, schön groß, dass ich ihn aufhängen kann. Dann erzähle ich dir was. Und jetzt kein Wort mehr über Cristina.«

»Was? Wieso?«

»Kein Wort, hab ich gesagt.«

Ein anderer Greis trat heran, im Gegensatz zu Fernando drahtig, Rücken gerade, jeder Zentimeter strahlte Stolz aus, die Augen klug, die Kleidung alt, aber makellos. In der Hand hielt er einen Reserva der Bodegas Campillo, die zur Grupo Faustino gehörte. Der Korken war gelöst, steckte aber noch im Hals.

»Hallo, Iker«, begrüßte Fernando ihn. »Das hier ist Max. Ein Freund.«

Iker, wie der berühmte Torwart der spanischen Fußballnationalmannschaft, dachte Max. Ein Mann mit Nerven wie Drahtseile.

»Trinkt dein Freund auch Wein?«

»Sonst wäre er nicht mein Freund«, antwortete Fernando.

Iker entkorkte die Flasche und reichte sie Max. »Weißt du denn überhaupt, was Wein ist, Max?« Er wartete die Antwort nicht ab. »Flüssige Geschichte, das ist Wein. Kennst du ein anderes Lebensmittel, das zehn, zwanzig, dreißig, ja mehr als fünfzig Jahre hält? Nicht wie Whisky oder Schnaps, die sich nicht verändern, die sind konserviert, tot, nein, Wein *reift*, verändert sich, ist lebendig, wie wir Menschen. Wein ist einzigartig. Er erzählt uns etwas, wenn wir ihn trinken. Wenn er gut ist. Und wir zuhören.« Er grinste. »Was uns bei Frauen so schwerfällt. Hast du eine Frau, Max?«

»Es gibt da eine, die mich interessiert, sie heißt…«

Fernando stieß so kräftig gegen die Flasche, dass der Rotwein auf Max' Hose spritzte.

»He! Was sollte das denn jetzt?«

»Entschuldige, Max.« Fernando reichte ihm ein altes, gebrauchtes Papiertaschentuch und lehnte sich zu ihm rüber, ganz nah an sein Ohr. »Iker ist Cristinas Großvater. Sag bloß nichts Falsches, sonst war es das. Am besten, du sagst gar nichts und haust lieber ab. Ich erzähl was Gutes über dich, mir fällt schon was ein.« Wer hätte gedacht, dass der alte Mann plötzlich so gesprächig sein konnte.

Iker schien so in seine Gedanken vertieft, dass er das Flüstern der beiden gar nicht bemerkt hatte. Fernando sprach laut weiter. »Du musst doch zu deinem Termin, Max. Nett, dass du hier mit zwei alten Geiern wie uns sitzt, aber jetzt mach dich auf, wir kommen auch ohne dich klar.«

»Stimmt ja. Der Wein ist übrigens phantastisch, danke dafür.«

»Gern«, sagte Iker. »Hab ich gemacht, den Wein. Da muss er ja gut sein.«

Mit einem Lachen verabschiedete sich Max, keinen Augenblick zu früh, denn Cristina wartete bereits an der Ecke auf ihn.

Sie sah phantastisch aus, was Max ihr auch sagte. Ihr Rock ging bis zu den Knien, nicht eng, sondern luftig, Bluse und lackglänzende Schuhe waren auf eine mädchenhaft verspielte Weise perfekt aufeinander abgestimmt. Max wusste, wovon er sprach. Cristina hatte ein Gefühl für Mode, ohne dass es angestrengt aussah. Sie hatte Stil, kombinierte Grau- und Schwarztöne, welche ihre blasse Haut und ihre dunkelbraunen Augen perfekt unterstrichen. In ihrem dunklen Haar waren jetzt sogar rote Farbreflexe zu erkennen. Der Pferdeschwanz war streng nach hinten gekämmt, der Pony fiel in perfekter Linie über ihre Augenbrauen. Max verspürte den Drang, ihr eine vorwitzige Haarsträhne glattzustreichen, wie er es bei Fotosessions oft machte, wenn kein Stylist anwesend war.

Doch eigentlich war es so viel schöner. Perfekt unperfekt.

Der leichte Wind spielte mit ihrem Haar. Vielleicht war

er ja extra dafür angereist. Wäre Max ein Wind, er hätte sogar den weiten Weg aus Deutschland auf sich genommen.

Die Begrüßung fiel trotz Küssen auf die Wangen – zweien und nicht wie in Frankreich dreien – eher nüchtern aus. »Wo geht es hin?«, fragte Max.

»Nach Logroño, wir treffen Freunde.«

Also kein romantisches Candlelight-Dinner. Party. Nun ja, ihm war gesagt worden, er sei gut darin. Trotzdem blickte Max kurz auf das Regenradar, das seine Hoffnung ein weiteres Mal enttäuschte. Kein Wolkenbruch würde diesen Abend in ein richtiges Date verwandeln, weil sie die ganze Nacht im Wagen sitzen mussten, um nicht bis auf die Knochen durchnässt zu werden. Wo waren die spanischen Regenwolken, wenn man sie mal brauchte?

Max war froh, dass Juan mit ihm durch die Tapas-Bars gezogen war. Jetzt kannte er den Verhaltenskodex, hatte sich an die Enge und die Lautstärke gewöhnt und wusste, wie viel Alkohol man trinken konnte, ohne als Säufer abgestempelt zu werden. Viel. Und wie viel man essen durfte, um nicht als gefräßig zu gelten. Ebenfalls viel.

Die Freunde waren zu viert, sie warteten schon, und sie wussten Bescheid: María (klein, blond und hager, aber mit einer Stimme wie ein ganzer Frauenchor), Elena (eine Matrone, ebenso rundlich wie herzlich, die Welt und ihn umarmend), André (der Stille, ein Zwei-Meter-Mann, gekleidet, als sei er farbenblind) und Carlos.

Manche Menschen schloss man auf den ersten Blick ins Herz.

Carlos nicht.

Zumindest Max nicht.

Carlos war unverschämt gut aussehend, auf eine gegelte, südländische, braungebrannte, breitschultrige Art. Seine schwarzen Haare waren lockig, sein Kinn kantig, sein Bart maskulin, exakt drei Tage alt. Er war zum Kotzen. Carlos lächelte breit, als er Max die Hand schüttelte, doch seine Augen lachten nicht, sie fixierten, taxierten, und Max wurde klar, dass Carlos nicht irgendein Freund war, sondern dass auch er mehr für Cristina empfand. Wie er sie bei der Begrüßung umarmte, diesen Hauch zu lange, wie er ihr in die Augen blickte, diesen Tick zu tief, wie er über ihren Witz lachte, diese Prise zu viel. Carlos, du machst keinem was vor. Die neue Konkurrenz aus Deutschland passte ihm sicherlich nicht in den Kram. Zeigen durfte er das natürlich nicht. Max kannte diesen Typ Mann. Carlos würde bestimmt damit beginnen, gegen ihn zu intrigieren und den Rest der Cuadrilla, Cristinas Clique, gegen ihn aufzustacheln. Max war auf Anhieb klar gewesen, dass dies nicht irgendwelche Freunde waren, sondern die engsten. Die Art, wie sie sich begrüßten, diese natürliche Herzlichkeit, wenn sie sich zur Begrüßung auf die Wangen küssten, ein hundertfach vollzogener Tanz. Die Cuadrilla, hatte Juan ihm erklärt, begleitete einen Spanier durch das ganze Leben, war wie eine zweite Familie und für viele sogar wichtiger als diese. Wer bei der Cuadrilla nicht ankam, der hatte verloren.

Genau auf solchen Scheiß hatte Max keinen Bock mehr.

In der Modeindustrie war Stutenbissigkeit gang und gäbe – und die Hengste waren dental kein bisschen besser. Eher im Gegenteil.

María bestellte eine Runde Rosado und lehnte sich verschwörerisch vor, als die Gläser vor ihnen standen. »Habt ihr das von dem Toten im Ebro gehört? Eine ganz mysteriöse Sache. Die ganze Stadt spricht davon!«

»Lasst uns doch über was anderes reden«, sagte Cristina laut. »Es ist doch so ein schöner Abend, da will ich mir nicht die Laune mit Geschwätz über einen toten, alten Mann verderben.«

Doch María holte bereits einen Zeitungsabschnitt hervor. »Ach was. Das ist doch spannend. Endlich passiert mal was in unserem verschlafenen Nest! Sie haben heute die Strecke seiner Wanderung abgedruckt. Die Policía hat sogar einen Verdächtigen, den sie aber wieder freilassen mussten aus Mangel an Beweisen. Doch er steht weiter unter Beobachtung. Ich glaube ja, der war's. Ist wahrscheinlich nur wegen eines Winkeladvokaten wieder auf freiem Fuß. Da läuft es einem eiskalt den Rücken runter, was? Der könnte glatt hier mit uns in der Bar stehen. Stellt euch das mal vor!«

Max sah sich um. Kein Gesicht blickte zu ihm, doch die Bar war so voll, dass ein Zivilpolizist direkt neben ihm stehen und lauschen könnte, ohne dass er etwas davon merkte. Alle redeten, alle tranken, alle aßen. Nur ein Typ in der Ecke war allein, graues, kurzes Haar, das Gesicht wie ein verprügelter Jean-Claude van Damme und den Kaugummi in seinem Mund malträtierend, als sei dieser für alles Elend auf der Welt verantwortlich.

André schaltete sich in das Gespräch ein. »Nur weil Escovedo aus dem Baskenland stammt, reden die Leute über ETA-Verbindungen. Als wäre jeder Baske ein Terrorist. Völlig lächerlich.«

»Richtig, manche sind auch nur völlig unpolitische Hobby-Bombenleger. Das sagst du ja nur, weil du aus Vitoria stammst«, konterte Elena. »Was meinst du denn zu der Sache, Max?«

»Ja«, unterstrich Carlos, »was meinst du? Das würde mich interessieren.«

Max hob abwehrend die Arme. »Ich halte mich da raus. Scheint mir viel zu früh, um Vermutungen anzustellen. Vielleicht ein Verbrechen aus Liebe?«

»Bei einem Greis, der den Jakobsweg wandert?« Carlos schnaubte verächtlich. »Und bevor du jetzt sagst, dass es um Geld ging: Er hatte kaum was bei sich, er ist nicht bestohlen worden, und auch sonst ist er nicht reich. Tierpfleger verdienen nicht so viel. Zumindest in Spanien, und in Rente erst recht nicht.« Er boxte ihn neckisch, aber verdammt fest gegen den Oberarm.

Gegenangriff.

»Viel mehr als der Tote interessiert mich, wie es Cristina geht. Ich meine, der Besuch des Königs steht doch bevor. Da hast du sicher irre viel zu tun. Du organisierst doch alles, nicht?«

Sie blickte ihn dankbar an. Carlos entging dies nicht.

Treffer. Versenkt.

»Nein, nicht allein, unserem Exportmanager wurde das als Zusatzaufgabe aufgehalst, und ich unterstütze ihn.«

Elena schüttelte entschieden den Kopf und nahm sie in den Arm. »Blödsinn! Du machst die ganze Arbeit. Hoffentlich sieht das auch mal einer.«

Cristina gab ihr einen Kuss. »Du bist die Beste!« Sie bestellte eine neue Runde, natürlich stammte der Wein von

Faustino. Er hieß »9 mil«, weil es nur neuntausend Flaschen davon gab. Ein Tempranillo von einem fünfzig Jahre alten, exzeptionellen Weinberg an den Hängen der Sierra Cantabria. Nicht billig, aber Cristina brauchte jetzt anscheinend einen Schluck davon. »Die Sicherheitsvorschriften sind der Wahnsinn. Die Security des Königshauses und die örtliche Polizei hatten schon drei Termine bei uns. Ihr könnt euch nicht vorstellen, wie viele Auskünfte und Bescheinigungen wir vorlegen müssen. Für den Abend ist ein Festessen in unserem großen Speisesaal geplant, dem tollen mit der hohen Decke und den achtzig Plätzen, alle Gäste werden im Vorhinein durchleuchtet. Es ist die Hölle. Aber ...«

»Sind wir denn auch eingeladen?«, fragte Carlos.

Cristina lächelte schief. »Dich lassen sie bestimmt nicht rein. Nur Sportler, die mal eine Olympiamedaille gewonnen haben. Oder die Tour de France.«

Sportler war er also auch noch. Also ein durchtrainierter, athletischer Körper. Max war nicht unsportlich, aber jetzt wurde ihm klar, dass sich unter Carlos' Kleidung ausschließlich Muskeln und Knochen befanden.

»Die hätte ich beinah gewonnen! Wenn sie mich nominiert hätten.«

»Ja, klar«, sagte María. »Wissen wir doch. Wie damals, als du beinahe Torero geworden bist. Erinnert ihr euch noch, als ...«

Ab da war der Abend für Max gelaufen.

Sie sprachen über die alten Zeiten, wärmten Anekdoten auf, ein Insider-Witz folgte auf den nächsten. Er war überflüssig, sogar mehr als das, er störte das harmonische Miteinander. Immer wenn er etwas zum Gespräch beitrug, stockte es. Er war der Merlot im Tempranillo-Regal. Zwar stellten sie ihm Fragen, versuchten ihn einzubinden, doch die natürliche Chemie entstand nicht. Max war sich sicher, das lag vor allem an Carlos, der geschickt Sackgassen errichtete oder Abzweigungen nahm, sodass Max verstummen musste.

Irgendwann war ihm das zu blöd und er verabschiedete sich. Cristina gab er zum Abschied einen Kuss. Geplant war dieser auf den Mund, der Anflugwinkel seiner Lippen war perfekt gewesen – doch die Landebahn hatte sich weggedreht, und er war neben dem Rollfeld zum Stehen gekommen. Cristina wollte sich noch nicht von ihm vor ihrer Cuadrilla küssen lassen. Vermutlich würde sie nach seinem Verschwinden die Bewertungen einholen, wie beim Eistanzen, wo nach der Kür alle gespannt auf die Wertung der Punktrichter warteten.

Das Ergebnis konnte Cristina gerne für sich behalten.

Wo war der Grauhaarige mit dem Van-Damme-Gesicht? Scheinbar fort. Gut so. Also nur Paranoia.

Max brauchte Luft, und er musste gehen. Egal wohin, nur erst mal weg.

Er zog eine neue Karte zur Sekundenmeditation. »Heute merke ich, wenn ich Glück habe.« Max schnaufte verächtlich. Wollte ihn sein Schicksal hochnehmen? Glück? Wirklich? War es Glück, dass er Cristina getroffen hatte, oder Pech? Beim Lotto wusste man immer direkt, ob man zu den Glücklichen zählte, im Leben stellte es sich häufig erst spät heraus. Manchmal zu spät.

Vielleicht sollte er das mit Cristina lieber lassen. Vielleicht war es eine Illusion. Genau wie die wahnsinnige Idee, einen Mord aufzuklären. Max war gefrustet und holte sein Handy aus der Innentasche des Leinensakkos, um zu Hause anzurufen. Wen, wusste er noch nicht, vielleicht Esther. So einfach zu gehen, war scheiße gewesen, sich verleumden zu lassen auch, das hatte sie nicht verdient. Sie würde ihn sicher wieder um den Finger wickeln, was sie so perfekt beherrschte wie eine Spinne, die ihr Opfer umspann.

Doch manchmal fühlte es sich wohlig warm an in einem solchen Kokon. Selbst wenn man wusste, dass man der Nachtisch war.

Er tippte ihre Nummer ein, als er ein Plakat sah, das für das örtliche Casino warb. Wo man angeblich sein Glück fand. Es waren nur ein paar Schritte bis dorthin.

Er schaute auf sein Handy, die Nummer stand schon im Display, er musste nur noch die Wähltaste drücken. Doch er blickte wieder auf das Plakat.

Wenn einem der Himmel irgendwo ein Zeichen sandte, dann wohl auf dem Jakobsweg, schließlich kamen von hier die meisten Anfragen. Und Max befand sich, wie ihm die Abbildung einer Jakobsmuschel zu seinen Füßen bewies, genau auf dem Pilgerpfad.

Ein kühler Wind strich über seine heiße Stirn.

Er konnte Esther später immer noch anrufen. Oder auch nicht.

Es war spät, als er das Electra Rioja Gran Casino betrat, und wenig los. Die Fernseher, die alle paar Meter an den Wänden hingen, waren ausgeschaltet, auf keinem liefen Nachrichten. Max erging es gerade wie im Urlaub, wenn er keine Zeitungen las und keine »Tagesschau« sehen konnte: Er wusste nicht, was in der Welt vor sich ging. Eine Zeit lang empfand er das als charmant, doch irgendwann fühlte es sich stets an, als sei er von der Welt abgeschnitten, als gehörte er nicht mehr dazu. Dann musste er sich dringend auf den neuesten Stand bringen.

Scheinbar musste er noch ein wenig ohne die Welt auskommen.

Das Casino war provinziell und hatte mit Las Vegas so viel zu tun wie Helgoland mit Hawaii. Am Roulettetisch saß ein brockiger Mann im Hawaiihemd, mit prächtigem Schnurrbart und Elvis-Sonnenbrille, neben sich ein Glas Rotwein und eine entkorkte Flasche.

Max setzte sich dazu.

Der Alkohol musste die Muskulatur des Mannes schon sehr entspannt haben, denn sein Kopf saß so wackelig auf dem Hals, als könne er jeden Augenblick hinunter kullern. Jetzt drehte sich die schwankende Kugel Max zu. »Glück ist ein flüchtiges Element. Zufriedenheit, die kann man erreichen, das ist auch schon schwierig genug. Aber Glück?«

Die weinbelegte Stimme des Mannes zog Schlieren in der Luft, doch Max wusste, dass die Worte zwar vom Alkohol emporgespült worden waren, doch vorher lange Zeit zum Reifen gehabt hatten.

»Kaum ist das Glück da, ist es schon wieder weg«, fuhr der Mann fort. »Nur die Liebe lässt es einen länger erleben – aber eben auch nicht für immer. Und danach weiß man erst richtig, was einem fehlt. Da fragt man sich doch, ob man besser ohne Glück dran ist, oder?«

Das Orakel von Delphi war er sicher nicht. Aber für Logroño ein ordentlicher Anfang.

»Was machen Sie?«

»Ich gewinne.«

»Sie sehen aber nicht so aus.«

»Wieso?«

»Menschen, die gewinnen, freuen sich normalerweise.«

»Tu ich doch. Ich tanze innerlich.«

Er reichte ihm die Hand. »Ich bin Max.«

»Timothy. Timothy Pickering. Nenn mich Tim, tun alle. Willst du was trinken? Hab einen 2001er Ygay Reserva Especial von Murrieta auf.«

»Gerne. Ich hol mir ein Glas.«

»Quatsch nicht«, er hob die Hand und gröhlte in den Raum. »Ein Glas für meinen Kumpel! Wir müssen meinen Gewinn feiern!« Er blickte Max an, die Augenlider hingen wie ausgeleierte Rollläden über seinen Augen. »Oder willst du etwa einen jungen Rioja trinken, was?«

»Nein, danke. Ich bin froh, mal was Gereiftes im Glas zu haben. Gerade um die Uhrzeit.«

»Richtige Antwort. Du gefällst mir. Kannst mich Tim nennen.«

»Danke. Tun alle. Tim.«

Er spielte weiter. Und gewann weiter. Nicht immer, aber oft genug. Für Tims Laune war es allerdings völlig einerlei.

Max genoss den alten Murrieta, der ihn mit seinem Duft nach Rindsleder und altem, teurem Holzschrank an seinen allerersten Gran Reserva von Faustino erinnerte. Er erzählte Tim von diesem besonderen Tropfen.

»Hör mir auf mit Faustino! Da will ich nix von hören.«

»Wieso? Die Weine sind doch hervorragend. Vor allem der Gran Reserva. Klassischer, alter Stil.«

»Klar ist der gut, scheiße ja, verdammt gut sogar, aber versuch mal an einen 64er zu kommen. Einen 64er! Damals erhielt Martin Luther King den Friedensnobelpreis, Nikita Chruschtschow haben sie vom Hof gejagt, und Nelson Mandela wurde zu lebenslanger Haft verurteilt. Sarah Palin wurde geboren, Cole Porter starb. Und hier in Rioja hielt Gott höchstpersönlich seine Hand über die Trauben. 1964, das ist der größte Jahrgang, den es hier je gab!« Er kippte sich nach. »Versuch mal einen 64er von Faustino zu kriegen, ehrlich! Kannst du total vergessen. Zum Kotzen.«

Er gewann wieder – und merkte es gar nicht. Den Gewinn ließ er einfach auf Rot liegen.

»Die sind doch sehr nett bei Faustino.«

»Nett? *Nett*? Nett ist, wenn einem die Putzfrau aus dem Urlaub schreibt. Aber ist es nett, wenn man sich weigert, jemandem etwas zu verkaufen, obwohl der einen guten Preis zahlt? Findest du das nett?«

»Ne.«

»Siehste! Du bist in Ordnung! Darfst mich Tim nennen.«

»Danke. Tun alle. Tim.« Er stieß mit Tim an, den er nun Tim nennen durfte. Gleich dreifach. Tim. Tim. Tim. Super. Dieser Abend war doch noch ein großer Erfolg geworden.

»Und, Tim, was meinst du, Tim, wer den Mann im Ebro umgebracht hat? Tim?«

»Den vom Jakobsweg?« Timothy, von allen seinen

Freunden Tim genannt, wurde still. »Da weiß ich nichts drüber. Gar nichts.«

»Du musst doch eine Meinung dazu haben?«

»Scheiße, wieso denn? Muss ich zu jedem Dreck eine Meinung haben? Muss ich nicht! Der alte Sack kann mir gestohlen bleiben.«

»Recht hast du, Tim.« Max hob das Glas, um mit ihm anzustoßen.

»Timothy für dich, klar?«

»Timothy. Ich heiße Maximilian.«

Was für ein Scheißabend.

Und auf dem Regenradar war immer noch nichts zu sehen.

Kapitel 5

1964 – Der größte Jahrgang des 20. Jahrhunderts in Rioja, unwahrscheinlich komplexe Gran Reservas, die hervorragend reifen. Im Juli wenig Regen, der August war heiß, der September bot sonnige Tage und kühle Nächte. Perfekte Bedingungen für die Traubenreife.

Alter Rioja mochte anders sein als junger – doch Alkohol besaß auch er, und je mehr man trank, desto mehr davon landete im Blutkreislauf. Überraschenderweise hatte Max keinen Kater. Bis auf die fünf neben seinem Bett, dazu kamen zwei Katzen und noch mal zwei junge Kätzchen. Auch der große, sandfarbene Kater Yquem war wieder da, er saß am Fußende des Bettes und sah Max an. Als der sich aufsetzte, maunzte Yquem.

»Morgen«, sagte Max, weil es die Höflichkeit gebot. »Gut geschlafen? Ich nicht. Hunger?«

Der Kater maunzte lauter.

»Ich auch. Komm mit, kriegst was ab. Sollst ja nicht leben wie ein Tier.« Er grinste. Am Kater ging der Witz jedoch völlig spurlos vorbei. Yquem folgte ihm trotzdem in die Küche.

Juan war nirgends zu sehen. Erst als Max nach dem Frühstück ins Badezimmer trat, sah er, dass sein Gastgeber etwas mit Lippenstift auf den Spiegel geschrieben hatte. Den musste wohl einer seiner vielen Damenbesuche hiergelassen haben.

»Bin wegen der Ausstellung in Bilbao. Cosecha bekommt die Putenbrust.«

Max las die Zeilen laut vor. »Cosecha?« Das spanische Wort für Jahrgang. »Wer ist Cosecha?«

Eine kugelförmige, dreifarbige Katze stand plötzlich neben ihm, Schwänzchen gereckt, und schnurrte.

»Du bist Cosecha? Yquem hat den Serrano-Schinken beim letzten Frühstück nicht angerührt. Bist du auch so wählerisch? Versnobbt?«

Keine Antwort.

Putenbrust bekam Cosecha trotzdem. Und Yquem natürlich auch.

Max beschloss, sich heute keine Sekundenmeditation anzusehen. Nach dem gestrigen Abend war ihm die Sache ein wenig unheimlich. Obwohl seine Spuren längst von Pepe Salinas verwischt worden waren, schaute er sich das Regenradar an. Wenn endlich Regen fiel, wollte er das Land fotografieren. La Rioja, wenn der Himmel die Schleusen öffnete, das hatte er noch nie gesehen. Regen auf die Dürre. Aber er musste sich wieder gedulden. Wahrscheinlich hielten sie die Wolken in England fest, da konnte die Bevölkerung ja nie genug von ihnen bekommen.

Max betrat das Büro des Exportmanagers ohne zu klopfen und setzte sich ohne Aufforderung auf den Stuhl vor dem Schreibtisch.

»Max«, sagte Pepe Salinas, der ihn scheinbar sofort wiedererkannte. »Dich hatte ich heute gar nicht erwartet.« Er ging zur Bürotür und schloss sie leise. »Ich dachte, du hättest deine Fotos gemacht und wärst zurück nach Deutschland.«

Man war also per Du.

Max verschränkte die Arme über der Brust.

Er hatte sich keine Strategie zurechtgelegt. Von Strategien hatte er genug. Er würde es zur Abwechslung mal mit der ungeschminkten Wahrheit versuchen.

»Ich hab dich gesehen, am Ebro, wie du die Spuren verwischt hast.«

Pepe Salinas hob den Hörer seines Telefons ab. »Bitte keine Gespräche mehr durchstellen. Bin nicht zu sprechen. Für niemanden. Außer ... Sie wissen schon.« Für die Familie Martinez war man immer zu sprechen. Und für den König. Aber da hörte es dann auch schon auf.

»Streite es nicht ab«, setzte Max nach.

»Hast du Fotos geschossen?«, fragte Salinas und begann nervös mit seinem Schlüsselbund zu spielen, an dem ein teuer aussehender, silberner Osborne-Stier mit Gravur hing. »Was? Nein.« Max hätte sich am liebsten auf die Zunge gebissen. Was für eine saublöde Antwort, mit der er einen Riesenvorteil aus der Hand gab. Ein Druckmittel sondergleichen.

»Gut«, sagte Salinas und nickte. »Ja, es stimmt. Ich war da, weil ich dich und Cristina in der Nacht gesehen habe, vom Fenster meines Büros. Fragte mich: Was schleppen die denn da für eine Leiche zum Auto? Scherzhaft natürlich. Also zuerst. Dann hatte ich so ein komisches Gefühl im Magen und bin euch nachgefahren, bis zu der Stelle, wo ihr zum Ebro abgebogen seid. Da kam ich mir dann saublöd vor und bin nach Hause gefahren. Ich dachte, ihr zwei habt wahrscheinlich ein kleines Stelldichein.«

Max schüttelte den Kopf. »In der Nacht war niemand mehr in der Bodega. Wir haben nachgeschaut, nirgendwo brannte Licht.«

Salinas zeigte auf das Sofa in der Ecke. »Manchmal mache ich ein Nickerchen hier, bevor ich nach Hause fahre. Oder ich arbeite im Dunkeln am Notebook. Da kann ich besser denken.« Er lehnte sich vor. »Na ja, egal. Als ich am nächsten Morgen von der Leiche hörte und das Foto sah, traf mich fast der Schlag. Da wusste ich, dass ihr zwei die weggeschafft habt, und wenn das rauskommt, gibt es einen Riesenskandal, und der ...«

»... König sagt seinen Besuch ab.«

Salinas nickte. Und nieste. Noch mal. Und noch mal. »Du hast nicht zufällig eine Katze?«

»Nein, wieso?«

»Bin allergisch.« Er nieste wieder. »Meine Güte, bist du dir sicher, dass du keine Katze hast?«

»Ich nicht, aber Juan, bei dem ich wohne, hat zwanzig ... dreißig ... hundert? Ich hab sie nicht gezählt.« Er stand auf und trat näher zu Salinas, der zurückwich.

»Was soll das?«

»Und das erzählst du mir alles in einer Seelenruhe. Dass du die Spuren verwischt hast, um deinen Mord zu vertuschen.«

»Wie? *Meinen* Mord? *Euren* Mord! Du solltest mir dankbar sein, dass ich mich um eure Spuren gekümmert habe. Wie bescheuert kann man auch sein, die Leiche in unser Plastik einzuwickeln? Mir ist völlig egal, warum ihr den

Mann umgebracht habt, aber es in unserer Bodega zu tun, ist das Letzte. Cristina wird sich nach dem Besuch unseres Königs dafür rechtfertigen müssen. Aber intern! Das regeln wir alles intern. Kein Skandal.« Er nieste wieder. »Und jetzt setz dich wieder hin.«

»Und wenn nicht? Rufst du dann die Polizei?« Max konnte nicht glauben, dass Salinas so geschäftsmäßig blieb, wo es doch um einen Mord ging. »Wir waren es nicht! Wir haben die Leiche in einem Fach der Weinschatzkammer gefunden und ... entsorgt, wegen des Königsbesuchs.« Er ging wieder einen Schritt auf Salinas zu. »Weißt du, was ich glaube? Dass du deshalb noch so lange in der Bodega warst, weil du den Mord verübt hast. Dann hast du hier, in deinem Büro, gewartet, bis alle weg sind, damit du die Leiche wegschaffen kannst. Deshalb hattest du auch kein Licht an, damit niemand deine Anwesenheit bemerkt. Was hatte Escovedo dir getan? Los, spuck's aus! Und mit wem hast du telefoniert, als du am Ebro die Spuren verwischt hast?« Er trat noch näher an Salinas heran, woraufhin dem Tränen in die Augen stiegen und er einen heftigen Niesanfall bekam.

Da öffnete sich die Bürotür, und die Vorzimmerdame rauschte herein – Max trat einen Schritt zurück.

»Hau ab!«, rief Salinas. »Ich will dich hier nicht mehr sehen. Nie mehr, ist das klar?«

Die zornigen Blicke der Sekretärin trafen ihn wie Brandeisen.

Max verließ das Büro. Wieder nichts. Scheiße! An ihm war wahrlich kein Polizist verloren gegangen. Im Fernsehen sahen Befragungen immer so einfach aus, doch das waren sie beileibe nicht. Jetzt musste er dringend eine rauchen, Stress abbauen. Er tastete seine Hosentaschen ab, fand keine Zigaretten – stattdessen das goldene Kreuz, das er am Ufer des Ebro gefunden hatte und das von Escovedo stammen musste.

In diesem Augenblick wusste Max, dass es Zeit war, das Schmuckstück nach Hause zu bringen.

Es tat gut, so lange im Auto zu sitzen und die neue CD der Waterboys so oft hintereinander zu hören, bis er die Refrains aller Songs mitsingen konnte. Und etwas Abstand zu gewinnen zu Rioja und den Unglaublichkeiten, die sich dort abgespielt hatten.

Die Witwe Alejandro Escovedos hieß María und lebte in Ormaiztegi, einem kleinen Ort in der baskischen Region Gipuzkoa. Nicht mal tausend Menschen lebten hier, überspannt wurde das Nest von einer riesigen Eisenbahnbrücke, auf der früher die Züge zwischen Madrid und Irún verkehrten. Das von Gustave Eiffel geplante Bauwerk war heute nur mehr ein Baudenkmal. Besonders schön war das Ungetüm jedoch nicht – was auch für Ormaiztegi selbst galt.

Ein Ort, in dem fast jeder jeden kannte. Max erkundigte sich im Museum des Generals Tomás de Zumalacáreegui nach der Witwe des Toten. Die Gegner des Generals mussten ihrerzeit schon allein an der Aussprache seines Nachnamens gescheitert sein.

Max nahm sich die Zeit, einige der großen Fotografien im Eingangsbereich zu betrachten, aus professionellem Interesse. Eine zeigte einen Stammbaum der Nachfahren des Unaussprechlichen. Typisch für die Familie war ein dreieckiges Kinn, das so spitz aussah, als könne man damit Holz hacken. Ein früh verstorbener Spross am untersten Ende hatte in diesem auch noch ein tiefes Grübchen aufgewiesen. Die Genetik konnte manchmal schon grausam sein.

Schließlich wandte sich Max an die alte Frau am Kassentresen, die ihm genau sagen konnte, wo María Escovedo zu finden war – nachdem sie aus ihrem Dämmerschlaf hochgeschreckt war.

Max fand die Witwe mit einigen anderen älteren Frauen vor einer geschlossenen Tapas-Bar versammelt. Über einer rostigen Öltonne, in der ein Holzfeuer loderte, grillten sie Paprika. Rote Paprika aus Rioja, Pimientos Riojanos, klein, süß und mit viel Fleisch. Eine Greisin entfernte Strunk und Kerne, eine häutete sie nach dem Grillen, eine andere legte sie im eigenen Saft ein. Die spanische Küche war ohne diese Köstlichkeit nicht denkbar.

María Escovedo erkannte er dank der Beschreibung der Museumswärterin sofort: eine in sich eingesunkene Frau mit schlohweißen Haaren, die als Einzige komplett in Schwarz gekleidet war.

Max ging zu ihr und verbeugte sich leicht, die Hände wie beim Kirchgang vor dem Schoß gefaltet.

»Entschuldigen Sie bitte, Señora. Ich habe Ihren Mann auf dem Jakobsweg kennengelernt. Wir haben uns nur kurz getroffen, aber er hat großen Eindruck bei mir hinterlassen. Deshalb wollte ich Ihnen mein herzliches Beileid zu seinem Tod aussprechen.«

Und das wollte er wirklich. Die Schuld stieg wieder in

ihm empor wie beißende Galle. Wie unverantwortlich er mit der Leiche dieses armen Mannes verfahren war.

María Escovedo umarmte ihn, Tränen in den Augen. Ihr Schluchzen war leise, sie versuchte es zu unterdrücken, doch eine Flut ließ sich nicht eindämmen, sie riss nur alles nieder, was man ihr in den Weg stellte.

»Er wollte gar nicht den ganzen Weg gehen, nicht bis Santiago de Compostela. Aber er hat mir auch nicht gesagt, bis wohin er wollte. So war er, ein guter Mann, aber immer für sich, hat nicht viel geredet, aber ein guter Mann, so ein guter Mann.« Die alte Frau wischte sich mit dem Handrücken die Tränen von den Wangen. »Nach Yuso wollte er vorher noch, um sich Rat zu holen, hat er gesagt. Der Polizei habe ich nichts davon erzählt, die sollen nicht nach Yuso, das ist ein heiliger Ort, den sollen sie nicht mit ihren Fragen stören. Fragen, immer wieder Fragen, nie hören sie auf damit.« Sie schüttelte den Kopf. »Wie sollen Fragen mir meinen Mann zurückbringen? Bei Gott ist er jetzt, und er soll Ruhe finden. Keine Zeitungen mehr, keine Polizisten, keine Fragen. Nur Ruhe. Das hätte er sich gewünscht. Er war immer für Ruhe.«

Max zog die Kette aus seiner Tasche. »Die hat er mir geschenkt, aber ich glaube, sie ist bei Ihnen besser aufgehoben.«

Ihr Blick veränderte sich. Plötzlich stand Fassungslosigkeit in ihren Augen, dann loderte ein wütendes Feuer darin auf. Mit einem Mal brüllte sie los.

»Sie Lügner! Sie Lügner! Sie sind ein Lügner! Das ist die Kette seiner Mutter, die hätte er nie verschenkt, nie, nie, nie! Niemandem, erst recht nicht einem, den er erst kurz kennt. Sie haben sie ihm gestohlen! Sie Dieb!« Sie hielt inne. »Sie Mörder! Sie waren es! Und nun wollen Sie mich auch noch umbringen! Mörder! Mörder!«

Erschrocken rannte Max davon, rannte zu seinem Jeep, drehte mit zitternden Fingern den Zündschlüssel um und fuhr mit quietschenden Reifen Richtung Ortsausgang los. Escovedos Witwe und die anderen Frauen, die eben noch gemütlich Pimientos geröstet hatten, liefen seinem Wagen laut schimpfend und mit wütend erhobenen Fäusten hinterher. Fensterläden wurden aufgestoßen, und neugierige Gesichter blickten ihm von allen Seiten nach.

Erst als er Ormaiztegi weit hinter sich gelassen hatte, fiel Max auf, dass er die Kette mit dem Kreuz immer noch in der Hand hielt, ganz fest. Der Abdruck des christlichen Symbols hatte sich in seinen Handballen gedrückt und dort ein rotes Kreuz hinterlassen.

Auf halber Strecke fuhr Max an den Straßenrand und rief Felipe Jacinto, seinen spanischen Anwalt, an, um ihm alles, aber wirklich alles, zu erzählen. Einen anderen Ausweg sah er nicht mehr. Nachdem Max sich die ganze Geschichte von der Seele geredet hatte, war es lange Zeit still in der Leitung. Als der Mann mit dem Dalí-Bart wieder zu sprechen begann, klang seine Stimme so dünn und zerbrechlich, als wären die Stimmbänder überdehnt, als drohten sie gleich zu reißen. »Ich werde die Polizei von dem Vorfall unterrichten. Sofort. Bevor es jemand anders tut. Wir sagen, du hättest die Kette an dem Platz gefunden, wo die Leiche angespült wurde, und sie eingesteckt, ohne dir viel dabei zu denken. Erst später sei dir klar geworden, dass sie dem Toten gehören könnte. Das ist sehr fadenscheinig, aber du hast ein mögliches Beweismittel unterschlagen, Max. Für jemanden, der unter Tatverdacht steht, ganz schlecht. Da müssen wir es eben mit einer Lüge versuchen, selbst wenn sie so mickrig ist, etwas Besseres fällt mir einfach nicht ein. Das war überhaupt keine gute Idee. Nein. Es war vielleicht die schlechteste Idee deines Lebens.«

Max brauchte viel Zeit, bis er es schaffte, den Jeep wieder zu starten.

Und sieben Zigaretten.

Er fuhr sehr langsam auf der rechten Spur, immer wieder rang er nach Luft, weil er zuvor vergessen hatte einzuatmen. Schließlich hielt er an einer Albergue de Carretera, einem Rasthof. Max aß nichts, er schüttete nur brühend heißen Kaffee in sich hinein. Einen nach dem anderen. Ohne Milch. Ohne Zucker.

Irgendwann zog er aus lauter Verzweiflung eine Karte seiner Sekundenmeditationen: »Heute mache ich zehn Minuten nur, was mich erfreut.«

Er verschwand auf der Toilette und übergab sich. Eine halbe Stunde später trat er bleich wieder heraus, trank Wasser und aß etwas trockenes Brot, das sein Magen bei sich behielt. Kalter Schweiß stand ihm auf der Stirn, als er wieder in den Jeep stieg. Plötzlich wusste er, was er zu tun hatte: Pepe Salinas aufsuchen und ihn zu einem Geständnis bringen. Nur die Überführung des wahren Mörders würde ihn aus der Schusslinie nehmen.

Doch durch diesen Entschluss machte Max alles nur noch schlimmer.

Die Bodegas Faustino badeten friedlich in der späten Nachmittagssonne, welche von einem – natürlich wolkenlosen – Himmel herabschien. Der Parkplatz war nahezu leer, ein warmer Wind jagte darüber, als habe jemand in Logroño einen riesigen Fön angestellt. Die Luft traf Max wie eine Mauer, als er aus dem vollklimatisierten Jeep stieg und sofort zu schwitzen begann.

Doch seine Entschlossenheit feuerte dies nur weiter an. Er war seit der Albergue de Carretera viel zu schnell gefahren, jenseits von Geschwindigkeitsbegrenzungen. Warum sollten gerade die ihm wichtig sein, jetzt, da sein Leben sich auflöste und das Ziel nicht mehr ausgeschildert war?

Selbst wenn ihn jemand hätte aufhalten wollen, wäre es ihm nicht gelungen. Doch es versuchte niemand, nicht einmal Salinas Sekretärin. Max preschte an ihr vorbei und donnerte gegen die verschlossene Bürotür ihres Chefs. »Er ist nicht da«, sagte sie.

»Wo ist er denn?«, herrschte Max die Sekretärin an. »Wo finde ich Salinas?«

Sie blickte ihn an. Nichts würde sie ihm sagen, und er hatte nicht die Mittel, die Antwort aus ihr herauszubekommen. Er war niemand, der Gewalt androhte oder gar zufügte. Selbst jetzt nicht.

Seine Schultern sackten hinunter.

»Er hat sich drüben in unserem Museum mit einer Kundin aus Frankreich getroffen, einer Madame Blaise Pascal.

Scheint reich zu sein, zumindest hat sie einen Sekretär, der die Termine für sie macht. Die beiden müssten noch dort sein. Finden Sie den Weg?«

Max sah sie fragend an.

»Er hat mir heute nicht früher freigegeben, obwohl ich zum Geburtstag einer Freundin in Laguardia muss. Aber sagen Sie ihm nicht, dass ich Sie zu ihm geschickt habe, ja?«

Mit einem kurzen Nicken stürmte Max wieder hinaus. Wie schön es doch war, wenn Menschen einem etwas Gutes taten. Egal, aus welchem Grund. Es fühlte sich an, als gäbe es so etwas wie Gerechtigkeit in der Welt.

Die Tür zum Museum war unverschlossen. Max verlangsamte sein Tempo. Er wollte nicht reinstürmen wie der Stier zum roten Tuch. So trat niemand auf, der sich seiner Sache sicher war. Die mächtigsten Bullen in der Modebranche schnaubten am leisesten. Sie mussten ihre Bedeutung nicht herauskehren. Das machte sie nur umso bedrohlicher, diese Ruhe, dieses Wissen um ihre Macht.

Max schlenderte betont lässig die Treppe zum Museumstrakt hinauf, durch den ersten Ausstellungsraum, den zweiten, ganz ruhig, schaute sich sogar einige der Exponate länger an. Zum Beispiel ein hundert Jahre altes goldenes Drahtgeflecht, ein Alambrado. Ende des 19. Jahrhunderts gab es den ersten großen Rioja-Boom, und der damals noch von Hand geflochtene Draht, der über die Flasche gestülpt wurde, sollte verhindern, dass sie geöffnet und ihr Inhalt ausgetauscht wurde. Nur die edelsten Weine trugen deshalb ein Alambrado, als Kettenhemd, zu ihrer eigenen Sicherheit.

Max hatte immer gedacht, es sei ein Werbegag.

Ein anderer Saal des Museums enthielt großformatige Replikationen der Porträts, die auf den berühmten Flaschenetiketten der Bodega zu sehen waren. Die klassische Art der Weinproduktion wurde ebenfalls eingehend dargestellt. Am beeindruckendsten fand Max allerdings den Blick vom Balkon hinab in den Barrique-Keller, einen riesigen, hellen Raum, in dem die Fässer sechs Stockwerke hoch gestapelt waren. Sagenhafte 36 000 Fässer fanden unter der futuristisch-trapezförmigen Decke Platz.

Max spürte, wie die Ruhe in ihn zurückkehrte. Eine Ruhe im Auge des Orkans zwar, doch er beschloss, die um ihn herumwirbelnden Häuser, Kühe und Traktoren nicht wahrzunehmen. Bald war er am anderen Ende des Museums angelangt.

Kein Pepe Salinas. Keine Madame Pascal. Keine Stimmen. Nichts. Niemand.

Verdammt! Die Sekretärin hatte ihn gelinkt. Dabei hatte sie so aufrichtig gewirkt, als sie ihren Chef verriet. Also war auch sein letzter Strohhalm zerbrochen. Er war es satt und würde jetzt direkt zur Polizei fahren. Denn warum warten, warum die Stunden bis zu seiner Festnahme quälend werden lassen? Nein. Er wollte jetzt befragt, jetzt ins Verhör genommen werden. Es hinter sich bringen. Irgendwie.

Jegliche Selbstsicherheit war so schnell aus ihm geflossen wie Wein aus einer zerbrochenen Flasche. Max ging zurück und versuchte tief und beruhigend zu atmen, als er kurz vor dem Ausgang eine Tür in der Wandverschalung entdeckte, die erst auf den zweiten Blick als solche zu erkennen war. Sie stand leicht offen und musste wohl zur aufwendigen Deckenkonstruktion des Barrique-Kellers führen.

War Salinas vielleicht doch irgendwo in der Nähe?

Max trat hinein. Metallene Streben hielten die trapezförmige Decke, die weit ins Gebäude hineinreichte. Max blieb stehen. Vor ihm lag Pepe Salinas in seinem Blut, das wie eine dickflüssige, tiefdunkle Gazpacho aus seinem völlig deformierten Schädel quoll. Max wurde übel.

Neben der Leiche stand eine alte Korbpresse, eigentlich ein Ausstellungsstück, das hier vermutlich zwischengelagert und bestimmt schon Jahrzehnte nicht mehr benutzt worden war.

Doch heute war sie wieder in Betrieb genommen worden.

Der Täter, oder die Täterin, musste Salinas Kopf eingespannt und dann gepresst haben, bis er zerplatzte wie die Trauben, die ihren Saft ergießen sollten.

Max knickten die Knie ein.

War er nun schon wieder unter Mordverdacht? Wer sollte ihm jetzt noch glauben, dass er unschuldig war? Er, der im Besitz einer Kette des ermordeten Alejandro Escovedo war. Der mit Pepe Salinas gestritten hatte. Dem die Sekretärin gesagt hatte, wo der Exportmanager zu finden war. Er, der Doppelmörder aus Deutschland.

Max holte langsam sein Handy hervor und wählte die Nummer, die ihm der Kommissar nach seiner Vernehmung gegeben hatte.

Er brauchte drei Versuche, um sie mit zitternden Fingern korrekt einzugeben.

Die Tür der Zelle schloss sich schwer und dumpf hinter Max. Er musste unwillkürlich an einen Sargdeckel denken, der geschlossen wurde. Nur durch ein hoch angebrachtes, vergittertes Loch fiel Licht herein in die dunkelgrau getönte Ödnis mit Bett und Stahlkloschüssel (kein Deckel).

Max stand in den lächerlichen fünf Quadratmetern, drehte sich einmal im Kreis, und ein breites Grinsen erschien in seinem Gesicht, ja, er lachte mit einem Mal laut los, gleichzeitig liefen ihm Tränen die Wangen hinab. Es war ein emotionaler Regenbogen. Einerseits völlig niedergeschlagen, weil sein Leben in diese Sackgasse geraten war, andererseits machte sich das Leben scheinbar gerade über ihn lustig, und er musste einfach mitlachen. Er war nach Rioja gereist, weil er das karge, ungeschönte Leben gesucht hatte.

Karger und ungeschönter als in dieser Knastzelle ging es nicht.

Doch irgendwann verstummte sein Lachen. Er ließ sich aufs Bett fallen und starrte die Decke an, über die sich Risse wie in einem ausgetrockneten Flussbett zogen. Es würde dauern, hatte sein Anwalt gesagt, nachdem er es wieder geschafft hatte, ausreichend Luft in seine Lungenflügel zu transportieren. Max' Anruf hatte ihm den Atem verschlagen. Er solle bloß keine Wunder erwarten. Obwohl der Jakobsweg so nahe liege. Max folgte mit den Augen dem größten Riss, der sich die Wand heruntergearbeitet hatte. Die ganze Sache hatte immerhin auch ihr Gutes: Jetzt war alles raus. Nun ja, nicht alles, die Sache mit dem Leichenfund im Weinkeller und der Entsorgung im Ebro hatte er verschwiegen. Zur ersten Mordnacht hatte er einfach komplett die Aussage verweigert. Man wollte ja nicht gleich mit der Tür ins Haus fallen. Emilio Valdés, der schwergewichtige leitende Polizeibeamte, hasste ihn sowieso schon genug. Mancher behauptete, in der Ruhe liege die Kraft, der Polizist fand sie im Schreien.

Seinem Anwalt hatte Max hingegen alles erzählt. Ja, selbst von seinen Gefühlen für Cristina. Eigentlich waren Gefühle ja etwas Gutes. Rauslassen sollte man sie.

Ha!

Wie konnte alles nur so furchtbar falsch laufen?

Sogar seine Meditationskarten hatten sie ihm abgenommen. Er konnte sich nur selber etwas ausdenken. Hm, was würde passen? Ach ja: Heute werde ich mir bewusst, welche Scheiße ich gebaut habe.

Prima, dann war er ja schon voll dabei!

Der Mond schien wie eine Glühbirne durch das vergitterte Fenster. Max schlief wie ein Stein. Wie ein großer, schwerer Kiesel. Als er aufwachte, war es noch dunkel. Er blickte auf seine Uhr. Erst kurz nach fünf. Zu seiner Überraschung war er enttäuscht, keine einzige Katze in seiner Nähe vorzufinden.

Um kurz nach sieben wurde die Klappe an seiner Tür geöffnet und wortlos ein Frühstück im Blechgeschirr hereingeschoben. Es war überraschend gut. Und Max war tatsächlich hungrig. Die Angelegenheit sollte ihm eigentlich auf den Magen schlagen, tat sie aber nicht.

Moment. Tat sie plötzlich doch. Mit aller Wucht übergab er sich in die Kloschüssel.

Das Warten wurde ihm in den nächsten Stunden zur Qual. Worauf wartete er überhaupt? Das nicht zu wissen, machte es noch schlimmer. Auf das nächste Verhör? Auf das Fallen des Beils? Auf einen Geistesblitz seines Anwalts? Irgendwann kam ein Gefangener mit einem Wagen der Anstaltsbücherei vorbei, und Max wählte das einzige deutschsprachige Werk, Hermann Hesses »Demian«. Es war nicht die schlechteste Wahl. Beileibe nicht. Manche Bücher waren Liebeserklärungen. Ohne dass es die meisten merkten. Vielleicht sogar nur die Person, der diese Liebe galt. Andere Bücher waren freigiebiger mit ihrer Liebe, sie strahlte aus den weißen Seiten wie Gold. Hesse war freigiebig mit seiner Liebe. Und Max merkte, wie er sich selbst und seine Gefühle für Cristina in dem Buch wiederfand. Das erschien ihm wie ein Wunder. Wie auch seine Begegnung mit Cristina.

Mit einem Mal wurde die Tür geöffnet. Ein junger Uniformierter beäugte ihn streng, die Augen zu Schlitzen verengt, wie Schießscharten.

»Sie können gehen.«

Max fragte sich, ob sein Spanisch vielleicht bedeutend schlechter war als gedacht. Hatte der Mann gerade gesagt, dass er gehen dürfe?

»Ich darf gehen?«

»Sie dürfen gehen. Sofort. Auf!«

»Ich darf …?«

»Muss ich Sie erst hinausprügeln?« Er zog tatsächlich seinen Schlagstock.

Es war klar, dass dieser Mann ihn nicht gehen lassen wollte, sondern musste. Wieso um alles in der Welt?

»Warum darf ich gehen?«

»Ich bin nicht das Auskunftsbüro. Beeilen Sie sich. Ich hab noch anderes zu tun.«

Sie gaben Max seine Habseligkeiten zurück, und kurze Zeit später stand er auf der ausgestorbenen Straße vor dem Untersuchungsgefängnis. Er holte sein Handy hervor, dessen Akku zum Glück noch genug Saft hatte, dass er Felipe Jacinto anrufen konnte.

»Sie sind ein Genie, wissen Sie das!«

»Nein, wirklich, das ist zu viel der Ehre. Verstehen Sie, in Wirklichkeit war es ...«

»Sie müssen mir sagen, wie Sie das geschafft haben! Bin ich frei, also für immer, die buchten mich nicht mehr ein?«

»Nein, das werden sie nicht.«

»Das ist der Wahnsinn! Der absolute Wahnsinn. Darf ich das Land verlassen?«

»Sie dürfen gehen, wohin Sie wollen. Wollen Sie denn?«

Max dachte darüber nach. Wollte er zurück nach Deutschland? In der Zelle hatte er nichts als raus gewollt. Aber nicht nach Deutschland.

»Nein.«

»Gut. Denn das wäre ein Fehler. Wenn Sie mich jetzt ausreden lassen, erzähle ich Ihnen auch, warum Sie frei sind.«

»Ja, klar, immer doch. Legen Sie ...«

Doch dann fiel sein Blick auf einen einzelnen Wagen, der am Straßenrand stand. Er sah eine Frau aussteigen und erkannte sie sofort. Max ließ das Handy sinken.

Cristina hatte ein dunkles, knielanges Kleid an, das den Eindruck erwecken konnte, sie trage Trauer.

»Du? Was machst du hier?«, rief er ihr entgegen.

»Freust du dich nicht, mich zu sehen?«

»Woher wusstest du, dass ich heute rauskomme? Mein Anwalt hat es dir gesagt, oder? Der Kerl ist super.«

Sie sah ihn fragend an. Und ungeduldig.

»Ich freu mich sehr, dich zu sehen, Cristina. Wolltest du mich besuchen kommen und wusstest gar nicht, dass ich freigelassen werde? Hab gerade meinen Anwalt am Telefon, der mir erklären will, wie er es geschafft hat. Warte bitte eine Sekunde – Hallo? Da bin ich wieder. Sie glauben ja nicht, wer mir gerade gegenübersteht.«

»Cristina«, antwortete Felipe Jacinto ohne zu zögern. »Sie hat der Polizei gesagt, dass Sie in der Todesnacht von Alejandro Escovedo mit ihr zusammen waren. Sie hat Ihnen ein Alibi geliefert. Verstehen Sie, was das bedeutet? Für Cristina? Die Rioja ist erzkatholisch. Cristina stammt aus einer Familie, die tief hier verwurzelt ist. Wenn es rauskommt, dass sie mit Ihnen, einem Mordverdächtigen ... wissen Sie, was ich meine? Max?«

Doch Max hatte das Handy sinken lassen und umarmte Cristina. Ganz lange und ganz fest.

Im Wagen schwiegen sie sich eine Ewigkeit lang an. Max wusste nicht, welche Worte die richtigen waren. Oder zumindest nicht die falschen. Die Rioja zog an ihnen vorbei, unzählige Reben von unzähligen Weinstöcken auf kargem Boden, das Rot und Gold ihrer Trauben wie vereinzelte Farbkleckse eines sparsamen Malers. Viele Rebstöcke wuchsen noch traditionell wie Büsche, nahe am Boden. Max wusste, dass die Franzosen das *Gobelet* nannten, *En*

Vaso die Spanier. Doch viele Reben rankten bereits in Drahtrahmen, was es erleichterte, alle Trauben zum gleichen Zeitpunkt die perfekte Reife erlangen zu lassen, weil sie so alle auf einer Höhe hingen.

Sie fuhren durch mehrere Dörfer, die alle wirkten wie Variationen voneinander, und an unzähligen Bodegas vorbei, die in großen Lettern für ihre Weine warben.

Dann begann Cristina zu reden – doch anders, als Max erwartet hatte.

»Einer der größten Pioniere der Rioja war Marqués Camilo Hurtado de Amézaga. Im Jahr 1860 errichtete er eine Bodega nach dem Vorbild der berühmten Châteaus im Bordelais. Er ließ auch Bordeaux-Reben pflanzen. Nach der Reblauskatastrophe im 19. Jahrhundert wanderten außerdem viele französische Weinbauern nach Rioja aus. So verstärkte sich ihr Einfluss noch mal.« Sie schluckte, redete dann schnell weiter, nur irgendwas sagen, nicht nachdenken darüber, in welcher Situation sie war. »Der Name Rioja stammt vom Fluss Oja, also dem Rio Oja, einem Zufluss des Ebro.« Ihre Hände verkrampften sich am Lenkrad. »Die Herrscherin der Rioja ist die Tempranillo-Traube. Sie wird auf rund 28000 Hektar und damit stolzen sechzig Prozent der Rebfläche angebaut. Sie ist die Hauptsorte des roten Rioja, der fast immer trocken ist. Dazu kommen Garnacha Tinta, Graciano und Mazuelo, seit 2007 werden auch Maturana Parda und Maturana Tinta gekeltert. Und mit Sondergenehmigung sogar Cabernet Sauvignon und Merlot.«

Max zuckte unwillkürlich zusammen. Merlot! Jetzt auch hier!

»Früher wurden dem Rotwein auch weiße Trauben hinzugegeben, doch das ist heute nicht mehr üblich.

In der Rioja wird vor allem Rotwein erzeugt, fünfundsiebzig Prozent macht dieser aus, dazu kommen fünfzehn Prozent Rosé, trocken wie halbtrocken, und zehn Prozent Weißwein.«

»Cristina?«

Sie reagierte nicht. Stierte weiter geradeaus. »In unserer Region gibt es über zwanzigtausend Winzer, von denen jedoch achtundneunzig Prozent den Wein nicht selber ausbauen, sondern die Trauben an Bodegas liefern. Vierzig Prozent des Rioja-Weins werden exportiert.«

»Cristina?« Max legte seine Hand auf ihre am Steuer.

»Das berühmteste Fest ist die Weinschlacht in Haro, die Batalla del Vino, die zu Beginn des 19. Jahrhunderts stattfand und nun jedes Jahr gefeiert wird. Dabei überschütten sich die Menschen gegenseitig mit Tausenden von Litern Rotwein. Ein Erlebnis, das sag ich dir.«

»Wohin fahren wir?«, rief Max schließlich.

Cristina stoppte ihren Sermon. Dann schüttelte sie den Kopf kurz, als hätte sich eine Fliege in ihrem Haar verfangen. »Wohin wir fahren? Ich weiß es nicht. Ich wollte einfach fahren. Nur nicht nach Hause.«

»Meinst du, sie wissen es schon?«

Sie zuckte mit den Achseln. »Schlechte Neuigkeiten reisen schnell.« Cristinas Fuß senkte sich auf das Gaspedal.

»Es gibt in ganz Spanien keine bedeutendere rote Rebsorte als die Tempranillo. Obwohl mehr Garnacha und Monastrell angebaut werden. Aber in fast allen berühmten Weinbauregionen findet man die Tempranillo. In

Ribera del Duero, Penedès, La Mancha und Navarra wird sie…«

»Lass uns zum Kloster San Millán de la Cogolla fahren.«

»In Ribera del Duero, Penedès.«

»Cristina, hör auf damit. Bitte.«

Sie blickte zu ihm hinüber – was Max unruhig werden ließ. Bei diesem Tempo gehörte ihr Blick auf die Straße.

»Was hast du gesagt?«

»Lass uns zum Kloster San Millán de la Cogolla fahren.«

»Jetzt? Suchst du etwa geistlichen Beistand?« Ihre Stimme gewann wieder an Festigkeit.

»Nein.«

Sie wendete den Wagen. »Gut. Dann fahren wir jetzt dahin.«

Das Augustiner-Kloster San Millán de la Cogolla bestand eigentlich aus zwei Klöstern: Yuso und Suso. Es befand sich eine gute Stunde südwestlich von Logroño, am Ufer des Cárdenas. Suso lag oben am Berg und war nur klein, Yuso dagegen imposant. Max hatte in einem Reiseführer gelesen, dass die UNESCO die Gesamtanlage vor einigen Jahren zum Weltkulturerbe erklärt hatte. Nach einiger Zeit wandte Cristina sich wieder ihm zu. »Es hat etwas mit dem Toten zu tun, unserem Toten, oder? Deshalb willst du zum Kloster. Du willst Detektiv spielen, nicht? Sag schon!«

Max griff ans Steuer und verhinderte so gerade noch, dass sie im Graben landeten. »Ja, du hast recht. Er ist vor seiner Wanderung auf dem Jakobsweg dorthin gefahren.«

»Ist mir egal. Wir fahren hin. Und greif mir ja nie wieder ins Lenkrad!«

»Wir wären sonst gestorben.«

»Vielleicht wollte ich ja, dass wir sterben!«

»Fahr rechts ran.« Max bekam es ein wenig mit der Angst zu tun.

»Was? Ich fahr nicht rechts ran. Wir fahren jetzt nach San Millán de la Cogolla.«

»Fahr rechts ran. Sofort!«

Er griff ihr wieder ins Lenkrad, wofür er eine Ohrfeige kassierte. Doch der Wagen stand.

Mitten auf der Straße.

»Wie kannst du so was sagen?«, rief Max. »Dass du sterben willst?«

Cristinas Kopf sank herunter. »Was weißt du denn schon? Kommst nach Rioja und meinst, du wüsstest alles, fängst an rumzuschnüffeln wegen eines Toten und machst alles nur noch schlimmer.« Sie schlug mit den Fäusten auf das Lenkrad ein. »Machst es schlimmer und schlimmer!«

Max griff ihre Hände, die nun nach ihm schlagen wollten.

»Ich bin dir unglaublich dankbar für das, was du für mich getan hast, Cristina. Es bedeutet mir viel. Du hast mich gerettet, ob aus Dankbarkeit, weil ich dir in der Nacht geholfen habe, oder weil du etwas für mich empfindest – du musst mir nicht sagen, warum. Vielleicht war es eine Mischung aus beidem. Vor allem aber, weil du ein guter Mensch bist und keinen Unschuldigen im Gefängnis lassen konntest. Wir werden den Mörder finden, hörst du, und dann wirst du die Aussage zurücknehmen, und ich werde sagen, dass ich die Leiche in den Ebro geworfen habe. Dann wirst du wieder reingewaschen. Wir werden den Täter schnell finden, ja? Vielleicht schaffen wir es, bevor dein Großvater von der Sache Wind bekommt. Warum sollte die Polizei es auch an die große Glocke hängen, dass du mir ein Alibi verschafft hast? Dafür gibt es doch gar keinen Grund.«

Er ließ ihre Hände wieder los. Sehr langsam, um bei Gegendruck schnell wieder zupacken zu können. Doch es kam keiner. Sie legte die Hände nur aufs Steuer.

»San Millán de la Cogolla.«

Dann huschte der Anflug eines Lächelns über ihr schönes Gesicht.

Kapitel 6

2007 – Ein Jahrgang mit wenig Ertrag, der dank technischem Know-how und einem langen, trockenen und sonnigen Herbst gerettet wurde. Die konstanteste Qualität findet sich in Rioja Baja, wo das Jahr gut balancierte, frische und elegante Weine erbrachte.

Ob es Gott war, der es gut mit San Millán de la Cogolla meinte, oder die Sonne selbst, war schwer zu sagen, doch über das im romanischen Stil erbaute Kloster Yuso ergoss sich kübelweise gleißendes Licht. Die Anlage wirkte völlig überdimensioniert, geradezu eingekeilt in das Tal. In Madrid, Paris oder Rom hätte man solch ein Ensemble erwartet, aber nicht im Nirgendwo der Rioja. Umgeben von sattgrünen Hügeln, stieß der Kirchturm hoch in den Himmel, die unterschiedlichen Rot- und Brauntöne der Schindeln und das helle, sandfarbene Mauerwerk verströmten einen alten Frieden. Der Besucherparkplatz war bereits nahezu voll, sieben große Busse standen dicht an dicht auf den für sie vorgesehenen Flächen. Cristina stieg aus, streckte die Hände hoch in die Luft und nahm einen tiefen Atemzug.

»Gut ist die Luft hier. So frisch. Es ist schon Jahre her, dass ich in Cogolla gewesen bin. Als Kind, mit der Schulklasse. Ich habe es gehasst. Aber natürlich mussten wir hierhin, zur Geburtsstätte der spanischen Sprache.« Sie wies auf das Kloster Yuso. »Hier verfasste ein Mönch die berühmten Glosas Emilianeses in Navarro-Aragonesisch, das mit dem Spanischen eng verwandt ist. Übrigens inklusive einer Zeile über die Vorzüge des heimischen Weines. Und baskische Notizen gibt es auch. Also noch eine Wiege. Kannst du dir ungefähr vorstellen, wie spannend es für ein junges Mädchen ist, sich uralte Texte anzuschauen?«

»Du musst nicht meinen, dass ich als Kölner Junge nicht genauso gequält worden wäre. Ich sage nur: Maria Laach. Sagt dir wohl nichts – sei froh darüber.«

»Wollen wir die Tour machen?«

»Warum nicht? Das verschafft uns einen Überblick, und vielleicht bietet sich ja irgendwo die Gelegenheit, jemanden nach Escovedo zu befragen.«

Sie machten die Führung, und Max merkte sich kein einziges Detail. Wie konnte man so spannende Geschichte so langweilig erklären? Die Tour fiel eindeutig unter das Betäubungsmittelgesetz. Wo lernten die Touristenführer das bloß? Auf der Komastation?

Die opulente Kapelle, der Elfenbeinschrein, welcher die Gebeine des heiligen Millán enthielt, und der dunkle Raum, in dem die lichtempfindlichen, uralten Bücher gelagert wurden, beeindruckten ihn allerdings sehr.

Die ganze Zeit hielten Cristina und er Ausschau nach jemandem, den sie zu Alejandro Escovedo befragen konnten. Andererseits war die Chance gering, dass sich jemand an ihn erinnerte, dafür wurden hier Tag für Tag viel zu viele Besucher durchgeschleust. Die Frau an der Ticketkasse, ihre Führerin, und sogar die Klofrau hatten sie schon erfolglos befragt. Die wusste nur von einer Gruppe Chinesen zu berichten, die ihre geliebte Toilette überschwemmt hatte.

Die Gruppe befand sich auf dem Rückweg zum Eingangsbereich, als Max ein Mönch ins Auge fiel. Es gab Mönche, deren Gesichter die Zeit im Kloster hatte versteinern lassen, die aussahen, als hätte man alle Freude, alles Lebensglück aus ihnen gesaugt und nur Hüllen übrig gelassen. Andere dagegen schienen wie von einem inneren Licht beseelt, wirkten wie im Einklang mit sich und der Welt.

Einige wenige Exemplare sahen aus wie der Metzger um die Ecke. Weder Hülle noch Licht.

Doch wer Rat suchte, wie Alejandro Escovedo es nach Aussage seiner Frau getan hatte, der wollte jemanden mit Licht, jemanden, der aussah, als habe er eine Standleitung nach oben, zur großen Stromquelle.

Und genau so einer kam Max und Cristina nun entgegen. Der sicher zwei Meter große Mönch ging mit erhobenem Kopf und offenem Blick. Ein fast unscheinbares, sanftes Lächeln verlieh ihm die Ausstrahlung innerer Zufriedenheit und völliger Ausgeglichenheit. Der Mann schien genau richtig.

Er trug die Ordenstracht der Augustiner – einen schwarzen Habit mit Kapuze und Ledergürtel. Max ging auf ihn zu.

»Entschuldigen Sie, Padre. Dürfte ich Sie etwas fragen?«

»Wir Augustiner sind kein Schweigeorden. Sie dürfen mich gerne fragen, und ich werde Ihnen antworten. Wie kann ich Ihnen denn helfen?«

Max zog schnell ein Foto von Alejandro Escovedo hervor, des lebenden natürlich, das er aus der Zeitung herausgerissen hatte.

»Kennen Sie diesen Mann?«

In den grünbraunen Augen des Geistlichen blitzte Erkennen auf. Doch er antwortete mit einer Gegenfrage. »Sind Sie von der Polizei?«

Max zögerte. Einen Moment zu lang.

»Also nicht.«

»Nein«, sagte Max. Das war es dann wohl.

»Gut. Dann bin ich beruhigt. Wir möchten hier keine Polizei. Gehören Sie zu seiner Familie?«

»Nein. Aber wir waren uns sehr nahe.« Eigentlich, dachte Max, *standen* sie Alejandro Escovedo nahe, wogegen dieser ihnen nahe *lag*. Aber so genau wollte es der Padre sicher nicht wissen.

»Ist er tot?«

»Ermordet.«

Das Gesicht des Mönchs nahm einen ernsten Ausdruck an. »Er wusste, dass er in Gefahr war. Deshalb kam er ja her. Wir sollten uns irgendwo hinsetzen. Folgen Sie mir bitte.« Er wandte sich um, und sie schritten hinter ihm durch Gänge, die nicht Teil der offiziellen Tour waren. »Wie heißt ... wie hieß der Mann? Er nannte mir seinen Namen nicht.«

»Alejandro Escovedo.«

»Baske?«

Cristina nickte.

»Das habe ich gleich an seinem Akzent gemerkt. So, da sind wir.« Er öffnete die alte, verzogene Tür zu einem kleinen Büro, das Max auf unangenehme Art an seine Zelle erinnerte. »Setzen Sie sich.«

Die zwei Holzstühle hatten nicht einmal Sitzkissen. Die Augustiner waren ein Bettelorden. Doch nun war Max der Bettler, denn er wollte Informationen.

»Er war einer unserer Touristenführerinnen aufgefallen, da er lange vor dem Elfenbeinschrein betete, welcher die Gebeine des heiligen Millán enthält. Sie informierte mich und bat, dass ich das Gespräch mit ihm suche, da er auf ihre Fragen nicht reagierte.« Der Padre faltete die Hände vor seinem Gesicht zusammen, Fingerspitze an Fingerspitze. »Alejandro betete leise, seine Lippen bewegten sich, und ich erkannte das ›Ave Maria‹, immer und immer wieder. Ich kniete mich neben ihn und stimmte in das Gebet mit ein. Erst nachdem er mit ›Bitte für uns Sünder jetzt und in der Stunde unseres Todes, Amen‹ geendet hatte, blickte er zu mir herüber. Da fiel mir auf, wie sehr er zitterte, und ich legte meine Hand auf seine. Daraufhin sagte er zu mir: ›Ich will San Millán anflehen‹.«

Cristina hatte Max auf der Hinfahrt von dem Heiligen erzählt, der im fünften und sechsten Jahrhundert hier als Eremit in Höhlen gelebt hatte. Erst mit vierzig Jahren fand der Schäfer zu seiner Bestimmung, gab all seinen Besitz den Armen und wurde stolze einhundertundzwei Jahre alt. Sein Grab wurde zur Pilgerstätte, und mit ein bisschen Glück bekam man dort ein Wunder. Gratis.

»Ich sagte ihm, dass er hier richtig sei, und fragte, worum er San Millán anflehen wolle. Da fing er wieder an zu beten. Ich ließ ihn gewähren und stimmte mit ein. Drei ›Ave Maria‹ später sprach er wieder zu mir. Er wolle San Millán anflehen, ein großes Unglück zu verhindern. Eines, das aus einer großen Ungerechtigkeit entstehen würde. Deshalb sei er nach Rioja gekommen, doch er wüsste nicht, ob sein Vorhaben von Erfolg gekrönt sein würde. Ich fragte ihn, von welchem Unglück er spreche, und er antwortete: das Schlimmste. Dann fing er abermals zu beten an. Da wusste ich, dass er mehr nicht sagen würde. Ich bot ihm an, gemeinsam hoch nach Suso zu fahren, wo sich zwar nicht das Grab des Heiligen befindet, seine Kraft jedoch am stärksten wirkt. Er war sofort einverstanden, und wir stiegen in den nächsten Bus – für Privatwagen ist der Weg verboten. Die Klosterkirche ist über den Höhlen errichtet, in denen Millán und seine Schüler lebten, und ich verschaffte ihm Zutritt zu der ansonsten abgesperrten Höhle des Heiligen, damit er dort beten konnte. Ich gewährte ihm einige Zeit allein, doch dann musste ich ihn in seinem Gebet stören und wieder hinausbitten, da eine Besuchergruppe eintraf. Mehr habe ich Ihnen leider nicht zu sagen. Danach verabschiedeten wir uns, und ich wünschte ihm, dass Gott mit ihm sei. Nun wurde er getötet, und wieder einmal erscheinen mir Gottes Wege unergründlich.«

Als sie sich zum Gehen gewendet hatten, rief ihnen der Mönch hinterher: »Eine Sache fällt mir noch ein, auch wenn ich Ihnen damit wohl nicht weiterhelfen kann. Bei unserer Verabschiedung fiel mir auf, dass seine Fingernägel dunkle Ränder hatten, als hätte er gerade erst im Dreck gewühlt.«

Cristina wollte plötzlich nicht mehr auf den nächsten Bus warten und entschied deshalb, dass sie zu Fuß zum kleinen Kloster Suso gehen würden. Max verstand nicht recht, was Cristina da oben wollte, aber es schien ihr sehr wichtig zu sein, deshalb widersprach er lieber nicht. Sie konnten Suso bereits oben auf dem Hügel sehen und würden sicher nur einige Minuten brauchen.

Das stellte sich jedoch als optische Täuschung heraus. Es war bedeutend steiler und weiter als von ihm angenommen. Im Vergleich zu Yuso wirkte das wie ein Vogelnest am Hang klebende Kloster eher wie eine Kapelle. Als Max und Cristina endlich oben angelangt waren, schlossen sie sich einer gerade eintreffenden Besuchergruppe an, denn Eintritt war nur mit einem Führer erlaubt, und dieser begann gerade vor dem Eingang mit seinem Monolog.

Max hielt es nicht mehr aus. »Sagst du mir jetzt endlich, warum du unbedingt hier hoch wolltest, oder soll ich es aus dem Stand der Sonne ablesen?«

»Kannst du das denn?« Sie sah ihn frech an.

»Jetzt spuck es schon aus!«

Die Touristenführerin blickte zu ihnen herüber, Cristina kam mit dem Mund nah an Max' Ohr und sprach leise hinein.

»Woher stammte wohl der Dreck, den Alejandro Escovedo unter den Nägeln hatte? Als sie in der Kirche zusammen gebetet haben, sind dem Mönch die dreckigen Nägel noch nicht aufgefallen. Warum? Weil sie da noch nicht dreckig waren. Das hätte er sehen müssen. Also bleibt die Frage: Wobei hat er sie sich hier oben so schmutzig gemacht?«

Max dachte darüber nach, dann öffnete der Führer die Klostertür und führte sie an mehreren Steinsärgen vorbei den Weg hinauf ins Innere des Klosters. Die Decke war hoch in dem dunklen, großen Raum, massive Pfeiler trugen sie. Max erkannte romanische und westgotische Stilelemente, die den Kirchenbau prägten, der bis an den Fels gebaut war und so die Höhlen vor Wind und Wetter schützte. Es handelte sich um Einbuchtungen im Stein, doch niemals so tief, dass man ihr Ende nicht sehen konnte.

»Das ist die Höhle San Millán̈s, das weiß ich noch von unserer Führung damals. Lenk die Gruppe ab!«

»Und wie soll ich das machen?«

»Dir fällt schon was ein. Los, sonst kann ich nicht unbemerkt rein und nachschauen.«

Max ging hinüber zu der Gruppe, ohne zu wissen, was er tun sollte. Einige streunten schon in der Klosterkirche herum, irgendwer würde Cristina auf jeden Fall sehen.

Es sei denn …

Ja, das könnte klappen.

Was für ein Glück, dass er einst mit einer Weinkönigin arbeiten musste, die eine ganz einfache Methode hatte, wenn sie in all dem Trubel mal ihre Ruhe haben wollte.

Bumm.

»Der Mann da ist zusammengebrochen!«

»Ist hier ein Arzt?«

»Stabile Seitenlage, schnell!«

»Eben sah er noch ganz gesund aus, und dann ist er einfach so in sich zusammengesackt.«

»Lasst mich, ich weiß, wie Mund-zu-Mund-Beatmung geht!«

»Er atmet doch noch!«

»Puls ist schwach, aber stabil.«

Schwächeanfall. Man musste nur aufpassen, nicht mit dem Kopf aufzuschlagen. Die Weinkönigin hatte das stets sehr elegant hinbekommen. Wie viel Zeit Cristina wohl benötigte?

»Oh Gott, lassen Sie mich durch, das ist mein Freund. Max! Max!« Sie gab ihm Ohrfeigen. »Max, hörst du mich? Hast du deine Medizin nicht genommen?«

Max hielt die Augen geschlossen, dann spürte er, wie ihm etwas zwischen die Lippen in den Mund gedrückt wurde. Es schmeckte nach Pfefferminz.

»Hier, deine Tabletten. Max? *Max*!«

Diesmal schlug sie kräftig zu, und Max öffnete die Augen.

Die Menge klatschte.

Langsam kam er wieder auf die Füße und ging auf Cristina gestützt hinaus. Er wandte sich noch einmal zur besorgt tuschelnden Gruppe um. »Keine Sorge, ich bin bald wieder auf dem Damm.«

Kaum waren sie außer Hörweite, sah er Cristina mit weit aufgerissenen Augen an. »Und?«

»Er hat mit den Fingernägeln etwas in den porösen Stein gekratzt. Eine Botschaft für San Millán. Vielleicht eine Bitte, ein Flehen.«

»Was denn? Mach's nicht so spannend.«

»Es war ein Name. Und daneben ein Kreuz.«

»Cristina, ehrlich! *Welcher* Name?«

»Pepe.« Sie sah Max an. »Pepe. Ein Kreuz. Sonst nichts.«

Der Name hing wie eine bedrohliche Gewitterwolke über der Rückfahrt. Konnte Escovedo tatsächlich Pepe Salinas gemeint haben? Hatte Escovedo etwa geplant, Salinas umzubringen, war dann aber vor ihm gestorben? Das Kreuz neben dem Namen, wie man es neben ein Todesdatum setzte, deutete darauf hin. Andererseits gab es in der Gegend wohl etliche Pepes. Cristina und Max hingen auf der Rückfahrt ihren Gedanken nach, fuhren schweigend entlang der Strommasten, die wie abgenagte Gerippe aussahen. Sie hielten schließlich an einem Kiosk und kauften eine Zeitung, nachdem die Siesta zu Ende und die Geschäfte wieder offen waren. Stand darin vielleicht etwas über einen anderen Pepe? Einen anderen toten Pepe? Eine Internetrecherche konnte man sich sparen, es würde Tausende Pepes geben. Lebende wie tote.

»Kannst du mich bei Juan absetzen?«

»Klar, ich fahr dich zum Katzenmann.«

Max grinste. »Werd ihm erzählen, dass du ihn so nennst.«

»*Ich*? So nennen ihn alle! Er ist eine Berühmtheit. Der verrückte Katzenmann.«

»Eigentlich dachte ich, Juan sei ein echter Womanizer.«

Jetzt grinste Cristina. »Was meinst du denn, warum er so berühmt ist? Nicht wegen seiner Bilder ...«

Max kurbelte das Fenster herunter, obwohl draußen nur heiße Luft flirrte. »Ich glaube, unter dem Strich ist ihm diese Art von Ruhm deutlich lieber. – Hier musst du rechts.«

Cristina fuhr an der Abzweigung vorbei.

»Du kennst einen kürzeren Weg?«

»Nein.«

Max blickte sie lange an und sah mit einem Mal das

neckische Lächeln, welches ihre Lippen umspielte. »Entführst du mich etwa?«

Sie nickte. »Ein Test.«

»Wie der mit deinen Freunden?«

»Wie der mit meiner Cuadrilla.«

»Habe ich den denn bestanden? Bei Carlos sicher nicht.«

Cristina legte ihre Hand sanft auf sein Knie. »Du bist zum zweiten Test zugelassen worden.«

»Und wo findet der …?«

»Lass dich überraschen.«

Er fand in La Bastide statt. Die Prüfungskommission saß schon vor dem Rathaus. Und guckte. Viel mehr tat sie nicht. Und sie bestand aus einer Person, die Max bereits kannte.

»Das ist Iker, mein Großvater. Wir leben zusammen. Opa, das ist Max. Ein … Freund.«

Iker schaute auf, dann klopfte er auf den Platz neben sich. »Setz dich zu mir, Max.«

Cristina nickte ihm aufmunternd zu und nahm dann auf der anderen Seite Platz. Der Wind wehte hier viel kühler und erfrischender als anderswo, es war wirklich eine klug gewählte Stelle für eine Bank.

Iker besah ihn sich langsam von oben bis unten. »Womit verdienst du eigentlich dein Geld, Max?«

»Mit Fotos«, antwortete er.

»Du hast ein Labor?«

»Nein, ich habe eine Kamera. Und fotografiere.«

»Damit verdient man genug Geld? Für eine Familie?«

Meine Güte, das war ja ein Tempo. Bisher hatte er Cristina nur geküsst, und schon musste er seine Steuererklärungen der letzten fünf Jahre vorlegen? »Ja«, antwortete er nichtsdestotrotz. »Aber ich habe keine.«

»Bist du ein Künstler?«, setzte Iker nach und zündete sich eine Zigarre an. »Fahrendes Volk?«

Max konnte sich ein Lächeln nicht verkneifen und blickte zu Cristina, doch ihr Gesicht verriet nicht, was von ihm erwartet wurde. Es sah eher so aus, als warte Cristina noch gespannter auf die Antwort als ihr Großvater. »Fahrendes Volk trifft es sehr gut. Ich bin viel unterwegs, und das gerne.«

»Weißt du, was ich früher gemacht habe, Max, wer ich früher war?«

»Nein.«

»Rate! Na los, keine Scheu! Rat einfach.«

Um Gottes willen. Was wollte dieser Mann jetzt hören? Was Maskulines wahrscheinlich. »Stierkämpfer?«

Ein heiseres, von vielen Zigarren aufgerautes Lachen ertönte und hallte von den unverputzten Steinen der Hauswände wider. »Sehe ich so aus? Nein.«

»Sie waren Winzer?«

»Nein nein.«

Puh.

»Du kommst nicht drauf, Max. Ich war beim Zirkus. Ein richtiger Zirkus, wir hatten nicht viele Tiere, aber wir hatten welche. Man sieht es mir heute nicht mehr an, aber das war ich. Ein Vagabund, Max. Nun darfst du noch einmal raten: Was habe ich beim Zirkus gemacht?«

Das war ja wie bei »Wer wird Millionär?«. Nur Geld gab es vermutlich keines, und leider auch keinen Publikumsjoker. Oder vielleicht doch? Er lehnte sich hinter Ikers Rücken zu Cristina. Doch die gab ihm nur einen Kuss auf die Wange. »Musst schon selber drauf kommen, du Schummler.«

»Feuerspucker?«

Max erntete vergnügtes Kopfschütteln.

»Trapez? Fakir? Löwendompteur?«

»Fast.« Iker sah zu seiner Enkelin. »Er ist gar nicht so schlecht.«

»Das heißt, du bist gut«, übersetzte Cristina. »Mach weiter.«

Also Dompteur. Was konnte man noch domptieren? Gab es dieses Wort überhaupt? Hunde, Katzen, Pinguine, alles keine Tiere, auf die man so stolz sein würde.

»Bärendompteur?«

Ikers Lächeln verschwand. »Donnerwetter! Und du hast ihm nichts verraten, Cristina?«

»Kein Wort.«

Der Alte legte Max die Hand auf die Schulter. »Ja, ich war Bärendompteur.« Eine Träne erschien in seinem Augenwinkel. »Viele lange Jahre. Schöne Jahre, Max. Aber ohne Bär kein Dompteur. Und irgendwann ist man zu alt, um einen neuen zu trainieren. Es ist ein bisschen wie eine Ehe, so eine lange Zeit mit einem Tier, sechzehn Jahre waren es bei mir. Sechzehn Jahre!«

Cristina schmiegte sich an ihren Großvater wie ein kleines Mädchen. »Meine Mutter hat mir immer erzählt, was für tolle Nummern du mit ihm gezeigt hast. Der Bär konnte Einrad fahren, rutschen, tanzen, und der Höhepunkt«, sie riss die Augen weit auf, »war der Todeskuss.«

»Ja«, sagte Iker. »Der Todeskuss. Das war der Höhepunkt.«

»Der Todeskuss?«, fragte Max.

»Dabei fütterte er dem Bären von Mund zu Mund ein Stück Fleisch. Niemand sonst beherrschte diese Nummer in ganz Europa.«

»Niemand«, sagte Iker, den Blick glasig, die Augen wässrig. »Nur wir zwei. Es gab keinen Bären wie ihn, er war der Beste.«

Max konnte es sich bildlich vorstellen. »Mit Hütchen auf dem Kopf?«

»Nein.« Iker schüttelte entschieden den Kopf. »Kein Hütchen. Niemals. Nicht er! Einem Bären muss man seine Würde lassen.« Jetzt flossen die Tränen. »Mir ist was ins Auge geflogen, ich muss nach Hause. Komm mich bei Campillo besuchen, Max. Morgen. Komm mich morgen bei Campillo besuchen. Ich möchte mit dir reden. Von Mann zu Mann. Sei da.« Zügigen Schrittes ging er davon.

Cristina spazierte mit Max durch La Bastide, zeigte ihm, wo sie mit ihrem Großvater wohnte, wo sie zur Schule gegangen war, wo sie das erste Mal einen Jungen geküsst hatte, wo sie war, als ihre Eltern bei einem Autounfall starben. Es war eine ganz persönliche Sightseeingtour, Orte, die völlig normal aussahen und doch mit so viel Bedeutung aufgeladen waren. Max versuchte mehrfach, Cristinas Hand zu greifen oder gar ihre Hüfte zu umfassen, aber jedes Mal verhinderte sie es beiläufig, als habe er nur Pech gehabt, als könne ein neuer Versuch von Erfolg gekrönt sein. Es war ein langer Spaziergang und bereits dunkel, als sie sich verabschiedeten, mit Küssen auf die Wange. Sie kamen ihm zärtlich und lang vor, aber das mochte auch Wunschdenken sein. Ihr Blick erschien ihm wärmer und vertrauter als jemals zuvor.

Das unspektakuläre Städtchen fand er plötzlich wunderschön. Er wollte nicht weg von hier. Zu gehen, würde sich anfühlen, als gehe er fort von Cristina, und das konnte er nicht, wollte er nicht.

Plötzlich wurde ihm bewusst, dass er schon lange nicht mehr an die Morde gedacht hatte. Doch nun waren die zermürbenden Gedanken zurück, und es schien, als hätten sie ihre Kräfte gesammelt.

Max war völlig in seinen Gedanken versunken und bemerkte nicht, wie sich Gestalten von hinten näherten, auf den Moment warteten, in dem niemand sie beobachtete, an einer Stelle, wo die Schatten lang genug waren.

Erst als sie diesen Punkt erreicht hatten, trat einer der Männer vor Max.

Die Welt wurde mit einem Schlag dunkel.

Es war Carlos, der Feind aus Cristinas Cuadrilla, der Mann, dessen Blick so einschüchternd wirkte wie eine Klinge, die hastig aus der Scheide gezogen worden war. Sein Atem roch nach Tempranillo, billigem Tempranillo. Und viel davon. Carlos' Blutbahnen mussten mehr Alkohol als Blutkörperchen enthalten.

»Hey, Matz!«

»Max.«

»Ich nenn dich, wie ich will, Matz. Marx. Mars. Schwein.« Er kam näher. Und noch näher. Bis sie Brust an Brust standen. Max konnte Carlos' angespannte Muskeln spüren. »Und weißt du, warum? Na? Weil du ein Schwein bist, das glaubt, es kommt hierher und kann sich an unsere Frauen ranmachen! Du toller Fotograf aus Deutschland! Geld wie Heu, was? Meinst, du könntest dir hier alles kaufen?«

Weil er den Gestank aus Carlos' Mund nicht mehr aushielt, wandte Max sein Gesicht ab – aber nur ein kleines Stück, denn er wollte nicht den Eindruck erwecken, er hätte Angst.

Obwohl er die hatte.

»Spanien ist ein freies Land. Cristina kann sich treffen, mit wem sie will. Oder willst du ihr das verbieten? Was wird sie davon halten?«

»Ich will ihr gar nichts verbieten. Aber dir! Und du wirst Cristina kein Wort davon sagen.«

Max hatte schon in der Schulzeit die Lust verloren, sich von irgendwelchen Deppen herumschubsen zu lassen. Lieber riskierte er eine handfeste Auseinandersetzung und das eine oder andere Veilchen.

»Hau ab, Carlos! Leg dich ins Körbchen. Cristina macht, was sie will. Und ich mache, was ich will. Und dich geht das einen Scheißdreck an!« Er versuchte, Carlos fortzuschubsen, doch dieser machte ihn mit einem einzigen schmerzhaften Griff kampfunfähig. Eine Technik, die nur Polizisten beherrschen sollten. »Meinst du echt, du Scheißer darfst so mit mir reden? Weil du dir alles erlauben kannst, oder? Aber weißt du was: Du kennst mich nicht! Du kennst mich kein bisschen, du Arsch!« Carlos schlug Max gegen die Brust. Es war viel Kraft in seinen Armen. »Ich sag dir jetzt drei Buchstaben, ja? Nur drei, aber die reichen. Hörst du zu?« Er hielt seinen Mund vor Max' Ohr und brüllte hinein. »Ob du zuhörst, habe ich dich gefragt!« Doch er wartete keine Antwort ab, sondern senkte die Stimme. »G und A und L. Sagt dir das was? Sagt dir das vielleicht, dass ich einer bin, mit dem man keinen Scheiß macht? Denn das sollte es.«

GAL? Die Abkürzung sagte Max nichts. Eine Splittergruppe der ETA? Aber konnte Carlos zu diesen gehören? Ein Mann aus der Rioja Alta? Stammten seine Eltern etwa vom anderen Ufer des Ebro? Lauter Fragen schossen Max durch den Kopf, während Carlos ihm seinen Unterarm gegen den Kehlkopf drückte. »Weißt nicht, was die GAL ist, was? Hast halt nur Scheiße im Kopf! Ist die Grupos Antiterroristas de Liberación. In den Achtzigern hat sie die Dreckschweine von der ETA plattgemacht. Mein Vater war dabei. Und ich mach in ihrem Sinne weiter. Ich bin einer von denen, die der ETA das Leben schwermacht, der keine Angst vor ihnen hat. Der keine Angst vor niemandem hat.« Er drückte stärker zu. »Lass die Hände von Cristina! Sonst hast du bald keine mehr. Wenn ich dich noch einmal mit ihr sehe, ein einziges Mal, hörst du mich, Deutscher? Dann lernst du mich richtig kennen, du Schweinehund.« Er hob seine rechte Hand, geballt zur Faust, in die Luft, sie zielte auf Max' Kopf.

»Lass es gut sein, Carlos«, erklang plötzlich eine Stimme hinter Max. Sie kam ihm bekannt vor, doch zuordnen konnte er sie nicht. »Du wolltest ihm doch nur sagen, was du gesagt hast. Wenn du ihn schlägst, sperren sie dich vielleicht für das Rennen. Ist es das wert?«

»Cristina ist alles wert!«

»Er wird sie nicht anrühren. Das hast du ihm klargemacht. Spar dir deine Kraft. Er hat's begriffen. Ist ja nicht blöd.«

»Aber vielleicht lebensmüde.« Carlos hob wieder die Faust, die Knöchel traten weiß unter der Haut hervor. Sie sahen geradezu spitz aus im Mondlicht. Carlos war ein Mann, dem Gewalt Spaß machte, das spürte Max in jedem heißen Atemzug von ihm. Ein Mann, der es liebte, seinen Aggressionen freien Lauf zu lassen, weil er allen Frust seines Lebens hineinlegen konnte, in jeden Schlag, mit aller Wucht, hinaus damit aus seinem System.

Doch nun hielt der andere Mann Carlos' Arm fest. »Dahinten sind Leute.«

Es stimmte nicht, dahinten waren keine Leute, Max konnte es sehen. Doch Carlos hatte die leere Straße hinter sich nicht im Blick. Er schien mit einem Mal aus dem Tunnel der Wut herauszukommen – und durchzuatmen.

»Lass uns verschwinden.« Carlos kam ein letztes Mal nah an Max' Gesicht. »Du hast Glück gehabt, Knipser. Das letzte Mal!«

Er ging stampfend davon, als wollte er die Pflastersteine zum Zerbersten bringen.

Nun erst sah Max, wer der Mann war, der ihm zu Hilfe gekommen war: David, der Betriebsleiter von Francino. Seine Züge waren so markant, dass Max das wenige Licht der Sterne, des Mondes und der fernen Straßenlampen ausreichte, um ihn zu erkennen. Der Mann, den er noch wegen des erdverkrusteten Jakobsweg-Abzeichens in seiner Vitrine befragen musste.

»Alles klar bei dir?«

Max packte sich an den Hals, denn der fühlte sich an, als wäre er eingedellt. »Ja, zumindest lebe ich noch. Und meine Knochen sind auch alle noch in einem Stück. Zwischenzeitlich war ich mir nicht mehr sicher, ob das so bleiben würde.«

David presste die Lippen aufeinander. »Nimm ihn nicht so ernst. Carlos ist eigentlich nicht so. Der Alkohol... Ich muss weg. Schönen Abend noch!«

Doch Max nahm Carlos ernst. Und er war sich sicher, dass Carlos genauso war, wie er ihn gerade erlebt hatte.

Und dass dieses Problem sich nicht von alleine lösen würde.

Als er zurück zu Juan kam, bereitete dieser sich gerade das Abendessen zu. Wie lange brauchte es wohl, bis man sich an diese abartigen Essenszeiten gewöhnte? Wahrscheinlich musste man in Spanien geboren sein. Ein Umprogrammieren des Verdauungstraktes war von der Natur nicht vorgesehen.

Auf dem weißen Futon, der Juan als Sofa diente, lümmelte sich gelangweilt eine langbeinige, rothaarige Schönheit, die sich als Ana-María vorstellte. Juan rief ihr die Namen einiger Gerichte zu, die er für sie kochen könnte, doch sie lehnte jedes Mal ab. Ein Spiel. Spanische Frauen aßen immer vor Verabredungen, damit sie dort dann bescheiden wie ein kleines Vögelchen speisen konnten.

Max brauchte ein großes Glas Wein. Auf Ex. Es war Gran Reserva. Aber es hätte in dem Moment sogar Merlot sein können. Danach ging er sofort ins Bett.

Am nächsten Morgen besorgte er sich alle Zeitungen, in der Hoffnung, dass die Polizei eine Verbindung zwischen den beiden Morden herstellte – doch sie wussten ja immer noch nicht, wo die erste Leiche aufgefunden worden war. Sollte er es ihnen sagen? Anonym? Am Telefon?

Nicht vor dem Frühstück.

Nicht vor einer Tasse heißen, schwarzen Kaffees. Und einer heißen, schwarzen Zigarette.

Danach beschloss er, erst einmal das unangenehme Gespräch mit Iker hinter sich zu bringen. Es klang wie die traditionelle Unterhaltung mit dem Vater der Freundin, die Max zum letzten Mal mit siebzehn ertragen musste. Aber diesmal war es Spanien, und diesmal war es ein Großvater.

Das konnte interessant werden.

Er würde ihn nach Pepe Salinas fragen, schließlich war Campillo, wo sie sich treffen sollten, das Schwestergut von Faustino. Die Bodega gehörte ebenfalls zur Gruppe der Martinez-Kellereien, war jedoch bedeutend jünger als Faustino und das erste Weingut der Rioja, bei dem auf Architektur Wert gelegt worden war – nachdem alle zuvor nur praktisch und günstig zu sein hatten. Mittlerweile wurden für viele Bodega-Neubauten Stararchitekten angefragt. So hatte die Grupo Faustino, zu der insgesamt sieben Kellereien gehörten, ihre neue Bodega Portia in Ribera del Duero von niemand Geringerem als Sir Norman Foster entwerfen lassen.

Aber es war genau hier, bei Campillo, wo diese Entwicklung 1990 ihren Anfang genommen hatte. Inmitten von stattlichen fünfzig Hektar Weinbergen stand die Bodega am Rande des Örtchens Laguardia inmitten der Rioja Alavesa. Sie erinnerte Max an ein Landhaus aus der Zeit des alten Roms, aus hellen Natursteinen erbaut, mit sieben Rundbögen und einer riesigen Freitreppe aus Schiefer.

Max hatte sich informiert, falls das Treffen mit Iker wieder in ein Quiz ausartete. Campillo stand inmitten eines der besten Weinterroirs von Rioja, und die Weine wurden ausschließlich von eigenen Trauben erzeugt.

Rechts neben dem Eingangstor fand sich eine Klingel mit Gegensprechanlage. Max drückte nach einem kurzen Luftholen darauf.

»Max?«

»Ja. Iker, bist du das? Schönen guten Morgen!

»Ist auf.«

Eine große Eingangshalle öffnete sich vor ihm, als Max das schwere Tor aufdrückte. Sofort war das Holz der unzähligen Weinfässer zu riechen, die unter ihm im Keller liegen mussten. In der Mitte der Halle befand sich eine riesige Wendeltreppe. Max trat heran, blickte hinauf und hinunter. Wie die Spindel eines gewaltigen Korkenziehers. Fünf Etagen.

Aus dem Keller stieg Iker empor, umarmte ihn herzlich, klopfte ihm sogar auf den Rücken, als würden sie sich seit Jahrzehnten kennen. »Zuerst probieren wir was, Max, ja?«

Max nickte.

»Eigentlich machen sie das immer erst am Ende einer Tour. Aber das ist bei dir was anderes. Willst du alles probieren? Natürlich willst du das. Komm, wir gehen in das Probierzimmer für besondere Gäste.«

Der Raum war groß und luxuriös ausgestattet, mit ledernen Polstersesseln und einem Holztisch, der so massiv wirkte, als hätte selbst Godzilla Probleme, ihn kaputt zu treten.

»Fangen wir mit dem Rosé an, ja? Du trinkst doch Rosé, oder? Ist reiner Tempranillo, ausschließlich Vorlaufmost, der kommt von alleine, oder nur durch ganz leichtes Andrücken der Trauben. Schau dir die Farbe an, wie frischer Himbeersaft!« Iker nahm einen genüsslichen Schluck, bevor er Max einschenkte. Mit dem im Holzfaß vergorenen Weißwein aus der Viura-Traube ging es weiter.

»Eine gute Rebe für La Rioja, die wichtigste hier. Ihr macht die Trockenheit nichts aus!«

Dann folgten die Rotweine Reserva, Reserva Selecta, Reserva Especial, Gran Reserva, und schließlich holte Iker noch eine Flasche, die er behandelte wie ein rohes Ei.

»Das ist der Cuesta Claro.« Seine Stimme nahm einen ehrfürchtigen Klang an, als befänden sie sich in einer Kirche. »Sehr selten, raro! Er wird ausschließlich aus Tempranillo-Peludo-Rebstöcken gewonnen, das ist eine Spielart des Tempranillo, die nur sehr wenig Trauben erbringt – dafür aber sehr gute, mit starken Aromen. Doch alle wollen immer nur mehr Trauben und noch mehr, deshalb gibt es den Peludo so gut wie nicht mehr. Die Trauben werden alle auf der Finca Cuesta Clara handgelesen, und der Wein reift sechsundzwanzig Monate in französischen Barrique-Fässern aus Allier-Eiche. Leider kann ich dir nichts davon anbieten, Max. Er wird nicht in jedem Jahr produziert, verstehst du, aber zeigen wollte ich ihn dir zumindest.« Zärtlich stellte er die Flasche ab.

»Hat Faustino auch einen so besonderen Wein?«, fragte

Max, während er mit den Fingerkuppen über das Etikett des Raro fuhr und Iker damit ein Lächeln entlockte.

»Es gibt da einen, aber den habe selbst ich erst einmal getrunken. Das ist ein Wein. Das ist *der* Wein. Er ist Perfektion, er ist das, was ein Gran Reserva sein soll: Tiefe, Harmonie, Leichtigkeit und auf eine nicht zu beschreibende Art flüssige Historie. Wenn du einen gereiften Rioja trinkst, fühlt es sich immer an, als würdest du Jahrzehnte auf einmal in dich aufnehmen, da sind all diese dunklen Aromen wie Leder, Waldboden, Trüffel, Holz.

Wir sind manchmal nicht im Reinen mit unserer Vergangenheit, Max, aber ein großer Rioja versöhnt uns mit ihr. Und wenn auch nur für den kurzen Augenblick des Genusses. In der Jugend sind unsere Weine manchmal hart und eckig, mit dem Alter schleifen sich die Kanten ab, alles wird geschmeidiger, sie werden sanft, so wie unsere Erinnerungen – im besten Fall. Die Erinnerung, Max, sie will stets heilen. Ein guter, ein großer Gran Reserva ist wie Medizin für unsere Seele. Und dieser eine ganz besondere Gran Reserva, Max, er ist wie flüssiges Glück. Ich kannte den Weinmacher, der ihn einst in die Flasche brachte, es war sein letzter Jahrgang. Vincente hieß er, und er hat all sein Wissen, all seine Liebe hineingelegt. Vielleicht sogar etwas von seiner Seele. Ganz bestimmt sogar. Es ist ein beseelter Wein. Der 64er Faustino I.«

»Wo kann ich ihn kaufen? Ist er teuer?«

Iker lachte laut und strich Max wie einem unwissenden Kind über den Kopf. »Nirgendwo kannst du ihn kaufen. Mit keinem Geld der Welt kannst du ihn bezahlen.«

»Er ist komplett weggetrunken?« Max fühlte sich, als sei

ihm etwas ungemein Wertvolles weggenommen worden, dabei hatte er es nie besessen.

»Das habe ich nicht gesagt. Es gibt ihn noch. Soweit ich weiß. Drei Flaschen, im Keller von Faustino. Kennst du den Keller?«

Oh ja, dachte Max. Viel zu gut. Doch er nickte bloß.

»Dann weißt du auch, dass sich auf den ganzen gelagerten Flaschen keine Etiketten befinden – weil die in der feuchten Kellerluft schimmeln würden. Und die Fächer, in denen sie lagern, haben bloß Nummern, ja, nicht einmal die Korken verraten, aus welchem Jahr der Wein in den Flaschen stammt. Nur sehr wenige wissen, wo welcher Wein lagert. Die Familie Martinez natürlich, der Leiter der Bodegas Faustino sowie der Exportmanager. Na ja, nun weiß er es nicht mehr. Dafür weiß er vielleicht mehr als wir alle. Du weißt schon, falls da oben wirklich was ist.« Er zeigte nach oben. »Für einige wird da was sein, da bin ich mir sicher.«

Iker ging die große Wendeltreppe hinunter in den Keller der Bodega.

»Und für Pepe Salinas? Und für den, der ihm das angetan hat?«

Iker blieb auf der Treppenstufe stehen und drehte sich um. Dann sprach er leiser, obwohl niemand sonst im Weingut zu sehen war. »Ich glaube, es war einer aus Haro. Habe denen noch nie getraut. Die ganze Sache mit der Batalla del Vino, mir gefällt das nicht, so was mit Wein zu machen. Da wachsen die Trauben über hundert Tage, man pflegt und hegt sie, man erntet sie vorsichtig wie rohe Eier, man lässt sie in feinstem Holz zu Wein werden – und dann saut man dermaßen mit ihnen rum. Salinas war der Leiter des Organisationskomitees, und da gab es immer Streit. Vor allem mit dem Bürgermeister – der ist von der anderen Partei, und es gefiel ihm gar nicht, dass sein Konkurrent diesen Posten innehat. Salinas wollte nämlich selbst Bürgermeister in Haro werden. Der jetzige, Santamaria heißt er, hat unzählige Schergen, alte Seilschaften, schon unter Franco zog er die Strippen in Haro. Fett schwimmt oben, so sagt ihr doch in Deutschland. Recht habt ihr!« Kopfschüttelnd ging er die Wendeltreppe weiter hinunter. »Fett schwimmt oben, das passt bei Santamaria. Und wie das passt.«

Die Weinschlacht, Cristina hatte davon erzählt, nachdem sie ihn vor dem Gefängnis aufgelesen und Informationen über die Region ausgespuckt hatte, wie ein defekter Glücksspielautomat Münzen. Max würde sich die Chance nicht entgehen lassen, sie zu fotografieren.

Mit einer wasserdichten Kamera.

Iker blieb noch mal stehen. »Ach, eins noch, bevor ich es vergesse: Wenn du meiner Enkelin Kummer bereitest, wirst du auch mir großen Kummer bereiten, Max. Sie ist ein gutes Mädchen. Die beste all meiner Enkelinnen, und ich habe neun. Aber sag ihr das bloß nicht! Sei nur vorsichtig mit ihr. Sie hat schon zu viele Enttäuschungen erlebt. Ich will nicht, dass eine weitere dazukommt.«

Diese Worte, voller Sorge und Mitgefühl gesprochen, diese sanfte Warnung, traf Max mehr, als jede Drohung es gekonnt hätte. Sein Hals war wie zugeschnürt. Sein Herz schlug schnell, vor Zuneigung zu Cristina und aus Respekt vor dem alten Iker.

Cristina hatte keine Zeit für Max, sie wurde auf einer anderen Bodega der Martinez-Gruppe eingesetzt. Scheinbar war es nicht ungewöhnlich für Mitarbeiter, dass sie zwischen den Weingütern wechseln mussten, wenn es hart auf hart kam.

Also fuhr Max alleine nach Haro. Er wusste nicht, was er dort wollte, auf jeden Fall würde er fotografieren, für seine Serie über die Weinschlacht. Vorher – nachher. Und Fragen würde er stellen, zu Pepe Salinas, der hier die Weinschlacht organisiert hatte und eine lokale Berühmtheit war. Und auch zu Bürgermeister Santamaria.

Haro sah nicht aus wie eine Stadt, in der sich Menschen gegenseitig mit Wein bewarfen. Die Häuser waren alt, bedächtig, und in der Nähe mündete der Tirón idyllisch in den Ebro. Dass Wein wichtig in Haro war, spürte man, völlig zu Recht galt die Stadt als Zentrum der Rioja Alta. Unter anderem der Wein hatte den Ort reich gemacht, berühmte Bodegas wie Muga, López Heredia, La Rioja Alta, CVNE oder Bilbainas waren hier beheimatet und warben um Besucher und Weinkäufer. Aber heute interessierte sich Max weder für sie noch für das Museo del Vino, er wollte dorthin, wo man wirklich etwas über Wein und Weinkultur erfuhr – in eine Tapas-Bar. Wie von selbst landete er auf der großen Plaza Mayor, in deren Mitte ein erhöhter Pavillon stand, wie Max es auch aus deutschen Kurstädtchen kannte. Die Plaza war gesäumt von Bars und Cafés und allerlei Läden, die ihre Markisen ausgekurbelt hatten, um ihre Gäste vor der Mittagssonne zu schützen. Draußen saßen die Touristen, die Bewohner der Weinschlacht-Stadt dagegen saßen drinnen an der langen Theke, wo Würste, Käse, Tortillas und Brote zum Verweilen einluden und die große Kaffeemaschine unentwegt lief. Der Duft der Bohnen lockte Max ins Café Suizo, wo der Besitzer, ein Mann mit prachtvoller Säufernase und großem Säuferbauch, gerade einem Gast einen weißen Porzellanteller mit Tapas über den Tresen schob und eine Papierserviette nachreichte. Der Kaffee roch würzig und stark nach köstlicher, konzentrierter Dunkelheit.

Doch am Eingang blieb Max stehen, ganz abrupt, denn ein Plakat war an die geöffnete Glastür geklebt worden, die heute Wind und Gäste ins Innere ließ. Es warb für ein Radrennen und zeigte drei Fahrer, die aus dem Sattel gegangen waren und sprinteten, ihre Gesichter verzerrt vor Anstrengung. In Führung lag ein Mann mit zusammengekniffenen Zähnen, der fast aus dem Bild zu springen schien: Carlos.

Und es war wieder letzte Nacht, und er spürte abermals Carlos' Unterarmknochen an seinem Adamsapfel.

Um sich von diesem Gedanken abzulenken, schoss Max ein paar Fotos, nachdem er den Besitzer gefragt und dieser mit einem kurzen Nicken zugestimmt hatte. Max suchte Details, fotografierte Tassen, heißen Kaffeedampf, die köstlichen Tapas, fotografierte den Platz über die Schulter eines Gastes, und mit jedem Foto ging es ihm ein wenig besser. Doch in die Nähe des Plakates trat er nicht mehr.

Irgendwann ging es ihm wieder so gut, dass er sich auf einen der rot gepolsterten Hocker am Tresen fallen ließ. »Und, wird nächste Woche die Batalla stattfinden, jetzt, wo Pepe Salinas tot ist?«

Die Säufernase sah ihn ernst an. »Die Batalla findet

immer statt, da können so viele sterben, wie sie wollen. Die Batalla fällt niemals aus. Und wenn ich der Einzige bin, der auf den Hügel steigt! Hier, Ihr Kaffee, sehr heiß.«

Max setzte die Tasse an. Er wollte den leichten Schmerz der Hitze an seinen Lippen spüren. Der Kaffee war hervorragend. »Salinas hat ja wohl einen guten Job gemacht, wie man so hört.«

»Hat er, ja. Aber dass ein Baske diesen Job bekam, nun, man war ... verwundert. Ein guter Mann, keine Frage. Und er ist ja auch nur im Baskenland geboren worden und schon mit sechs Jahren mit seiner Familie zu uns gekommen.«

Max trank einen weiteren Schluck des herrlich starken Kaffees. »Aber es braucht ein paar Generationen, bis man wirklich dazugehört?«

Als Antwort erhielt er nur stummes Nicken.

»Bürgermeister Santamaria wird nicht unbedingt traurig gewesen sein ...«

Die Säufernase schniefte. »Nein, bestimmt nicht. Er hat ja direkt einen seiner Leute installiert, als sich die Chance ergab. Auch einer von Faustino, als hätten wir keine Weingüter hier in Haro! Und es ist eine Frau.« Dem Mann hinter dem Tresen war anzumerken, dass ihm das noch weniger gefiel. »Unser Bürgermeister denkt halt an die weiblichen Wählerinnen, der weiß schon, wie man mit der Zeit geht.«

»Wie heißt sie denn? Ich war letztens bei Faustino«, Max hob seine Kamera empor, »fotografieren.«

»Ines Sastre. Sehr junge Frau, sehr attraktiv, sehr klug. Genau Santamarias Typ.« Er lehnte sich über den Tresen.

»Wobei eigentlich alles, was einen Rock trägt und einen Puls hat, der Typ unseres Bürgermeisters ist. Wollen Sie was essen? Kleinigkeit?«

Max hörte, was sein Bauch sagte. Der wollte noch nicht. »Später. Die ganzen Toten hier schlagen einem ja auf den Magen.«

»Ach was! Essen muss immer sein. Solange man noch kann.« Der Barbesitzer lachte, und der Mann neben Max am Tresen lachte mit, obwohl er ganz offensichtlich nicht wusste, warum eigentlich. »Dieser Tote, den sie im Ebro gefunden haben, der war auch hier, hat genau da gesessen, wo Sie jetzt sitzen«, sagte er.

»Hat einfach einen Café con hielo getrunken. Wollen Sie auch einen?«

»Ja, gern.« Ein Eiskaffee war jetzt genau das Richtige. Was er bekam, war jedoch ein Espresso mit einem Eiswürfel. Und dazu ein Glas Wasser. Andere Länder, andere Sitten. Er stürzte ihn trotzdem herunter. Der spanische Eiskaffee tat verdammt gut.

»Er suchte wohl einen Verwandten oder einen Bekannten, also dieser Tote. Aber den Namen hatte hier noch nie einer gehört. War irgendwas Baskisches. Er wollte weiter zu Yuso und Suso – aber da ist er dann wohl nie angekommen.«

Max stimmte zu, er wollte sein Wissen lieber nicht an die große Glocke hängen. »Nein, vermutlich nicht.«

»War sehr nervös, der Bursche. Trank drei Kaffees. Das war der Tag, als auch dieser verrückte Amerikaner hier war. Zu jeder der großen Bodegas ist er gegangen – wegen gereiften Gran Reservas. Bei einigen muss er geradezu gebettelt haben. Der hat den armen Alten ganz schön zugequatscht. Ist das Ihr Handy?«

Erst jetzt hörte Max es, er hatte sich noch nicht an den Klingelton des neuen Handys gewöhnt. Wo hatte er das verdammte Ding bloß hingesteckt?

»In ihrer Hosentasche!« Max fingerte es hektisch heraus. Hoffentlich sprang jetzt nicht die Mailbox an. Die Nummer hatte er nur Juan und Cristina gegeben. Er drückte auf den grünen Knopf zum Abnehmen.

»Jetzt bist du dran!«

Die Stimme war atemlos, nahezu heiser.

»Wer ist denn da?«

»Weißt du doch genau! Stell dich nicht noch dümmer, als du bist. Ich hab Freunde bei der Polizei, gute Freunde. Und die haben mir erzählt, was Cristina ihnen gesagt hat. Ich hab dich gewarnt, du Arschloch. Ich hab dich so was von gewarnt!«

Ein Klicken. Er hatte aufgelegt.

Max blickte in seine leere Kaffeetasse.

Und der schwarze Sud am Boden kam ihm mit einem Mal wie ein böses Omen vor.

Kapitel 7

1976 – Ein gemischtes Jahr mit sehr unterschiedlichen Weinen. Einiges, was in diesem Jahr geboren wurde, war eher durchschnittlich, ganz weniges geradezu königlich. Sieben Prozent der Weine wurden zu Gran Reservas.

Max war Skorpion – und die stachen bei Gefahr zu. Oder versteckten sich unter einem Stein. Max war mehr nach Letzterem zumute, und der einzige Stein, unter den er kriechen konnte, war Juans Haus. Er freute sich sogar richtig darauf, die Katzen zu sehen.

Dieses Land veränderte ihn.

Noch mehrmals klingelte sein Handy. Max ließ es klingeln. Dann kamen die SMS. Zuerst blickte Max nicht drauf, aber dann doch. Sie kamen im 5-Minuten-Takt.

»Ich hatte dich gewarnt!«
»Kommst du zu mir, oder soll ich zu dir kommen?«
»Schweine muss man schlachten!«

Doch die erschreckendste SMS kam zuletzt. Danach tauchte keine weitere Nachricht mehr auf dem Display auf:

»Du wohnst doch bei dem Künstler-Arsch ...«

Sein Stein war nicht mehr sicher. Max rief Juan an. Das Klingeln dauerte viel zu lange, und in schnellen Videoclips zogen mögliche Gründe vor seinem inneren Auge vorbei. Sie nahmen an Dramatik zu.

Carlos parkt wütend vor Juans Haus. Carlos hinter einem Baum im Garten, wie er Juan unbemerkt beäugt. Juan tot auf dem Boden, Carlos breitbeinig darüber. Das brennende Haus, aus dem Katzen mit gereckten Schwänzen rennen.

Es wurde abgenommen.

»Juan?«

»Wer soll sich denn sonst hier melden, Max? Der König von Spanien?«

»Nein, der kommt erst nächste Woche zu Besuch. Bist du allein?«

»Wenn du die Katzen nicht zählst: ja. Ana-María ist zurück nach San Sebastián. Wer sollte denn hier sein?«

»Schließ erst alle Türen und Fenster ab, dann sag ich es dir. Und kontrolliere, ob keiner im Haus ist. Ich warte so lange, leg nicht auf! Oder nimm das Telefon besser mit.«

Max hörte Schritte, die sich schließende Haustür. »Vorne ist alles okay.« Er hörte, wie Juan die Küche betrat, an die Hintertür ging.

Dann ein markerschütternder Schrei.

Das Geräusch eines auf den Boden fallenden Körpers. Schweres Atmen.

»Juan? *Juan*? Scheiße, ich muss die Polizei rufen.« Max legte auf. Welche Nummer war das in Spanien? Auch 110, oder?

Sein Handy klingelte.

Das musste Carlos sein, aber Max wollte nicht hören, wie der damit prahlte, dass er Juan zu Boden gebracht hatte und erzählte, was er nun mit ihm vorhatte. Und mit Max, wenn er eintraf. Er wollte den Anruf gerade wegdrücken, als er die Nummer im Display sah. Es war die von Juan. Nutzte Carlos etwa dessen Telefon?

Er hob ab, bereit, sofort wieder aufzulegen.

Max sagte nichts.

Ein Atmen war am anderen Ende der Leitung zu hören.

»*Max*? Bist du da? War doch bloß Spaß, hörst du? Keiner da, Haus gesichert. Was sollte die Aktion denn?«

Max schrie wie am Spieß, röchelte, und legte auf.

Rache genoss man am besten ... mit einer ordentlichen Portion Spaß.

Nach diesem spontanen Mumpitz-Anfall ging es ihm erstaunlicherweise besser. Und als sie wieder miteinander telefonierten, mussten beide eine ganze Weile laut lachen. Erst als Max ihn aufklärte, worum es ging, wurde Juan wieder ernst.

»Wir sind zu zweit, Max. Soll er doch kommen! Den machen wir fertig. Ich kann auch noch meinem Nachbarn Bescheid sagen. Der hat auch einen Hund. Zwar einen Affenpinscher, aber der kläfft ohne Ende.«

»Nein«, antwortete Max und blickte sorgenvoll auf die Straße. »Carlos muss sich erst mal abregen, über alles nachdenken, von mir aus vor verschlossener Tür, dann kommt er vielleicht runter. Ich erzähle Cristina davon, sie muss wissen, was läuft.«

»Nein, Max, keine gute Idee. Das regeln Männer bei uns untereinander.«

»Dann ist es eine Scheißregelung. Es geht sie was an. Keine Geheimnisse. Und damit fange ich genau jetzt an.«

»Hattest du nicht gesagt, dass sie heute bei Bodega Valcarlos in Navarra arbeitet?«

»Ja, tut sie, und ich werde ihr auch nicht am Telefon erzählen, wie Carlos durchdreht. Ich will dabei ihre Augen sehen. Also fahre ich nach La Bastide und warte vor ihrem Haus, bis sie kommt.«

»Kann ich dich auf irgendeine Art davon abbringen?«

»Nein. Und wenn Carlos kommt: Nicht aufmachen!«

»Sag bloß! Da wär ich ja von allein nie drauf gekommen. – Pass gut auf dich auf.«

»Du auch auf dich. Und entschuldige tausendmal, dass ich dich in den ganzen verdammten Mist mit reinziehe.«

»Red keinen Blödsinn. Ich amüsiere mich prächtig. Außerdem bist du mein Freund. Du musst dich nicht entschuldigen und auch nicht bedanken. Freunde, Max. Du würdest dasselbe auch für mich tun.«

Da hatte er recht, dachte Max. Jederzeit.

Es war verdammt gut, einen solchen Freund an seiner Seite zu wissen.

Max saß keine drei Minuten in seinem vor Cristinas Haus geparkten Jeep, als ihm klar wurde, dass ihn nur eine lächerlich dünne Glasscheibe von einem wütenden Carlos trennte, sollte der zufällig vorbeikommen. Was nicht unwahrscheinlich war, denn Carlos' Leben drehte sich anscheinend immer noch um Cristina. Dem Mann war Stalking zuzutrauen.

Doch nichts passierte in der Nachmittagshitze La Bastides.

Und das ging Max ziemlich schnell ziemlich auf den Keks.

Nichtstun und Abwarten, obwohl seine Nerven bis zum Bersten gespannt waren. Er musste sich bewegen, auch wenn das hieß, die Sicherheit seines Jeeps zu verlassen. Der Innenraum des Wagens kam ihm mittlerweile vor wie die Zelle in der Untersuchungshaft.

Die frische Luft, so heiß sie auch sein mochte, tat ihm gut. Er ging ein paar Schritte und schoss Fotos. Zuerst führte ihn sein Weg bis zum Nachbarhaus, dann wieder zurück, bis zum zweiten Nachbarhaus, und das nächste Mal ging er bis zur Ecke, bevor er umkehrte. Bis zur nächsten Straße. Und plötzlich landete er wieder auf dem kleinen Platz vor dem Rathaus. Wie immer saß Fernando davor. Er rauchte so langsam und genüsslich, als sei der mickrige, stinkende Stummel zwischen seinen brüchigen Lippen die wertvollste Zigarre der Welt.

»Du gehst so gebeugt, als hättest du Kummer, Max.«, begrüßte er ihn. »Zieh mal an meiner Zigarre, das beruhigt.«

Max hatte vor acht Jahren mit Zigarren aufgehört. Jetzt zog er den Rauch wieder ein. Er hatte den Eindruck, dass der Qualm sämtliche Karieserreger in seinem Mund im Bruchteil einer Sekunde abtötete. Bevor er anfangen konnte, den Zahnschmelz wegzuätzen, pustete er ihn wieder aus und reichte Fernando die Zigarre zurück.

»Ist es wegen Cristina? Es ist doch immer wegen der Frauen. Der meiste Kummer, aber auch das meiste Glück.

Außer Wein und gutem Essen und Zigarren natürlich.« Er paffte wieder genüsslich. »Glaub mir, wir ärgern uns über Geld, Arbeitskollegen, Politiker, die Ungerechtigkeit der Welt, aber im tiefsten Herzen, genau hier«, er stieß mit dem Zeigefinger auf Max' Brustkorb, »da treffen nur sie uns. Alles andere ist da.« Diesmal bohrte er den Finger, der hart war wie ein versteinerter Ast, in Max' Schläfe.

»Es ist wegen ihrem Ex-Freund, Carlos.«

»Ach, Carlos! Ja, das kann ich mir denken. Habe ich dir eigentlich schon erzählt, dass ich Cristinas Lehrer war? Und auch der von Carlos? Sie waren in einer Klasse. Ich weiß wirklich nicht mehr, ob ich es dir erzählt habe, kann mich nicht so gut daran erinnern, was gestern oder letzte Woche war. Aber Sachen, die vor drei, vier Jahrzehnten passierten, sind frisch wie eh und je. – Hast du eigentlich noch mehr Fotos von La Bastide geschossen? Ich würde gerne noch welche sehen. Durch deine Fotos, durch dein Auge, sehe ich meine Heimat ganz neu.«

Max ließ ihn die Fotos sehen, die er eben geschossen hatte, und war selbst überrascht, dass es dreiundsiebzig waren.

»Es ist erstaunlich«, sagte Fernando, »aus wie vielen Perspektiven man Cristinas Haus fotografieren kann.« Er lächelte. »Und es sieht doch immer gleich aus.« Nun schaute er Max an. »Du musst sehr verliebt sein. Ich merke, dass deine Gefühle echt sind. Wenn man so alt ist wie ich, spürt man das. Da ist ein Unterschied zwischen Begehren und Liebe. In der Jugend sieht man das nicht, zu nah liegen die beiden beieinander, und doch ist der Unterschied riesig. Aber ich weiß nicht, ob eure Liebe eine Chance hat, Max. Ihr seid sehr unterschiedlich. Neulich hast du mich um einen Rat gebeten, und wenn ich dir etwas raten soll, dann: Lass sie ziehen. Glaub mir, es ist besser so. Ich kenne sie, seit sie so klein war.« Er deutete mit seiner Hand auf die Höhe seines Knies. »Dich kenne ich erst seit wenigen Tagen. Aber wie lange braucht man, um einen Menschen zu kennen? Bei manchen reichen wenige Augenblicke, und man weiß alles, andere kennt man ein Leben lang, und sie überraschen einen doch noch. Max, lass sie gehen. Ihr seid nicht aus derselben Welt.«

Max sah sich um, nahm das verwaschene Gelb der Häuserfassaden wahr, den kristallblauen Himmel, die trockene Hitze, die entspannte Stille, nichts davon existierte in Köln, nichts davon in seiner Welt. Hier aßen die Menschen nicht nur anderes, sondern auch zu anderer Zeit. Sie schliefen nachmittags, und nachts waren sie wach. Und das waren nur die Unterschiede an der Oberfläche. Fernando hatte zweifellos recht.

Und doch ... Diese Welt hier, Cristinas Welt, brachte etwas in ihm zum Schwingen. Etwas, das schon seit vielen Jahren schwingen wollte.

»Ich will in ihre Welt, ich will sie nicht aus dieser reißen. Cristina gehört hierher. Aber ich, ich gehöre nicht in meine. Ich weiß nicht, ob ich hierher gehöre, wirklich nicht, aber ich würde es gerne versuchen. Schauen, ob ich passe, ob dies das Puzzle ist, in das mein Stück Leben passt.« Er schaute sich die Fotos auf seinem Kamera-Display an. Auf keinem war Cristina zu sehen, und doch sah er sie auf jedem. »Liebe ist ein großes Wort, nicht wahr? Ich traue mich noch nicht, es in den Mund zu nehmen. Es ist zu wertvoll dafür. Wie das Sonntagssilberbesteck. Würde man es jeden Tag benutzen, wäre es nicht mehr so wertvoll. Aber ich spüre, dass es bald Zeit ist, das Silberbesteck aus seinem Kasten zu holen. Und sollte man nicht alle Gelegenheiten, die es wert sind, nutzen, um es herauszuholen? Es gibt eh viel zu wenige davon im Leben.«

Fernando sah ihn erstmals mit großen Augen an. »Ich habe keine Ahnung, wovon du redest, Max. Aber Hauptsache, du weißt es.«

»Ja, ich weiß es. Jetzt weiß ich es.« Dann sprach er leise weiter, mehr zu sich selbst, doch Fernando hörte es. »Ich liebe Cristina. Keine Ahnung, wieso. Und egal, was Sie sagen, ich werde sie nicht gehen lassen. Denn ich glaube, nein, ich weiß, dass sie nicht gehen will.«

»Was weißt du?«, bellte eine andere Stimme. »Meintest du, ich finde dich nicht, du Hund?«

Eine Hand griff nach Max' Kragen, zog ihn fort. Es fühlte sich an, als habe sich ein Abschleppwagen bei ihm eingehakt. Er wurde über die Straße geschleift, schaffte es ab und an, die Füße auf den Boden zu bekommen, einige Schritte zu stolpern, bevor der Zug wieder zu stark wurde und ihm die Beine wegzog.

Es kam alles viel zu überraschend.

Auch der erste Schlag in seine Magengrube.

Nur aus den Augenwinkeln erkannte Max, dass er in einen Hinterhof gezerrt wurde, der über und über mit Müllcontainern vollgestellt war, die in der Hitze ihre stinkenden Ausdünstungen verbreiteten.

Der zweite Schlag traf ihn in die Nieren und raubte ihm die Luft.

Max krümmte sich am Boden zusammen. Dann trat Carlos zu. Er trug Stiefel mit Stahlkappen, und der rechte grub sich tief in Max' Brust. Einmal, zweimal, dreimal. Jeder Tritt mit mehr Wucht als der zuvor. Max schrie nicht. Diese Genugtuung würde er Carlos nicht geben. Doch der Schmerz wurde immer reißender. Er versuchte aufzustehen, doch kaum hatte er sich abgestützt, traf ihn der nächste Tritt in den Unterleib, und er sackte wieder zusammen.

Ihm blieb nur, seinen Kopf zu schützen. Und zu hoffen, dass Carlos bald die Kraft verließ. Doch Max dachte gar nichts, er spürte nur den Schmerz, der grell in zu viele Stellen seines Körpers drang. Die Welt verlor an Farbe, es wurde immer schwerer, Luft in die Lungen zu atmen. Die auf ihn donnernden Tritte und Schläge wurden zu einem einzigen. Sein Bewusstsein franste an den Ecken aus …

»Carlos!«

Die Tritte und Schläge stoppten.

Die Luft kehrte stückweise zurück.

»Señor Colón?«

»Carlos, was tust du da? Wo ist dein Benehmen? Du bist Spanier. Aus La Rioja! Wir sind stolz auf unsere Gastfreundschaft. Stolz, Carlos! Wir sind höflich gegenüber Gästen, auch wenn es uns manchmal schwerfällt!«

Max öffnete die Augen. Da stand der alte, schrumpelige Fernando, seinen Gehstock drohend erhoben.

Er erinnerte ihn ein wenig an Meister Yoda aus Star Wars. Was auch am grünlichen Licht der moosüberwachsenen Hofbeleuchtung liegen konnte.

»Aber er hat…«

»*Ich* rede jetzt, Carlos. Dann hast du ruhig zu sein!« Fernando wartete, ob Carlos etwas sagen würde. Sein Mund öffnete sich, doch dann schloss er sich wieder, ohne dass ein Wort herausgekommen war. »Gut. Dieser Mann da hat sich in eine Frau aus unserer Heimat verliebt. Können wir das nicht verstehen? Haben wir nicht die wunderbarsten Frauen ganz Spaniens? Ich weiß, was du für Cristina empfindest, immer schon, ja bereits in der Schule. Meinst du, ich hätte nie gesehen, wie ihr zwei hinter dem Schulhaus geknutscht habt? Hältst du mich etwa für so dumm?«

Carlos blickte verschämt auf den Boden.

»Ich habe nichts gesagt damals. Und dafür kannst du mir ausgesprochen dankbar sein! Aber jetzt sage ich etwas, und zwar nur einmal: Lass Max in Ruhe, du dummer Junge!« Fernando trat auf Carlos zu und griff sich dessen Ohr. »Das habe ich damals schon mit dir gemacht, wenn nur Unfug in deinem Kopf war, und heute kann ich es immer noch.« Er zog Carlos' Kopf am Ohr hinunter und schüttelte ihn. »Ist der Unfug jetzt rausgefallen, Carlos? Ist er raus?«

»Ja, Señor Colón. Er ist raus.«

»Dann geh nach Hause. Und gewinne für uns das Rennen am Sonntag! Wir drücken dir alle fest die Daumen. Zeig es Ihnen!«

»Ja, Señor Colón.«

»Und jetzt fort, und schlaf dich aus. Du brauchst den Schlaf. Mach schon!«

»Ja, Señor Colón.«

Und damit verschwand Carlos.

Fernando trat neben Max. »Kannst du alleine aufstehen?«

»Ja, dank Ihnen kann ich das noch.«

»Carlos war schon immer ein dummer Junge. Mehr Kraft als Hirn.«

Max rappelte sich auf. Er konnte keine Stelle an seinem Körper ausmachen, die nicht schmerzte. »Viel zu viel Kraft, wenn Sie mich fragen.« Vermutlich würde er seine natürliche Hautfarbe vor lauter blauer Flecken nicht mehr erkennen können.

»Nimm ein kühles Bad«, riet Fernando. »Aber jetzt trinkst du erst mal einen Mono Seco, einen Anisschnaps. Ich lad dich ein.«

»Nein, ich muss Sie ja wohl einladen. Zum Dank. Ohne Sie wäre ich jetzt nur noch Brei. Es geht alles auf meine Rechnung.« Er legte den Arm um Fernando.

»Max?«

»Ja?«

»Was Cristina angeht.«

»Ja?«

»Du hast meinen Segen.«

Anderthalb Stunden später lag Max angetrunken in Juans großer, frei stehender Badewanne, deren Füße wie Löwentatzen geformt waren. Den Rest der Flasche Anisschnaps hatte Max mitgenommen und in die Badewanne geschüttet. Sollte schließlich gesund sein. Wofür auch immer. Das warme Wasser tat gut. Max schloss die Augen und tauchte unter. Es rauschte in seinen Ohren. In dieser anderen Welt unter Wasser konnte er endlich alles hinter sich lassen, und sei es nur für die Dauer eines Atemzugs.

Als Max wieder auftauchte, hatte sich die reale Welt verändert. Entscheidend verändert.

Er war nicht länger allein im Bad.

Der eine Besucher hatte viel Fell und schnurrte genüsslich. Es war Yquem, der gerade liebevoll gestreichelt wurde.

Sein zweiter Besucher hatte zum Glück weniger Fell. Es war Cristina.

Max dachte kurz darüber nach, seine Familienjuwelen schnell mit beiden Händen zu bedecken, wie man das immer in Filmen sah, fand es dann aber doch zu affig. »Cristina? Du hier?«

Sie hob den Kater auf den Arm und streichelte ihn weiter, nun allerdings nicht mehr ganz so zärtlich wie gerade eben. Sie unterdrückte augenscheinlich eine innere Wut. »Du warst heute bei mir? Schau nicht so unschuldig, die Nachbarn haben dich gesehen.«

»Darf ich dich nicht besuchen?«

»Es wäre mir lieber, du würdest mir vorher Bescheid sagen. Es gibt schnell Gerede.« Der Kater drehte sich in ihren Armen auf den Rücken. »Aber immerhin musste ich dich diesmal nicht bei der Polizei auslösen.« Nun war ein kleines Lächeln in ihren Mundwinkeln zu erkennen.

»Das ist doch schon mal was.«

»Wo hast du die ganzen blauen Flecken her?«

»Ich bin gefallen.«

»Dann musst du aber sehr unglücklich gefallen sein.«

»Oh ja. Viel unglücklicher kann man nicht fallen.«

»Tut mir wirklich leid für dich. Beim nächsten Mal passt du besser auf, ja?«

»Versprochen.«

Sie kraulte den Kater am Kopf, dann blickte sie wieder zu Max.

»Du bist mit einem Mann gesehen worden.«

»Ja, Fernando Colón. Und später war ich noch mit Carlos ... unterwegs.«

Yquem räkelte sich genüsslich. Cristina wusste offensichtlich, was sie tat. Max ertappte sich bei dem Gedanken, mit dem Kater tauschen zu wollen.

»Carlos? Ihr habt euch getroffen?«

»Ja, wir haben uns getroffen. Er mich, um genau zu sein ...«

Cristina verstand die Doppeldeutigkeit nicht – oder überging sie bewusst, setzte sich auf den Wannenrand und ließ ihre Hand ins Wasser gleiten. »Some like it hot. And some like it cold.« Sie benetzte mit der Zungenspitze ihre Lippen, als stünde eine wichtige Rede bevor. Ein geheimnisvoller Glanz erschien in ihren Augen, doch nach einem weiteren Wimpernschlag war er wieder verschwunden.

»Worüber habt ihr geredet, du und Carlos? Über mich? Bestimmt über mich.«

»Über dich.«

»Dachte mir, dass er dich ansprechen würde. Ich hab gemerkt, wie er dich in Logroño ins Visier genommen hat. Er ist schrecklich eifersüchtig – dabei hat er gar kein Recht mehr dazu.« Sie setzte Yquem auf den schmalen Badewannenrand, wo es sich dieser tatsächlich gemütlich machte und die Augen schloss. »Wir waren verlobt. Mehr als das, wir hatten einen Hochzeitstermin, ein Hochzeitskleid, die Gäste waren eingeladen …«

»Und dann hast du alles platzen lassen?«

»Lässt du mich die Geschichte bitte erzählen? Es ist schließlich meine Geschichte.« Sie spritzte ihn nass. »Dann habe ich alles platzen lassen. Das hat er mir nicht verziehen. Offiziell sind wir Freunde, offiziell haben wir beide uns im gegenseitigen Einverständnis getrennt, damit er sein Gesicht wahren konnte. Ein Carlos Pernia wird nicht verlassen. Ein Carlos Pernia verlässt, verstehst du? Kurze Zeit später war er mit Isabella zusammen, und alle dachten, sie wäre der Grund für unsere Trennung gewesen.«

»Und was war der wirkliche Grund?«

»Das sag ich dir nicht, ich kenne dich ja kaum.«

»Ich bin gespannt wie ein Schlüpfergummi.«

Cristinas ernste Miene verwandelte sich in ein Grinsen. »Wie ein was? Hast du das gerade wirklich gesagt? Ihr Deutschen seid komisch.«

»Hab ich von einer Krankenschwester.«

»Eure Krankenschwestern sind komisch.«

»Sag das mal dem Gesundheitsminister. Erzählst du es mir jetzt?«

Cristinas Hand glitt in das Badewasser, an Max' Bein entlang … immer tiefer. Sie zog den Stöpsel.

»Nein!«

Max war schnell genug, die Hand auf den Abfluss zu legen. »Gib mir den Stöpsel wieder!«

»Niemals.«

»Sofort. Schlüpfer, äh, Stöpsel, hergeben!«

»Was denn jetzt? Schlüpfer oder Stöpsel?« Sie lachte laut. Es war schön, sie so zu sehen. Es war wie eine Befreiung.

Er versuchte, ihre Hand zu greifen – doch Cristina zog sie schnell weg. Dabei rutschte die Handtasche von ihrer Schulter, der Inhalt entleerte sich auf die weißen Kacheln des Badezimmers. Max sah einen Schlüsselanhänger in Form eines Osborne-Stiers, aber nicht aus dunklem Plastik, sondern aus silbernem Metall, eine Gravur auf der Seite. Hatte er den nicht schon einmal gesehen?

Er kam nicht dazu, weiter darüber nachzudenken, denn Cristina versuchte, seine Hand vom Abfluss wegzuziehen. Max griff ihre beiden Handgelenke und zog sie platschend zu sich ins warme Wasser. Yquem sprang in hohem Bogen vom Badewannenrand.

Cristina schrie auf, Max' Lippen fanden ihre, seine Hände glitten über ihre Wangen, durch ihre Haare, den Rücken entlang, fanden den Saum ihrer Bluse, schoben ihn sacht empor ...

»Nein, nein! So nicht, mein Lieber. Und vor allem nicht hier. Du spinnst ja wohl!« Cristina stand tropfend auf und zog ihre Bluse wieder herunter.

»Warum nicht?«, fragte Max lachend. »Yquem ist verschwiegen.« Er bemerkte ihren fragenden Blick. »Der Kater.«

Cristina stieg aus der Wanne. »Schau, wie ich aussehe! Wie soll ich denn jetzt nach Hause fahren? Ich mach doch den ganzen Sitz nass. Und was sollen die Leute denken, wenn sie mich so sehen!«

Max stieg ebenfalls aus der Wanne. »Dann bleib hier, bei

mir.« Er legte seine Arme um ihre Hüfte. »Bleib bei mir diese Nacht.«

Sie nahm seine Hände und drückte sie weg. »Du gibst mir jetzt ein Handtuch und Klamotten von dir. Und dann verlässt du das Bad und wartest, bis ich mich umgezogen habe.«

»Aber ...«

»Kein Aber. Tu, was ich dir sage. So ist es am besten.«

»Aber ...«

»Was habe ich gerade gesagt?«

Max tat, wie ihm befohlen.

Doch über Nacht blieb sie trotzdem.

Sie schliefen nicht miteinander, aber eng umschlungen. Max blieb noch lange wach, um Cristinas Atem zu lauschen und ihren Herzschlag an seiner Hand zu spüren. Sie glühte wie ein Bollerofen.

Und er hätte sich am liebsten wie eine Katze um sie gerollt.

Als Max am nächsten Morgen aufwachte, griff seine Hand neben ihm zuerst ins Leere und ertastete dann ein Blatt Papier. Er öffnete die Augen und betrachtete seinen Fund. Es war ein Zettel mit den Worten »Te echo muchísimo de menos!«, »Ich vermisse dich sehr« – und dem Abdruck roter Lippen.

Er zögerte kurz, dann gab er ihnen einen Kuss. Yquem schlief immer noch zu seinen Füßen. Max zog ihn vorsichtig heran und rollte sich aus dem Bett. Yquem hob nicht mal den Kopf.

Juan war in Bilbao, um mit dem Kurator die Hängung

seiner großformatigen Werke zu besprechen. Er hatte Max netterweise ein Frühstück vorbereitet – doch das hieß in Spanien leider nicht viel. Das Desayuno war in der Regel karg, und viele Spanier nahmen es in einem Café ein. Es bestand meist aus einem Kaffee und einem Gebäckstück, manchmal auch nur aus ein paar Keksen. Eine Variante, die anscheinend auch Juan bevorzugte. Max hätte ein paar Churros und eine heiße Schokolade vorgezogen, doch das servierte man hier leider nur an Festtagen.

Und heute war ganz offensichtlich keiner.

Er griff sich im Kühlschrank noch etwas Manchego-Käse und Chistorra, eine Paprikawurst aus Navarra. Erst dann gab sein Magen das Signal, der Tag könne beginnen. Da gab Yquem plötzlich neben ihm das Signal, dass auch er etwas Manchego und Chistorra gebrauchen könnte. Max kam dem verständlichen Wunsch nach, woraufhin sich immer mehr und mehr von Juans Katzen um ihn versammelten – bis sowohl Käse als auch Wurst komplett aufgefuttert waren.

Bevor er losfuhr, blickte Max mal wieder auf das Regenradar. Nach zwei Wochen in der spanischen Hitze sehnte er sich fast schon wieder nach einem ordentlichen, deutschen Regenschauer. La Rioja blieb jedoch weiterhin so trocken wie die Wüste Gobi. Und was sagte seine Sekundenmeditation? »Heute lasse ich mich sein.«

Darüber musste er tatsächlich nachdenken.

Oder sollte er das besser sein lassen?

Oh, die Sekunde war schon vorbei ...

Aber Max dachte trotzdem auf der ganzen Fahrt bis zu

den Bodegas Faustino darüber nach. Ließ er sich hier in Spanien endlich so sein, wie er wirklich war? Oder gelang es einem nur dann, wirklich man selbst zu sein, wenn man alles sein ließ, was einen daran hinderte, all das Denken, all das Festhalten an Gewohntem, und so lebte, wie das Herz es wollte? Der stärkste Muskel im menschlichen Körper.

Als Max bei Faustino ankam, bemerkte er sofort eine Veränderung. Vor dem Gebäude standen so viele Sicherheitskräfte, als lagerten die Goldreserven des ganzen Landes hier. Das spanische Fort Knox. Die schwarz gekleideten Männer und Frauen hielten Maschinengewehre in den Armen.

Selbst Straßensperren wurden errichtet. Unwillkürlich hielt Max nach Selbstschussanlagen Ausschau, doch diese Befürchtung bestätigte sich zum Glück nicht.

Am Portierhäuschen vor dem Besucherparkplatz trat ein Bewaffneter von links, ein anderer von rechts neben seinen Mietwagen, die MGs im Anschlag.

Max kurbelte das Fenster herunter.

»Ihren Ausweis, bitte.«

Er zog ihn aus seinem Portemonnaie und reichte ihn durchs Fenster. Der Mann sah ihn sich an, ging ins Portierhäuschen, Licht blitzte auf wie von einem Fotokopierer, dann kehrte er zurück und gab ihn Max wieder.

»Jetzt noch Ihren Angestelltenausweis von der Bodega, bitte.«

»Hab ich keinen.«

»Dann muss ich Sie bitten, das Gelände umgehend zu verlassen.«

»Was ist denn heute hier los? Der König kommt doch erst nächste Woche!«

»Ich muss Sie eindringlich bitten, das Gelände jetzt zu verlassen!« Er nickte seinem Kollegen auf der Beifahrerseite zu, der den Lauf seines Gewehrs nun auf Max richtete.

»Sie werden mich ja wohl nicht erschießen, nur weil ich hier mit meinem Wagen stehe. Das dürfen Sie ja überhaupt nicht!«

Der Bewaffnete zog die Augenbrauen empor. »Darf ich fragen, woher Sie wissen wollen, was wir dürfen? Roberto, überprüfe die Personalien bei der Polizei. Und Sie bewegen sich nicht, Hände vom Steuer!«

Max dachte kurz darüber nach, zurückzusetzen, aber das in seine Richtung zielende MG hielt ihn davon ab.

Emilio Valdés von der örtlichen Policía würde sich bestimmt sehr freuen, ihn wiederzusehen. Am Arbeitsplatz des zweiten Opfers ...

Sollte er nicht doch zurücksetzen und schleunigst davonbrausen? Sollte er es versuchen?

Seine Hand schloss sich um den Zündschlüssel, seine Füße näherten sich Kupplung und Gaspedal.

Er würde es versuchen.

Was konnte schon passieren?

Sie würden ja wohl nicht auf ihn schießen.

Gut, es waren junge, vielleicht unerfahrene Sicherheitskräfte, aber ... sie würden nicht schießen.

Er musste nur warten, bis der Mann kurz wegschaute und ihm auf diese Weise eine Sekunde verschaffte.

Der Bewaffnete wurde von seinem Kollegen gerufen und schaute auf.

Max spannte die Muskeln in seiner rechten Hand an.

»Herr Rehme? Was machen Sie denn hier?« Eine weibliche Stimme. »Heute ist es aber schlecht für Fotos!« Max konnte sie nur von hinten sehen, jetzt sprach sie mit dem Sicherheitsbeamten. »Er ist persönlich bekannt und darf hier sein. Ein Mitarbeiter unserer Bodega, aber ein freier, deshalb steht er auch nicht auf der Liste. Ich kümmere mich darum. Danke!«

Das Danke war in Wirklichkeit ein freundliches, aber bestimmtes »Und jetzt verziehen Sie sich – aber zackig!«.

Max' Hand entspannte sich.

Seine Retterin drehte sich um, und ihr Gesicht war keine Überraschung für ihn: Ines Sastre. Auf ihrem Namensschild stand allerdings eine andere Stellenbeschreibung als beim letzten Mal: Exportmanager.

»Was soll das hier alles?«, fragte Max.

»Ein Testlauf«, erklärte Ines und beugte sich durch das geöffnete Fenster in den Wagen. »Gerade wird der König – ein Statist – durch die Bodega geführt.« Sie blickte auf ihre silberne Armbanduhr. »In diesem Moment müssten sie im Fasskeller eintreffen, wo der König eine kurze Rede halten wird. Dann geht es zum Essen, das im extra dafür hergerichteten Saal stattfinden wird. Gegessen wird übrigens wirklich – damit auch die Küche einen Testlauf hat.«

»Und warum sind Sie nicht dabei?«

»Durch Pepes Tod ist viel Arbeit liegen geblieben, die dringend erledigt werden muss. Eine Statistin hat meine Rolle übernommen. Sie kennen Sie, Cristina. Ihr Großvater gibt übrigens den König. Er macht seine Sache sehr gut. Äußerst würdevoll.« Ines machte vor, wie Iker schritt.

Es sah einem Storch sehr ähnlich. »Ich weiß nicht, ob es angebracht ist, Ihnen zur Beförderung zu gratulieren?«

Ines atmete lange durch, dann schob sie sich einen Zahnpflegekaugummi in den Mund. »Das hat mich total überrollt...«

»War denn nicht abzusehen, dass diese Aufgabe nach Salinas Tod auf Sie zukommen würde?«

»Doch, schon... Ich wollte seine Stelle ja auch... aber nicht so, unter diesen Umständen..., sondern weil ich besser bin, verstehen Sie? Was meinen Sie, was jetzt geredet wird? Als Frau hat man es sowieso schon nicht leicht in einer Führungsposition.«

»Und Sie haben ja gleich zwei von Pepe übernommen.«

Ihr Blick verengte sich. »Stimmt, die Leitung des Organisationskomitees der Batalla del Vino. Das wissen Sie auch schon? Ich hab das gar nicht gewollt. Es ist nur kommissarisch, und eigentlich habe ich gar keine Zeit dazu.«

»Sie stammen aus Haro?«

Ines nickte.

»Und, wenn ich das fragen darf, in welcher Verbindung stehen Sie zum Bürgermeister?«

Sie schüttelte den Kopf. »Sie erstaunen mich, wirklich. Sie scheinen sehr gut informiert zu sein. Der Bürgermeister ist ein guter Freund.« Sie trat noch einmal näher ans offene Fahrerfenster. »Ich sehe, wie sich die Räder in Ihrem Kopf drehen. Aber sie drehen sich in die falsche Richtung, Señor Rehme. Raten Sie mal, wer gerade meinen alten Job bekommen hat? Eine Person, die es schon seit Jahren auf diese Position abgesehen hatte. Sie kennen Cristina doch, oder?«

»Ich dachte, sie sei noch in der Probezeit?«

»Hat sie Ihnen das erzählt?« Ines lachte auf. »Seit sie die Schule beendet hat, arbeitet sie schon bei der Grupo Faustino. Von Probezeit kann da schon lange keine Rede mehr sein!«

Die Räder in Max' Kopf drehten sich mit einem Mal tatsächlich etwas anders. Und das gefiel ihm gar nicht.

»Kann ich rein?«

»Nein. Erst wenn der Test-König wieder abgereist ist.«

»Und wann wird das sein?«

Sie zuckte mit den Schultern. »Wer weiß schon, wie lange der König speisen wird. Ich werde Cristina sagen, dass Sie da waren. Sie hat ja sicher Ihre Handynummer ...«

Mit einem Nicken verabschiedete sie sich.

Sofort standen die Sicherheitsbeamten wieder neben seinem Wagen.

Sie mussten nichts sagen.

Max setzte zurück.

Der Himmel über La Rioja strahlte in sattem Pelikan-Blau, die Sonne leuchtete darin wie ein Klecks Tipp-Ex. Beim Fahren schaute Max immer wieder zu ihr empor, bis sie sich rot auf seiner Netzhaut abzeichnete.

Fast übersah er den 5er BMW, der sich am Straßenrand um einen Strommast gewickelt hatte. Die zerdellte Motorhaube stand offen, die Fahrertür ebenso – niemand hinter dem Steuer, niemand in der Nähe.

Es schien niemand in Gefahr zu sein, und Max hatte keine Lust, die Polizei anzurufen. Mit denen hatte er in letzter Zeit schließlich schon mehr als genug Zeit verbracht. Einige hundert Meter weiter sah Max neben der Straße Tim laufen, der Amerikaner, den er im Casino kennengelernt hatte. Er trug einen schlecht sitzenden, grauen Anzug, auf dessen Rücken sich ein riesiger Schweißfleck abzeichnete, einen Alukoffer presste er mit beiden Händen an seine Brust.

Max fuhr langsamer, kam dann kurz vor ihm zu stehen und drückte die Beifahrertür auf.

»Hey, Tim! Kann ich dich irgendwohin mitnehmen?«

Tims Kopf erschien in der offenen Tür. Er hatte eine blutige Platzwunde an der Stirn. »Kennen wir uns?«

»Max! Aus dem Casino! Am Roulettetisch? Wir haben zusammen Wein getrunken. Zweitausendeinser Ygay Reserva Especial.«

»Hm. Ich kann mich, ehrlich gesagt, zum Teufel noch mal nicht an dich erinnern, aber den Wein habe ich an dem Abend echt gesoffen, so was Wichtiges vergess ich nämlich nie.«

»Du warst sehr schlecht auf Faustino zu sprechen.«

Tim ließ sich auf den Beifahrersitz fallen. »Schön, dich wiederzusehen.« Seine Miene war dabei allerdings grimmig. »Ich will nach Logroño, in dieses Viertel am Fluss, wo die Nutten und Zuhälter hausen. Da bringst du mich hin.«

»War das dein BMW dahinten?«

»Ja. Fahr!«

»Willst du nicht warten, bis er abgeschleppt wird?«

»Nei-en. Und jetzt fahr endlich los. Verdammt noch mal! Oder halt, warte.« Er beugte sich nach hinten und verkeilte den Koffer hinter dem Sitz. »Jetzt, los. Schnell. *Mach schon!*«

Für einen Moment bereute Max seine Hilfsbereitschaft. »Alles in Ordnung?«

»Alles in Ordnung? Alles in Ordnung?! Seh ich aus, als wär alles in Ordnung? Haben sie dir ins Hirn geschissen, oder was?« Die Adern an Tims Stirn traten hervor. »Wie heißt du noch mal?«, schnauzte er.

»Max.«

»Max. Halt am besten einfach die Fresse, und bring mich nach Logroño. Und mach Tempo.«

Zwei Minuten später versuchte es Max noch mal mit einer Unterhaltung.

»Ich war gerade bei Faustino, die proben da den Besuch des ...«

»Sag mal, merkst du nicht, wann du die Schnauze halten sollst? Hab ich nicht genug Zeichen gegeben? Muss mein Scheißtag jetzt so weitergehen, dass du mich zutextest? Fragst du Vollidiot mich ernsthaft nach Faustino?« In der großen Ader auf Tims Stirn konnte Max nun das Blut pochen sehen. »Die können mich kreuzweise! Tun so, als wollten sie mein Geld nicht, spielen bekackte Spielchen! Halten sich für was Besseres! Ich bin es so leid, so unglaublich leid.« Er kurbelte das Fenster herunter und brüllte hinaus. »Verficktes Spanien!«

Max hielt an, löste Tims Sicherheitsgurt, beugte sich hinüber, um die Beifahrertür zu öffnen, und verpasste Tims Schulter einen ordentlichen Schubs. Tim kippte zur Seite, warf Max einen wütenden, aber zugleich überraschten Blick zu und stieg laut schimpfend aus. Mit einem donnernden Schlag warf er die Beifahrertür zu, als Max schon wieder aufs Gaspedal trat.

So einen Mist musste er sich nicht gefallen lassen!

Im Rückspiegel sah er, wie Tim weiterfluchte.

Max trat das Gaspedal durch.

Er stellte das Radio beinahe ohrenbetäubend laut und drehte so lange am Senderlauf, bis er dröhnende Gitarrenmusik gefunden hatte, die zu seiner inneren Wut passte.

Er ließ sich heute fraglos sein. Da würde sich die Sekundenmeditation richtig freuen.

Als Max aus dem Auto stieg, begrüßte ihn schon die gesammelte Katzenmannschaft, obwohl er immer nur Yquem streichelte. Sie gaben ihm das Gefühl, er gehöre nun auch zur Familie, strichen um seine Beine, liefen so vor ihm her, dass er kaum anders konnte, als über sie zu stolpern.

Als er noch mal einen Blick auf sein Auto warf, fiel ihm auf, dass der Beifahrersitz verstellt war. Tim, nein, besser: Timothy, weil das bescheuerter klang, hatte ihn nach hinten gerückt, damit er und seine Wampe darin Platz fanden. Max ging zurück, griff nach hinten, um den Sitz mit der Hand nach vorne zu drücken, und ertastete plötzlich Timothys großen Alukoffer, immer noch mit einigen Schweißtropfen bedeckt. Da hatte der Idiot wohl vor lauter Wut sein einziges Gepäckstück vergessen!

Er würde jetzt sicherlich nicht zurückfahren, um diesem Irren seinen Koffer zurückzubringen! Zumindest nicht jetzt, nicht heute, dafür war sein Ärger noch zu frisch.

Erst als Max den Koffer anhob, merkte er, wie viel dieser wog. Sicherlich fünfzehn Kilo, vielleicht sogar mehr. Kein

Wunder, dass der Amerikaner geschwitzt hatte. Nicht allein die Sonne war daran schuld gewesen.

In Juans Haus stellte er das schwere Fundstück auf den unpolierten Holztisch, der seinem Malerfreund als Esstisch und Motiv diente. Juan hatte die Strukturen schon mehrfach vergrößert abgemalt, teilweise in verfremdeten Farben, teilweise hatte er Schattierungen des Holzes betont und dadurch Tiere, Menschen, Pflanzen in das Material hineingearbeitet, die wie Höhlenmalereien wirkten. In Bezug auf die moderne Kunst Spaniens war dies ein berühmter Tisch.

Und Juan hatte ein diebisches Vergnügen daran, ihn mit Flecken und Kratzern zu individualisieren – wie man heute so schön sagte.

Der schwere Alukoffer sorgte nun für einige weitere Macken. Mehrere Katzen umringten sogleich den metallischen Eindringling und beschnüffelten ihn misstrauisch.

Der Koffer war durch ein dreistelliges Zahlenschloss gesichert. Und Max fand, dass er ihn überhaupt nichts anging. Aber wirklich überhaupt gar nichts.

Wenn man vom Amerikaner auf den Inhalt schloss, konnte er Dinge enthalten, die Max lieber nicht sehen wollte.

Oder vielleicht doch? Zumindest sehen? Eine unbändige Neugier erfasste ihn.

Konnte er wirklich noch mehr Ärger haben?

Wohl kaum.

Max ließ seine Finger die Zahlenräder drehen, ganz langsam, so wie er es als Kind immer am Koffer seines Vaters getan hatte – bis er beim ersten Ziffernrad auf der

Sieben ein leichtes Einrasten spürte. Obwohl der Koffer edel aussah, konnte es kein besonders hochwertiges Schloss sein. Das gleiche Einrasten bemerkte er am mittleren Ziffernrad bei der Eins, und schließlich beim linken Rad auf der Null. Er drückte auf den kleinen Knopf zum Öffnen des Schlosses.

Klack.

Es war ein sattes Klack.

Max klappte vorsichtig eine Hälfte des Koffers empor. Selbst das fühlte sich teuer an.

Innen war der Koffer dafür präpariert, zwölf Weinflaschen zu transportieren. In jeder Hälfte befanden sich Flaschen in mit schwarzem Samt bezogenen Aussparungen. Sie waren mit Lederschnüren fixiert, und weiche Seidentücher schützten die Etiketten vor Kratzern. Die Flaschen waren sicherer verwahrt als in Abrahams Schoß. Max fiel auf, dass der Stoffbezug keinerlei Duft abgab – perfekt für die Weinlagerung. Solch einen Koffer hatte er noch nie gesehen. Nicht einmal davon gehört hatte er.

Eine Katze drückte sich an den senkrecht hochgestellten Kofferdeckel, der daraufhin mitsamt der Glasflaschen auf den Holztisch knallte.

Die Flaschen im Inneren wurden dadurch kaum erschüttert.

Max öffnete den Lederriemen an einer der Flaschen. Ein 64er Ygay Marqués de Murrieta. Daneben ein 64er Gran Reserva 890 von La Rioja Alta und einer von CVNE. Auch einen López Heredia-Viña Tondonia des gleichen Jahrgangs entdeckte Max, einen Marqués de Riscal, einen der Bodegas Bilbainas, auf der anderen Seite einen Marqués de Cáceres und einen Muga – alles große, alte Namen, Klassiker und Legenden der Rioja. Und alle Weine stammten aus 1964, dem besten Rioja-Jahrgang aller Zeiten, von dem Timothy ihm im Casino vorgeschwärmt hatte. Insgesamt elf verschiedene Weine.

Nur ein Fach war leer.

Auf dessen Boden war eine kleine Plakette eingelassen.

Bodegas Faustino Gran Reserva 1964.

Diese Sammlung alter Flaschen musste einzigartig sein. Weltweit.

Und ein Vermögen wert.

Timothy würde sie ganz sicher vermissen.

Und nun war bereits ein ganzes Büschel Katzenhaare darauf.

Max überlegte, ob er vielleicht ... eine einzige ... er konnte immer noch behaupten, sie sei kaputtgegangen .... eine Katze, ganz unglücklich ...

Nein.

Dann würde er sich nicht »sein lassen«. Dann würde er sich ein Arschloch sein lassen, er würde sich Timothy sein lassen.

Max verschloss den Koffer wieder und stellte ihn in das von ihm genutzte Gästezimmer.

Kapitel 8

1896 – Da die Trauben aufgrund des kurzen Sommers in diesem Jahr nicht ausreiften, entstanden »grüne« Weine. Nur die Trauben der Rioja Alavesa waren gut. Heute sind diese Weine allerdings nicht mehr trinkbar.

Max hatte sich eine Flasche weißen Rioja geöffnet und saß auf Juans weißem Futonsofa, den Blick auf seine Zimmertür gerichtet, hinter welcher der Koffer stand. Er merkte gar nicht, wie sich die Flasche zunehmend leerte. Dass es so etwas wie weißen Rioja überhaupt gab, hatte er erst spät erfahren. Mittlerweile wusste er, dass die wichtigsten weißen Rebsorten Viura und – mit riesigem Abstand dahinter – Malvasia waren. Wie ein Mantra murmelte er die beiden Rebsorten immer wieder vor sich her. Yquem schnurrte dazu, während er rücklings auf dem gläsernen Wohnzimmertisch lag, den Bauch zum Licht der tief hängenden Lampe gedreht.

Wer war dieser Timothy eigentlich?

Was wollte er mit solchen Weinen?

Max wusste, wer die Antworten kannte – Google.

Das beherrschte sein neues Handy doch, oder? Hatte der Verkäufer zumindest behauptet. Aber der hatte viel erzählt. Das Wundergerät konnte scheinbar alles außer Beamen. Aber heute reichte ihm Google.

Verdammt! Waren seine Finger so dick oder die Tasten so klein? Verflixtes Handy!

Dann hatte er endlich alles eingetippt. Timothy war kein Unbekannter im Netz. Timothy Pickering, 47 Jahre alt, Harvard-Absolvent in Mathematik.

Er hatte sogar eine eigene Homepage: »*Ultra-Rare Wines – For the Luxury Connoisseur*«.

Der Seitenhintergrund war schwarz, die Schrift in einem Goldton gehalten. Aus den Lautsprechern war ein knallender Korken zu hören, gefolgt vom Geräusch des Eingießens eines prickelnden Schaumweins. Max' Phantasie ging mit ihm durch, und er sah vor seinem inneren Auge, wie der Wein nicht in ein Glas, sondern in den Bauchnabel einer dunkelhaarigen und braunäugigen Schönen eingegossen wurde, die Cristina nicht unähnlich sah. Als er wieder in der Realität angekommen war, stiegen vom unteren Bildschirmrand Bläschen auf. Sie waren großartig animiert. Dann füllte sich das Display von oben mit Schaumwein, Champagner, keine Frage. Die Bläschen wurden größer und verwandelten sich in die glitzernden Unterpunkte des Website-Menüs. Timothy bot private Weinproben mit Raritäten an, Vertikalen von Kultweinen, Proben mit passenden Käsen, Schokoladen oder Zigarren. Eine andere Menü-Blase führte zu Reisen zu Weingütern, darunter Bordeaux-Châteaus wie Lafite und Latour, DRC im Burgund, Egon Müller in Deutschland. Ja, er bot sogar Winzern Beratung an und Privatiers, die in Weinfonds investieren wollten. Ein anderer Teil der Homepage befasste sich mit Timothy selbst. Er trug den Titel MW, Master Of Wine, die höchste Auszeichnung, die man nach einer langen Ausbildung in der Weinwirtschaft erringen konnte. Es gab nur rund dreihundert MWs weltweit, sie waren ebenso renommiert wie gefragt. Wer hätte bei seinem Benehmen solch einen hohen Rang erwartet.

Timothy verkaufte auch Wein, allerdings ausschließlich alten. Die Liste gab es nur auf Anfrage.

Und man konnte Mitglied in seinem Weinklub werden. Die Jahresgebühr betrug stolze fünftausend Dollar für sechs Proben. Die Themen: Bordeaux, Burgund, Champagne, Piemont, Mosel, Rioja.

Termine in nächster Zeit: Keine. Letzte Aktualisierung der Seite: Vor über zwei Jahren.

Max versuchte auf anderen Seiten mehr über Timothy Pickering herauszufinden. Einige amerikanische Blogger berichteten über Weinfälschungen im Zusammenhang mit ihm. Seit einem Prozess, bei dem er gerade noch den Kopf aus der Schlinge ziehen konnte, wurde er mit Argusaugen beobachtet – und alles ging nun wohl mit rechten Dingen zu.

Yquem drehte sich auf den Bauch, stand auf und stupste Max mit seinem Näschen, die Schnurrbarthaare kitzelten ihn im Gesicht.

»Schon wieder Hunger?«, fragte Max.

»Er nicht«, antwortete eine Stimme hinter ihm. »Aber ich.«

Max drehte sich um.

Cristina. Sie trug ein leichtes Sommerkleid mit Klatschmohnblüten und streckte ihm ihre Hand entgegen.

»Kommst du?«

»Wohin?«

»Keine Fragen, Max. Komm einfach mit.«

»Aber ...«

»Wenn eine spanische Frau dir sagt, dass du mitkommen sollst, dann kommst du mit.«

Das war, dachte Max, eigentlich bei allen Frauen so. Weltweit. Darin waren sie sich einig. Männer hatten folgsam zu sein.

»Als ich bei dir geschlafen habe, hast du nicht versucht, mit mir ... zu schlafen, Max. Obwohl du es wolltest. Eine Frau spürt so etwas.« Sie zog Max näher an sich heran.

»Aber du wolltest doch nicht ...«

»Lass mich ausreden.« Sie zog pantomimisch einen Reißverschluss über Max' Mund zu. »Du hast mich begehrt, doch du hast dich zurückgehalten. Du konntest warten, hast mich nicht bedrängt.«

Es klang wie ein Kompliment, doch so richtig sicher war Max sich nicht. Er fragte lieber nicht nach. Cristina hatte ja den Reißverschluss zugezogen.

»Jetzt komm mit.«

Sie führte ihn zu ihrem Wagen. Als er den Mund öffnete, um etwas zu sagen, hob sie den Finger vor die Lippen. Er sollte weiter schweigen. Gingen sie vielleicht essen? Eben hatte Cristina doch gesagt, dass sie Hunger habe. Wo würden sie hingehen? Wieder eine Runde durch die Tapas-Bars?

Sie fuhren eine ganze Weile, aus den Boxen des Wagens drang das Album »The Kick Inside« von Kate Bush. Track 6, »Wuthering Heights«, ließ Cristina gleich mehrmals spielen. »Das ist mein Lieblingslied, Max. Gefällt es dir?«

Max nickte. Es gefiel ihm. Nach einiger Zeit sang er sogar den Refrain mit.

So gut es ging.

Dann bog Cristina von der Straße nach Laguardia in einen Schotterweg ab, der mitten in die Weinberge führte. Nach einem halben Kilometer hielt sie plötzlich und blickte ihn an. »Wir sind da.«

Sie lächelte, doch es war ein vorsichtiges Lächeln, das sich noch nicht ganz auf ihr Gesicht traute. Sie wirkte mit einem Mal fast schüchtern.

»Dahinten«, sie zeigte auf etwas, das wie ein großes, horizontal halbiertes Ei aussah, in das ein rechteckiger Eingang geschnitten worden war. »Siehst du den Weinbergsunterstand? Den Guardaviña? Hast du schon mal einen gesehen?«

»Ja«, sagte Max. »Ich würde gerne mal einen fotografieren.«

»Heute nicht«, sagte Cristina, beugte sich zu ihm hinüber und küsste ihn. Es war ein stürmischer Kuss, der ihn fast umhaute. Es war ein Kuss, der lange gewartet hatte, um endlich geküsst zu werden, der die Kraft und Sehnsucht von Tagen in sich trug. Lange blickte sie ihn danach an, und er versank in ihren schönen, dunkelbraunen Augen. Max sehnte sich so sehr nach Cristinas Nähe. Bis zu diesem Moment war ihm nicht klar gewesen, wie sehr.

Als sie ausstiegen, wurde Max von der sengenden Hitze beinahe umgehauen. Die spanische Sonne verteilte ihre Strahlen wieder einmal generös über das Land.

»Niemand weiß, dass ich hier gern hingehe. Ich habe das Guardaviña vor ein paar Jahren entdeckt, als ich meinen ersten Wagen hatte, einen deutschen übrigens, einen Golf. Da habe ich einfach am Straßenrand geparkt und bin hin. Und seitdem immer wieder. Wenn ich allein sein will, Kummer habe, hier stört mich keiner. Der Weinberg gehört einem alten Winzer aus La Bastide, der den Guardaviña nicht mehr benutzt. Er gehört jetzt sozusagen mir. Mir allein.«

Sie legte ihren Arm um Max' Hüfte und den Kopf an seine Schulter, leitete ihn die sanfte Böschung empor. Cristina ging als Erste gebückt durch die niedrige Tür. Der gemauerte Unterstand besaß in der Spitze eine kleine Öffnung, durch die spärlich Sonnenlicht hereindrang. Es war angenehm kühl im Inneren. Der Boden bestand aus festgetretener Erde, auf der eine karierte Decke lag. In der Ecke standen große cremefarbene Stumpenkerzen, wie man sie aus der Kirche kannte. Cristina kniete sich davor und zündete sie an.

Es war wie eine kleine, geheime Welt, nur für sie beide, fernab von allen Weingütern, Mordopfern und Königsbesuchen.

Und Max fragte sich mit einem Mal, ob nicht jede Liebe wie eine kleine, geheime Welt war, zu der nur zwei Menschen Zutritt hatten. Die Meditationskarten schienen ihn langsam tatsächlich in einen Grübler zu verwandeln.

Cristina setzte sich auf die Decke und klopfte lächelnd auf den Platz neben sich.

Er kniete sich vor sie, seine Lippen fanden ihre, zuerst vorsichtig erkundend, wie ein Schmetterling, der seine Flügel sacht bewegt, dann immer leidenschaftlicher, bis ihre Zungenspitzen miteinander tanzten. Cristina küsste ihn sanft und fordernd zugleich, ihre Körper drückten sich enger und enger aneinander. Sie schmeckte ein ganz klein wenig nach Wein. Max konnte nicht genug davon bekommen.

Seine Finger fuhren durch ihre braunen Haare, hielten zärtlich ihr Gesicht, während Cristinas Hände seinen Rücken hinabglitten und dann nach vorne wanderten, um sein Hemd aufzuknöpfen.

Max küsste sie am Hals, was ihr ein leises Stöhnen entlockte. Sanft biss er in ihr Ohrläppchen und spürte, wie ihr und auch ihm selbst eine Gänsehaut den Körper hinunterlief. Er wusste, was ihr gefiel, spürte es, ohne fragen zu müssen. Ihr Atmen wurde lauter, ihre Körper begannen zu glühen. Max sah sie an und lächelte vor Glück, seine Augen strahlten, seine Wangen, seine Lippen. Beinahe hätte er laut losgelacht, weil er nicht fassen konnte, dass sie tatsächlich hier waren. Gemeinsam. Es war wie ein Traum. Ein unfassbar intensiver Traum.

Sie zogen sich gegenseitig aus, hastig, voller Sehnen nach dem anderen, nach Haut, nach Nähe. Max bekam kaum Luft, da seine Lippen sich nicht mehr von ihren lösten, doch er wollte es nicht anders, wollte nicht fort von dort. Seine Hände versuchten, überall an ihrem Körper zu sein, jede Stelle gleichzeitig zu berühren, zu liebkosen.

Sie schlang ihre Beine um seine Hüfte und zog ihn näher zu sich. In sich.

Sie fanden ihren Rhythmus. Die Hitze in ihnen und um sie herum wurde immer intensiver. Sie spürten das Klopfen ihrer Herzen, spürten einander, spürten, wie jede Distanz zwischen ihnen sich auflöste, wie nur noch Nähe blieb.

Und irgendwann war es, als tanzten viele kleine Blitze durch das Innere des Guardaviña.

Als ihr Atmen wieder langsamer wurde und ihr rasender Puls zur Ruhe kam, lächelten sie beide und spürten das Glück in jeder Pore ihrer Körper.

Max hielt Cristina in seinen Armen. Ganz fest, sacht küsste er ihre Stirn.

»Max?«

»Ja?«

»Ich muss dich um etwas bitten.«

»Alles.« In seinem Bauch strahlte immer noch eine kleine Sonne. Sie erfüllte sein ganzes Universum.

»Du musst meiner Bitte nachkommen! Und keine Fragen stellen. Nicht darüber nachdenken. Es einfach nur tun, ja?«

Max sah sie fragend an.

»Tust du es?«

»Warum so geheimnisvoll?«

»Tust du es?«

»Ja.«

»Es ist ungemein wichtig, Max. Für uns. Für dich und für mich. Vertraust du mir?«

Max zögerte.

»Vertraust du mir, Max? Du musst mir vertrauen!«

»Ja, ich vertraue dir.«

Sie drückte ihm einen Kuss auf die Lippen, fast schmerzhaft fest. Danach sah sie ihn an, sehr ernst.

»Du musst deine Nachforschungen zu den Morden beenden. Sofort!«

»Aber …?«

»Du hast gesagt, dass du es tust.«

»Ja, aber ...«

»Max, es ist mir verdammt ernst! Versprochen ist versprochen!« Sie blickte ihm tief in die Augen.

»Ich höre auf damit«, sagte Max.

Sie küsste ihn wieder, also, wolle sie ihren Pakt damit besiegeln.

Dann zog sie sich an, nervös, nicht mit Sorgfalt. »Die Polizei wird schon alles herausfinden, Max. Vielleicht ist Alejandro Escovedo auch von der Ziegenindustrie umgebracht worden.« Sie grinste. »Er liebte die stinkigen Dinger doch so.«

Max nickte und wandte sein Gesicht ab.

Er hatte Cristina nie erzählt, was ihm das schwedische Paar über Escovedos Liebe zu Ziegen verraten hatte. Es hatte auch in keiner Zeitung gestanden. Max hatte alle gelesen. Niemand wusste davon.

»Zieh dich in Ruhe an, Max. Ich lass schon mal die Klimaanlage im Wagen laufen.« Sie lächelte. Etwas zu sehr. Zu gewollt.

Max war klar, dass sie weg wollte, um nicht länger über das Thema reden zu müssen.

Er ließ sich Zeit beim Anziehen und dachte darüber nach, was das gerade bedeuten sollte. Plötzlich waren von draußen quietschende Reifen zu hören. Max spannte automatisch seinen Körper an, den lauten Knall eines Zusammenstoßes erwartend. Doch es kam zum Glück keiner. Hoffentlich war alles okay mit Cristina.

Das Hemd noch nicht zugeknöpft, trat er aus dem Guardaviña.

Die Sonne blendete ihn, und es dauerte ein paar Sekunden, bis Max wieder etwas erkennen konnte.

Vor ihm stand Iker, die Hände in die Hüften gestemmt, den Kopf rot. Vor Wut, nicht von der Sonne.

Hatte Cristina nicht behauptet, niemand würde ihren Rückzugsort kennen?

»Was habe ich dir gesagt, Max?«, rief der alte Mann entrüstet.

»Wie meinst du das? Und was tust du überhaupt hier?«

»Was habe ich dir gesagt?!«

»Dass ich dir Kummer bereite, wenn ich ihr Kummer bereite. Und dass sie schon zu viele Enttäuschungen erlebt hat und du nicht willst, dass eine weitere dazukommt.«

»Wenn du es noch weißt, warum hast du dich dann nicht daran gehalten?«

»Habe ich doch!«, verteidigte Max sich.

»Warum ist meine Enkelin dann gerade weinend davongelaufen? Und mit quietschenden Reifen losgefahren?«

»Wie bitte?«

Max lief zur Straße, wo eben noch Cristinas Wagen gestanden hatte. Er war weg. Hatte sie Panik bekommen, als sie Ikers Auto erkannte? Hatte sie sich geschämt für die wunderschöne Zeit mit ihm im Guardaviña? Oder hatte sie tatsächlich vorgehabt, Max hier zurückzulassen?

Max stand lange am Straßenrand und blickte in die Ferne. Dann drehte er sich zu Cristinas Großvater um.

»Iker? Kannst du mich bitte mitnehmen?«

Cristina war nicht zu Hause, nicht bei Faustino, nicht in den anderen Kellereien, die Max abfuhr, sie ging nicht ans Handy, keiner ihrer Freunde wusste, wo sie war. Sie schien wie vom Erdboden verschluckt. Iker machte Max nicht durch Schweigen Vorwürfe, seine maßlose Wut und Enttäuschung brüllte er Max immer wieder entgegen. Nur für ein paar Minuten kam er zwischendurch zur Ruhe, bis er erneut mit hochrotem Kopf zu schreien begann. Max war froh, dass es nur wenige Kilometer zu Juan waren.

Er spürte eine Sehnsucht nach Cristina, die ihm die Luft abdrückte, als würden Juans sämtliche Katzen auf seiner Brust hocken. In seinem Kopf pochte die Frage nach dem Warum. Das ergab doch alles keinen Sinn.

In Juans Haus begrüßte ihn eine proppere Spanierin mit dunklen Korkenzieherlocken, die sich als Ana-María vorstellte und ein Uniform-Oberteil aus der Franco-Diktatur trug. Sonst nichts. Zum Glück reichte das Hemd der kleingewachsenen Frau bis auf die Oberschenkel. Juan stand in seinem Atelier vor einem großformatigen Bild, das Ana-María beim Kuss mit einem Priester zeigte, darüber ein ozeanblaues Kreuz.

Anscheinend hatte seine Schaffensphase die Farbe gewechselt.

Ana-María küsste Juan leidenschaftlich und stellte sich wieder in Position.

»Da hat jemand für dich angerufen, klang dringend, hab's aufgeschrieben, irgendwo in der Küche. Zeig mehr Haut, Ana-María. Die obersten Knöpfe auf. Sei eine sexy Diktatorin!«

Juan hatte die Nachricht nicht auf einen Zettel geschrieben, sondern auf die Milchtüte im Kühlschrank. Zwei Zigaretten lang hatte Max nach der Notiz gesucht. Die hingekritzelte Telefonnummer war ihm völlig unbekannt. Ein Name stand nicht daneben.

Max rief nicht an. Er griff sich eine Flasche aus Juans Weinvorrat, schaute nicht einmal auf das Etikett, ging hinaus in den Garten, wo er sich ins wild wuchernde Gras legte und seine innere Leere mit dem Inhalt der Flasche füllte. Nach einiger Zeit kuschelte sich Yquem an ihn und begann zu schnurren.

Ein paar Minuten später fing er an, Max' Fingerspitzen abzulecken und hineinzubeißen.

Vielleicht testete er, ob das da neben ihm schon tot und essbar war. Max wuschelte ihm über den Kopf.

»Max? Da ist wieder dieser Typ dran für dich! Hast du den nicht zurückgerufen?«

Juan kam mit dem schnurlosen Telefon zu ihm und drückte es Max ans Ohr.

»Hallo?«

»Señor Rehme?«

»Ja?«

»Sind Sie betrunken?«

»Nein.«

»Sie klingen betrunken.«

»Ich habe nur etwas geschlafen. Wer spricht denn da?«

»Hier ist Padre Loba, aus dem Kloster Yuso. Sie waren letzte Woche bei mir wegen ihrem Freund Alejandro Escovedo. Sie gaben mir damals diese Nummer, damit ich anrufe, wenn mir noch etwas einfällt.«

Max setzte sich auf, Yquem tat es ihm nach.

»Was ist Ihnen denn noch eingefallen?«

»Nichts. Aber wir haben etwas gefunden. Sie erinnern sich sicher an den Raum mit dem Elfenbeinschrein, der die Gebeine des heiligen Millán enthält, oder? Den Arca de San Millán?«

»Ja«, antwortete Max schnell.

»Dort haben wir einen Brief gefunden. Unter dem Sockel, auf dem der Schrein steht. Alejandro muss auf die göttliche Vorsehung gehofft haben, oder besser auf San Millán, dass sein Brief bemerkt wird. Eine Putzfrau hat ihn zufällig entdeckt. Nur eine winzige Ecke war zu sehen. Er hätte dort noch Jahrzehnte liegen können.«

»Und was steht drin?«

»Auf dem Umschlag steht ... warten Sie, ich habe ihn vor mir liegen ... muss nur gerade meine Brille ...«

Max hätte jetzt gerne noch einen Schluck Wein genommen, aber die Flasche war leer.

»So«, meldete sich Padre Loba wieder. »Hören Sie?«

»Die ganze Zeit.«

»Mein Name ist Alejandro Escovedo. Bitte öffnen Sie diesen Brief nur im Falle meines Todes. Es ist von größter Wichtigkeit!«

Max wartete, doch Padre Loba sprach nicht weiter.

»Und was steht *in* dem Brief?«

»Den habe ich nicht geöffnet.«

»Aber Alejandro Escovedo *ist* tot.«

»Ich bin der Meinung, dass Sie ihn öffnen sollten, Sie waren schließlich sein Freund.«

»Nicht lieber seine Witwe?«

»Das können Sie dann entscheiden. Wann können Sie es einrichten, zu kommen?«

Max musste nicht lange nachdenken. »Ich sitze schon im Wagen.«

Max fuhr wie ein Irrer und aschte den ganzen Jeep voll, wenn er das Handy aufhob, das er zwischen Ohr und Schulter eingeklemmt hatte und welches immer wieder in den Fußraum fiel.

Cristina war nicht zu erreichen, Iker ging zwar an sein Telefon, hatte aber außer einem abschätzigen Grunzen nichts für Max übrig. Dann musste er also allein nach Yuso fahren.

Er fuhr ein ganzes Stück über die Autovía del Camino de Santiago, bevor er bei La Tejera abbog. In den Dörfern, durch die er kam, sah er viele Familien, die sich für den Sonntagsgottesdienst fein gemacht hatten. Kleine Jungen in Hellblau, die Mädchen in Rosa, ihre Haare glatt gekämmt. Anscheinend ein wöchentlicher Pflichttermin in La Rioja.

Vor dem Kloster Yuso standen wieder Busse, als gelte es, eine Belagerung aufrechtzuerhalten.

Max sagte am Kassenhäuschen, dass Padre Loba ihn hergebeten hatte, woraufhin er durchgelassen wurde. Der große, glatzköpfige Priester erwartete ihn schon in seiner Kammer.

»Danke, dass Sie so schnell gekommen sind.« Er rümpfte die Nase, Max' Beruhigungs-Wein erschnuppernd.

Padre Loba reichte ihm die Hand. »Waren Sie gar nicht neugierig, was drin steht, Padre?«

»Ungeduld ist keine Tugend.«

Genau mittig auf dem Schreibtisch des Priesters lag der Brief, daneben ein Öffner. Sonst nichts.

»Das ist er?«

Padre Loba reichte ihn Max. »Bitte.«

Ohne zu zögern, riss Max den Umschlag mit dem Zeigefinger auf, nahm den Brief heraus und las ihn. Nur für sich.

Wenn ich tot bin, werde ich aller Voraussicht nach ermordet worden sein. Auch wenn es nicht danach aussieht. Der Grund meines Todes ist, dass ich ein Attentat auf unseren König Juan Carlos I. verhindern wollte. Ich bete darum, dass dieser Brief Sie rechtzeitig erreicht, doch ich vertraue auf die Weitsicht von San Millán, ihn zum richtigen Zeitpunkt in die richtigen Hände zu führen. Das Attentat soll beim Besuch unseres Königs auf den Bodegas Faustino stattfinden. Verhindern Sie dieses Unglück! Der König darf die Bodega auf keinen Fall betreten! Gott schütze ihn, trotz allem, was er getan hat.

Alejandro Escovedo

Max reichte den Brief Padre Loba, der ihn sogleich leise vor sich hin murmelnd las. »Und was nun?«

»Wir müssen ihn natürlich der Polizei übergeben.«

Padre Loba schüttelte entschieden das Haupt. »Dann haben wir hier Fernsehen, Zeitungen, Radio, Unruhe, eine solche Publicity möchten wir nicht. Sie passt nicht nach Yuso.«

»Die Polizei *muss* davon erfahren! Das Leben des Königs steht auf dem Spiel.«

»Dies ist ein Ort der Ruhe. Ich kann das nicht zulassen und würde alles abstreiten, wenn Sie der Polizei melden, dass dieses Schreiben hier gefunden wurde.«

»Aber Padre, das *Leben* des Königs! Ist das nicht wichtiger als Ihre Ruhe? Das kann doch jetzt nicht wirklich Ihr Ernst sein!«

Padre Loba versenkte das Gesicht in den Händen. »Meine erste Verantwortung gehört dem Kloster. Wer weiß, ob überhaupt stimmt, was in dem Brief steht und es nicht bloß die Wahnvorstellung eines alten Mannes ist?«

»Eines *ermordeten* Mannes, Padre!«

»Nicht jedes Attentat ist erfolgreich.«

»Wollen Sie dafür beten?«

»Ja, das will ich. Und das werde ich. Nehmen Sie den Brief, und gehen Sie, ich will ihn nicht mehr im Kloster haben. Verstehen Sie mich doch bitte.«

Max griff sich den Brief. »Dann adiós, Padre. Und alles Gute für Ihr Seelenheil. Möge Ihr Gott Ihnen verzeihen, sollte es doch nicht nur Escovedos Wahnvorstellung gewesen sein.«

Mit den Worten »Die Welt ist bekloppt!« stürmte Max eine halbe Stunde später in Juans Haus. Ana-María war fort, jetzt lag eine Blondine auf dem Futon und trank Wein, direkt aus der Flasche, beobachtet von einem knappen Dutzend Katzen.

Sie stellte sich als Ana-María vor. Schon wieder eine.

Max stellte sich als Max vor und ging in sein Zimmer.

Übermorgen traf der König ein und würde möglicherweise ermordet werden. Zwei andere Menschen waren bereits tot, und niemand wusste, wer dahintersteckte. Die Frau, in die er Hals über Kopf verliebt war, hatte ihn gebeten, sich nicht darum zu kümmern, war heulend weggelaufen und außerdem unauffindbar.

Ja, das fasste es gut zusammen.

Wein war keine Lösung, aber auch kein Problem. Max ging zurück ins Wohnzimmer, und die blonde Ana-María reichte ihm die Flasche, an der sie gerade noch genüsslich genuckelt hatte. Max nahm einen Schluck, floral-parfumierte Nase, wunderbar weicher, süßer Stoff, karamellig, nussig, herrlich leichtgewichtig am Gaumen, sehr delikat. Reifer Rioja in Reinkultur. Mit wunderbarer Länge und unfassbar unaufdringlicher Harmonie.

Das war groß.

Max schaute auf das Etikett.

Ein 1964er Gran Reserva 890 von La Rioja Alta.

Das konnte doch nicht wahr sein!

»Juan? Wo hast du den Wein her?«

Der Freund trat aus dem Badezimmer, sich die Haare trocken rubbelnd. »Na, aus deinem Zimmer, aus dem Alukoffer. Dachte, du hast bestimmt nichts dagegen, oder? Den Jahrgang kannte ich übrigens von La Rioja Alta noch gar nicht.« Juans Stimme hatte das weiche Lallen von viel gutem Wein. Max erspähte weitere leere Flaschen neben dem Futon.

»Wie viele hast du schon aus dem Koffer genommen?«

»Ach, weißt du, so was zähl ich nicht. Wenn das ein Problem ist, kann ich sie dir natürlich ersetzen. Ist es denn ein Problem?«

»Sie gehören nicht mir.«

»Ach so. Das tut mir leid, sag dem Besitzer, er soll sich an mich wenden. Kann ich den Rest aus der Flasche haben?« Max reichte sie ihm. »Weißt du, wen ich für den Mörder halte, Max?«

»Nein, Juan. Weißt *du*, dass alles irgendwie immer und immer schlimmer wird in meinem Leben?«

»Ach was! Das kriegen wir schon hin, alter Freund. Also: Ich glaube, dass es der König war, weil er sich vor der Veranstaltung bei Faustino drücken und lieber Elefanten jagen will.«

»So wird es gewesen sein.« Max fehlte die Kraft für ein müdes Lächeln.

»In den Nachrichten kam übrigens, dass die Ermittlungen der Polizei feststecken. Diese Madame Pascal, mit der Pepe Salinas kurz vor seinem Tod einen Termin hatte, ist nirgendwo aufzufinden. Sie haben noch nicht mal einen Verdächtigen.«

»Nur mich.«

Juan hob die Flasche und prostete ihm bester Laune zu. »Salud!«

»Salud, Juan. Hast du zufällig irgendwo eine Pistole?«

»Natürlich nicht, wieso?«

»Nur so eine Frage.«

Zurück im Zimmer, klappte Max den Alukoffer auf. Er zählte die leeren Fächer. Es waren mehr als befürchtet. Einzig die Flaschen von Marqués de Riscal und Bodegas Bilbainas waren noch übrig.

Er ließ sich aufs Bett fallen und hätte sich dabei beinahe auf Yquem gelegt, der dort bereits schlief. Nach einiger

Zeit griff Max sich sein Handy und versuchte es noch einmal bei Cristina, bei Iker und bei Faustino. Diesmal meldete sich nirgendwo jemand.

Er spürte den Briefumschlag in seiner Gesäßtasche. Aus dem Nebenraum hörte er Weinflaschen gegeneinanderschlagen. Es klang fast wie Kirchenglocken.

Und plötzlich hatte Max eine Idee.

Die Plaza de Santiago im Herzen Logroños war bis in den letzten Winkel mit Demonstranten gefüllt, die Banner mit Parolen und Karikaturen emporhielten. Es ging um die Wirtschaftskrise, die Banken, Immobilienspekulationen.

Max drückte sich an ihnen vorbei. In einem kleinen Laden kaufte er einen Briefumschlag und einen schwarzen Stift – dieselbe Farbe, in der auch Escovedos Zeilen verfasst waren. Dann schrieb er auf den Umschlag, was auf dem des toten Pilgers gestanden hatte: »Mein Name ist Alejandro Escovedo. Bitte öffnen Sie diesen Brief nur im Falle meines Todes. Es ist von größter Wichtigkeit!« In Druckbuchstaben, damit der Policía nicht gleich auffiel, dass die Handschrift auf dem Brief im Inneren eine andere war.

Jetzt nahm er sein eigentliches Ziel in Angriff. Das Eingangsportal der imposanten Iglesia de Santiago el Real stammte aus dem 17. Jahrhundert, war in Form eines Triumphbogens gestaltet und von zwei Skulpturen des Apostels Jakobus geschmückt: einmal in Pilgergewändern, das andere Mal, direkt über dieser Skulptur, als Krieger zu Pferde. Max trat in die Kirche und ging direkt zum Altar.

Außer ihm war niemand in dem dreiteiligen Schiff. Er zögerte keine Sekunde, würdigte das riesige, fünfstöckige

Altargemälde von Mateo Zabala keines Blickes, suchte nur einen Platz, an dem er den Briefumschlag deponieren konnte.

Doch da war keiner.

Keiner, an dem Alejandro Escovedo ihn hätte platzieren können, ohne dass der Umschlag längst gefunden worden wäre.

Und dann wäre seine Geschichte unglaubwürdig.

Das Schlimmste, was passieren konnte.

An der Figur der Virgen de la Esperanza zur Rechten des Altars fand Max jedoch eine passende Stelle: die Jungfrau in einem großen Blumengesteck. Dort schob er den Briefumschlag hinein und setzte sich anschließend in die nahe stehende Kirchenbank.

Jetzt hieß es warten.

Hoffen, dass es jemand sah.

Darauf hinweisen konnte er niemanden, denn die Polizei würde fragen, wem es zuerst aufgefallen war – und die Beschreibung würde auf ihren Hauptverdächtigen fallen.

Das würde nicht nur Escovedos Nachricht unglaubwürdig werden lassen, sondern Max auch noch das nächste Verhör einbringen.

Nach anderthalb Stunden, in denen keiner der spärlichen Kirchenbesucher von dem Umschlag Notiz nahm, tat Max dann doch etwas. Er ging aus der Kirche, kaufte sich ein Bier, kehrte zurück, und als niemand hinsah, verschüttete er es großflächig vor der Statue der Jungfrau.

Dann setzte er sich zurück in die Kirchenbank und wartete wieder.

Doch diesmal dauerte es nicht lang. Ein Pilger entdeckte die Sauerei, rannte in die Sakristei, und kurze Zeit später kehrte er mit einer gewichtigen Frau zurück, die einen Putzeimer samt Wischmopp vor sich herschob.

Als sie die Bescherung sah, schlug sie die Hände vor dem Gesicht zusammen, rief den Herrn mehrfach an, und begab sich an die Arbeit.

Ihr Blick war auf den Boden geheftet. Aber gleich, gleich musste sie aufschauen, wenigstens einmal, es war sicher nur eine Frage der Zeit, bis sie den Umschlag entdeckte. Max wollte vor Nervosität eine Zigarette rauchen, doch dafür hätte er rausgehen müssen. Er steckte sie sich unangezündet zwischen die Lippen. Es half überhaupt nichts.

Die Putzfrau beendete ihre Arbeit, und Max begann, an seinem Plan zu zweifeln.

Verdammt!

Die Putzfrau wandte sich zur Jungfrau, um zu beten.

Und endlich sah sie den Umschlag!

Sie nahm ihn und las.

Plötzlich riss sie ihn in der Mitte entzwei. Noch mal. Und noch mal. Dann warf sie die Fetzen in ihr Putzwasser.

Was war nur in diese Frau gefahren? Max trat gegen die Kirchenbank.

Die Putzfrau sah ihn strafend an.

»Herzlichen Glückwunsch!«, rief Max ihr zu. »Sie haben ab jetzt den König von Spanien auf dem Gewissen.«

Kopfschüttelnd sah sie ihm hinterher, als er wütend aus der Kirche stampfte. Und bekreuzigte sich zur Sicherheit gleich dreimal.

Max hatte keine Lust, schon wieder eine Ana-María kennenzulernen, und fuhr deshalb nicht zu Juan, sondern zum Guardaviña. Zuerst stand er lange davor, doch dann ging er hinein und legte sich auf die Decke, um noch mal für ein paar Minuten die himmlische Ruhe dieser kleinen abgeschlossenen Welt zu genießen. Max schloss die Augen, um Cristinas Duft ganz bewusst einatmen zu können, der wie betörendes Parfum in dem Unterstand hing.

Er wachte erst auf, als die Sterne schon wie leuchtende Stecknadelköpfe an den Nachthimmel über La Rioja gepinnt worden waren.

Wie spät mochte es sein?

Er blickte auf sein Handy. Ein Uhr früh. Sein Rücken schmerzte, nachdem er stundenlang erfolglos versucht hatte, sich dem unebenen Boden anzupassen. Schläfrig stieg Max ins Auto und fuhr zurück zu Juan, wunderte sich nicht darüber, dass wieder eine andere Frau – er sah nur ihren hellbraunen Lockenkopf – auf dem Futon schlief, und warf sich, angezogen, wie er war, auf sein Bett. Seine Kraft reichte gerade noch, um sich die Schuhe von den Füßen zu drücken.

Dann war er auch schon weg.

Als Max am nächsten Morgen aufwachte, beschloss er, erst auf die Uhr zu gucken, wenn er mindestens einen Kaffee intus hatte – um den Schock besser verkraften zu können.

In der Küche stand die braungelockte Ana-María an der Espressomaschine. Max sah sie von hinten, was nicht die schlechteste Aussicht war. Sie trug nur ein T-Shirt, das schon ein gutes Stück über ihrem nackten Po endete. Er war wie aus feinstem Alabaster gemeißelt und bis zur Perfektion gerundet, ihre Haltung fest und stolz wie die einer Ballerina.

»Machst du mir auch einen Espresso?«

»Sí, Señor.« Sie sprach mit hartem Akzent, der Max fast deutsch vorkam.

Dann drehte sie sich um.

»Guten Morgen, Max. Überrascht, mich zu sehen?«

Esther.

Sie gab ihm einen Kuss auf die Wange.

»Schön hast du's hier.«

Hatte sie etwa mit Juan geschlafen? Max wollte fragen, aber ließ es dann bleiben. In seinem Inneren rumorte es. Waren da etwa noch Gefühle für sie? Würde es ihn stören, wenn sie mit Juan die Nacht verbracht hatte? Durfte es ihn stören?

Es störte ihn.

So schnell mit einem anderen zu schlafen, nachdem er sie verlassen hatte! Und was wollte sie überhaupt hier?

Aus seinen wütenden Eingeweiden kroch ein Lächeln. Was war er doch für ein Idiot aus der Steinzeit, der davon ausging, dass alle Frauen des Stammes ihm gehörten – ob er sie nun wollte oder nicht.

Esther stand wieder an der Espressomaschine und kümmerte sich um Max' Wachmacher, aber den hatte er nun nicht mehr nötig. »Wir haben uns ja schon eine Ewigkeit nicht mehr gesehen, Max.«, sagte sie, als wäre nie etwas gewesen zwischen ihnen.

»Es waren nur ein paar Tage. Kam es dir wie eine Ewigkeit vor?«

Sie antwortete nicht, legte ein Churro auf den Unterteller und reichte Max den Espresso.

Er stellte ihn auf einer kleinen Kommode ab. »Esther, es tut mir leid.«

Sie hob die Augenbrauen und strich sich unbedacht unter dem T-Shirt über ihren Busen.

»Kannst du dir bitte etwas mehr anziehen?«

»Wieso? Hat dich doch bisher auch nie gestört, mich nackt zu sehen. Ganz im Gegenteil.«

»Aber jetzt ist es irgendwie ... unpassend.«

»Bist du hier in Rioja etwa spießig geworden?«

»Nein, aber ... zieh dir einfach irgendwas an. Warte.« Er holte eine Boxershorts aus seinem Zimmer und warf sie ihr zu. Sie schlüpfte hinein.

»Esther, es war scheiße, richtig scheiße von mir, einfach wegzugehen, ohne ein Wort zu sagen. Dich im Unklaren zu lassen, mich hier einfach in Rioja einzuquartieren.«

»Zu verkriechen, trifft es besser.«

Max schüttelte den Kopf. »Nein, ganz im Gegenteil. In Köln habe ich mich verkrochen, nie gezeigt, wer ich wirklich bin. Hier bin ich gerade dabei, aus meinem Schneckenhaus zu kommen.«

Sie trat vor ihn und versetzte ihm eine schallende Ohrfeige. Max zeigte keine Regung. Sie schlug nochmals, diesmal auf die andere Seite seiner Wange. In ihren Augen standen Tränen.

Max wollte sie in die Arme nehmen, sie trösten. Doch er war ja der Grund für ihre Wut. Die Schläge trafen ihn völlig zu Recht. »Es tut mir leid, wirklich, aber es geht nicht mehr mit uns beiden. Du bist wundervoll, aber ...«

»Hör auf mit so einem Dreck. *Du bist wundervoll, aber* – das will ich nicht hören! So einen Scheiß will ich nicht hören. Du hättest mit mir reden können. Wenigstens reden, aber nein, du haust einfach ab, ohne ein Wort! Ohne deine Mutter hätte ich dich nie gefunden! Hätte ich nie wieder im Leben von dir gehört? Hab ich das verdient?« Sie knallte ihm noch eine.

Dann fiel sie ihm weinend in die Arme. Max hielt sie fest umschlungen.

»Ach verdammt! Ich wollte doch nicht heulen! Wollte ganz cool und beherrscht sein.« Sie wischte ihre Tränen an seinem Hemd ab. »Gib uns noch eine Chance, Max. Vielleicht habe ich mich ja auch verkrochen? Wie hätten wir zueinander finden können, wenn du gar nicht richtig da warst? Denkst du, ich war glücklich mit unserer Beziehung?« Sie löste sich aus der Umarmung und griff sich ihren Bademantel vom Futon, um ihn fest um ihren Körper zu knoten. Dann trat sie zu Max und strich ihm zärtlich über die gerötete Wange. »Da ist doch was zwischen uns, Max? Oder? Uns verbindet doch was. Das haben wir uns doch nicht drei Jahre lang nur eingebildet? Das haben wir doch beide gespürt! Ich will dich kennenlernen, Max, richtig, ohne Verkriechen.« Sie griff nach seiner Hand.

»Es ist ...« Zu spät, wollte Max sagen. Aber war es das? Seine Gefühle waren völlig durcheinander. Er mochte Esther, er hatte ihr unrecht getan, und ja, da war etwas zwischen ihnen. Nur, war es Liebe?

»Es ist ...« Gut, dass du da bist, wollte Max dieses Mal sagen, damit wir reden können. Aber war es das? Wieder geriet er ins Stocken. Er wusste ja nicht, was er dann sagen wollte. Jetzt nicht mehr. Was war mit Cristina, für die er so stark empfand, obwohl er sie doch kaum kannte. Und sie hatte ihn sitzen lassen. War das alles nur ein Traum? War Esther sein Leben, hatte er vielleicht nie wirklich begriffen, was er an ihr hatte? Konnte sie ihn etwa auf seinem neuen Weg begleiten?

»*Was* ist es, Max?« Esther schlang ihre Arme um seinen Hals und begann leise wieder zu weinen. Sie hielt keine Träne zurück.

Max sagte nichts, hielt sie fest. Man wischte drei Jahre nicht einfach so fort. Das war er ihr schuldig.

Kapitel 9

2000 – Der Jahrhundertjahrgang war in Rioja »nur« ein guter. Regen Ende Februar und ein kühler März verlangsamten die Entwicklung der Reben, wodurch sie jedoch gegen den Frost am 29. März etwas besser geschützt waren. Gerade um Logroño und am Ebro schlug dieser stark zu. Die guten Temperaturen im Anschluss konnten den Reiferückstand wieder ausgleichen. Der August geriet heiß, die Lese begann am 25. September. Leider gab es zwischen dem 27. September und dem 3. November schwere Regenfälle. Die Bodegas, welche vor oder nach diesem Tief lasen, erzeugten die besten Weine.

Esther nahm sich ein Zimmer im Husa Gran Via Hotel in Logroño. Max fuhr sie hin und gab ihr zum Abschied einen Kuss auf die Wange. »Du solltest zurück nach Köln, wirklich. Ich will dir keine falsche Hoffnung machen, ich weiß doch selber nicht, was ich will.«

Sie sah ihn an. »Gibt es eine andere Frau, Max? Wenn es so ist, sag es mir, bitte. Ich will es wissen. Lüg mich nur nicht an.«

»Ja.« Er biss sich auf die Unterlippe. »Ja, die gibt es.« Die Aufrichtigkeit schuldete er ihr.

Esthers Unterlippe zitterte, doch sie riss sich zusammen. »Bist du wegen ihr hierhergekommen?«

»Nein, ich habe sie erst in La Rioja kennengelernt.«

»Also kennt ihr euch erst seit ein paar Tagen?«

»Ja, aber sie liegt mir trotzdem sehr am Herzen. Es ist nicht nur ein Abenteuer, glaube ich jedenfalls.«

Sie gab ihm einen Kuss auf die Lippen. »Danke für deine Ehrlichkeit. Ich gebe dir Zeit, aber ich bleibe hier. Gibst du mir deine neue Handynummer?«

Max schrieb sie auf die Rückseite eines Supermarktbons, den er in seinem Portemonnaie fand. Esther lächelte ihm noch einmal zu und betrat mit sinnlich schwingendem Po das Hotel.

Max trat hinaus auf die Avenida de la Gran Vía Rey Juan Carlos I, Logroños große Prachtstraße, atmete ein paar Mal tief durch und rieb sich über die Stirn, als wäre er gerade gegen eine Wand gelaufen und würde den Schmerz des Aufpralls noch spüren. Der scharfe Wind wehte eine Zeitung um seine Beine. Ungewöhnlich für eine Stadt, die so penibel sauber gehalten wurde. Überhaupt lag heute eine merkwürdige Stimmung in den Straßen, auch wenn Max nicht sagen konnte, woran es lag. Etwas war anders.

Er hob die »El País« auf, deren Titelseite ein Bild von María Escovedo zeigte, Alejandros Witwe, die nun nach Laguardia zog, der Stadt ihrer Geburt. Jetzt, wo ihr Mann tot war, wollte sie zurück in die alte Heimat. Mit dem Geld, das sie aus der Lebensversicherung ihres Mannes erwartete, hatte sie bereits ein Haus erstanden. Es war auf einem Foto abgedruckt, stattlich war es, eigentlich viel zu groß für eine alleinstehende Frau. Es war das Haus ihrer Kindheit, das seit Kurzem zum Verkauf gestanden hatte. Ein glücklicher Zufall, wie die Zeitung es nannte. Oder vielleicht Schicksal? Sie konnte es kaum erwarten, bald dort einzuziehen. Max hoffte, dass ihre Heimat der alten Frau helfen würde, den schweren Verlust zu verkraften.

Weiter unten im Artikel wurde erwähnt, dass dem Ermordeten keine Verbindung zur ETA nachgewiesen werden konnte. Scheinbar hatte es anfangs diesen Verdacht gegeben. Aber Alejandro Escovedo hatte zeitlebens zu Tieren einen besseren Draht gehabt als zu Menschen. Die waren einfach nicht seine Sache gewesen.

Wer konnte es ihm verdenken?

Logroño war zwar nie eine brodelnde Metropole, vor allem während der Siesta, doch heute schien das schwerfällige Herz La Riojas stehen geblieben zu sein. Nur aus einer nahen Tapas-Bar drangen Geräusche. Doch an der Theke saß niemand. Alle drängten sich um den von der Decke hängenden Fernseher, der übermäßig laut gedreht war.

Er zeigte die Bodegas Faustino.

Vor deren Eingang standen mehrere Polizeiwagen mit Blaulicht. Über den unteren Bildrand lief ein Newsticker:

... – Anschlag auf die Bodegas Faustino – Acht Molotow-Cocktails – Polizei verfolgt Täter – Opferzahl unbekannt – Brand noch nicht unter Kontrolle – Anschlag auf die Bodegas Faustino – ...

So schnell er konnte, lief Max zurück zu seinem Wagen und jagte den Jeep anschließend durch die leeren Straßen Logroños, als versuche er, ein Formel-1-Rennen zu gewinnen. Die Ampeln interpretierte Max als freundliche Vorschläge zur Fahrgestaltung und ignorierte sie dankend.

Die Polizei hatte die Bodega großräumig abgesperrt, am Straßenrand parkten die Wagen unzähliger Schaulustiger. Schwarze Rauchsäulen stiegen auf und Flammen züngelten zum Himmel empor. Panik lag wie Gift in der Luft, und Max fühlte sich, als habe er gerade die Kulisse eines Actionfilms betreten.

Ein Uniformierter stoppte ihn. »Sie dürfen hier nicht weiter.«

»Will ich auch nicht. Ich möchte nur wissen, ob es Opfer gibt? Schwerverletzte? Tote? Meine Freundin arbeitet bei Faustino.«

»Ich darf ihnen nichts ...«

Max merkte, wie ihm schwarz vor Augen wurde. Er senkte seinen Kopf in die Hände, atmete mehrmals tief durch, stieg dann zitternd aus und packte den Polizisten am Kragen. »Ist Cristina Lopez etwas passiert? Reden Sie schon! Ist das denn so viel verlangt?«

»Sekunde.« Der Mann wandte sich ab und sprach in sein Funkgerät. Max sah einen Ehering an seinem Finger, der noch brandneu und unzerkratzt war.

»Sie sind nicht von der Presse?«, fragte der Polizist, als er sich wieder umdrehte.

»Nein!«

»Nach jetzigem Stand wurden bei dem Angriff nur drei Personen leicht verletzt, darunter keine Cristina Lopez.«

Max küsste ihn vor Dankbarkeit und Erleichterung auf die Stirn. »Danke, Mann!«

Cristina ging es gut, der König würde nun sicherlich nicht mehr anreisen und war damit außer Gefahr. Max war glücklich. Neben ihm stand ein Geschäftsmann im perfekt geschnittenen, dunkelblauen Dreiteiler, auf dessen Tablet-Computer die Regionalnachrichten liefen, die Max vorhin auch in der Bar gesehen hatte. Nun wurde ein Foto von Juan Carlos I. eingeblendet – der König hatte vermutlich keine Ahnung, dass ihn ein paar Chaoten, die wahrscheinlich einfach nur ein bisschen randalieren wollten, gerade vor dem Tod bewahrt hatten. Auf die Idee hätte Max auch selbst kommen können! Wie hieß es in Goethes Faust so passend? »Ein Teil von jener Kraft, die stets das Böse will und stets das Gute schafft.«

Ein Blitzlichtgewitter setzte ein. Zwei Jugendliche mit über den Kopf gezogenen Kapuzensweatern und Sonnenbrille im Gesicht wurden in Handschellen aus der Bodega zu einem Einsatzwagen geführt. Der Schritt ihrer Jeans hing in den Knien, einer reckte die geballte Faust in die Luft.

Aus welchem Grund versuchte man, eine Bodega in Brand zu stecken?

»Das frage ich mich auch.«

Max hatte gar nicht gemerkt, dass er die Frage laut ausgesprochen hatte.

»Normalerweise sprayen sie nur irgendeinen Mist an die Wände«, fügte der Geschäftsmann neben ihm hinzu, »aber Brände legen? In der Bodega einer angesehenen Familie? Und dann auch noch so dumm! Was bringt es, Molotow-Cocktails gegen Betonwände zu schmeißen? Kein Brandsatz ist in einem Fenster gelandet, nur das Dach hat Feuer gefangen. Sind die nur zu blöd gewesen oder was sollte das?«

»Jugendlicher Übermut?«, gab Max mit gerunzelter Stirn zurück. Er konnte es sich genauso wenig erklären.

»Wir haben uns damals ordentlich betrunken und nicht die angegriffen, die für Nachschub sorgen«, sagte der Mann im Anzug mit einem Kopfschütteln. »Oh, eine Sondermeldung.«

Max trat näher an das Tablet heran.

»Das Königshaus hat eine Erklärung zu den Vorgängen in Oyón herausgegeben. Darin heißt es wörtlich: ›Der König ist von dieser Tat fehlgeleiteter Aggression schockiert, wird seine Reise zu den Bodegas Faustino jedoch nicht absagen, da dies den Kriminellen nur in die Hände spielen würde.‹ Die Eigentümerfamilie Martinez begrüßte in einem soeben veröffentlichten Statement diese Entscheidung und garantierte dem Monarchen bei seinem Besuch alle möglichen Bemühungen, um seine Sicherheit zu gewährleisten.«

Die beiden waren nicht die Einzigen, die diese Nachricht mitbekamen, denn die Schaulustigen jubelten, als hätte die Furia Roja schon wieder die Fußballweltmeisterschaft gewonnen.

Alle freuten sich, dass der König kam.

Irgendeine höhere Kraft wollte scheinbar, dass der König starb, und räumte Hindernisse aus dem Weg.

Gott, Allah, Zeus, das Schicksal, vielleicht die ganze Mischpoke.

Morgen würde Juan Carlos eintreffen.

Dann konnten sie es zu Ende bringen.

Max merkte kaum, wie er in seinem Jeep nach Laguardia in der Rioja Alavesa fuhr, während er das neue Album von Frank Turner auf voller Lautstärke hörte. Bei »If Ever I Stray« brüllte er laut mit, und das tat verdammt gut.

Laguardia lag prachtvoll auf einem Hügel, der sich wunderschön von der Sierra de Cantabria abhob. Den mittelalterlichen Kern aus dem 13. Jahrhundert umgab immer noch eine Stadtmauer mit fünf Toren. Ein wehrhafter Ort, der seinen Namen »La Guardia«, der Wächter, wegen seiner strategisch wichtigen Position gegenüber Kastilien erhalten hatte. Wichtig war die Gegend auch für den Weinbau, weshalb der Boden unter den Häusern von den unzähligen Kellergängen der Bodegas durchlöchert war wie ein riesiger Ameisenbau.

Max parkte vor der Stadtmauer und nahm sich erst mal Zeit für sein neues tägliches Ritual: Das Regenradar seines Handys zeigte diesmal tatsächlich ein paar Wolken an, allerdings weit entfernt über Mallorca. Und die Sekundenmeditation? »Heute nehme ich den Raum zwischen den Achseln wahr.«

Erledigt.

Max stieg aus und ging zu Fuß weiter. Er schoss ein paar Fotos des prachtvollen Städtchens, bis er plötzlich vor einem Haus stand, das ihm seltsam bekannt vorkam.

Er hatte es schon einmal gesehen … vor Kurzem. Erst konnte er nicht zuordnen, wo, doch dann fiel es ihm ein: heute Morgen in der Zeitung.

Es war das Haus, welches Escovedos Witwe gekauft hatte.

Max drückte sich in eine kleine Gasse auf der gegenüberliegenden Straßenseite. Wenn María Escovedo ihn sah, würde das Geschrei sofort wieder losgehen. Durch seine Kamera linste er um die Ecke. Mit dem Zoomobjektiv konnte er erkennen, wie die schwarz gekleidete Witwe im ersten Stockwerk lachend ein Fenster aufstieß. Hinter ihr stand eine zweite Person, von der Max jedoch nur das Schattenspiel sah. Auch die anderen Fenster stieß María Escovedo nacheinander auf, völlig untypisch für Spanien, wo sonst nur gelüftet wurde, wenn es draußen kühler als drinnen war. Doch hier ging es nicht um kontrollierte Luftzirkulation, hier ging es um Befreiung.

Schließlich öffnete sie die Haustür. Aus dem Schatten des Inneren löste sich ihr Besucher und umarmte sie herzlich.

Max zoomte bis zum Anschlag heran.

Er konnte nicht glauben, was er sah.

Völlig ausgeschlossen.

Völlig unmöglich.

Es war Cristina.

Die beiden Frauen drückten sich herzlich, dann verließ Cristina die fröhliche Witwe, die ihr lange winkend nachblickte. Max konnte Cristina unmöglich folgen, ohne von der Alten gesehen zu werden. Und die würde sicherlich sofort die Sirene anwerfen. Ganz Laguardia wäre ihm dann auf den Fersen – und so leicht wie in Ormaiztegi würde er hier nicht entkommen können.

Verdammt, verdammt, verdammt! Geh ins Haus, María! Los! Da gibt es doch sicher noch ein Fenster, das du nicht aufgestoßen hast!

Doch María genoss den Blick auf ihre alte neue Heimat. Gute fünf Minuten stand sie vor ihrem alten neuen Haus und lächelte selig.

Dann ging sie fröhlichen Schrittes zurück ins Haus.

Max sprintete daran vorbei und bog in die Gasse ab, in die Cristina verschwunden war. Als sich die enge Straße gabelte, blieb er ratlos stehen. Keine Cristina zu sehen.

Max' Handy klingelte. Er nahm das Gespräch an, ohne auf die Nummer zu schauen.

»Max?« Es war Juan. Atemlos. »Wir haben ein Problem. Und es hat Blaulicht auf dem Dach.«

Wie sich herausstellte, war es nicht nur ein Problem, es waren vier. Vier vollbesetzte Polizeifahrzeuge, die wie ungeduldige Stiere vor Juans Haus standen.

»Ohne Durchsuchungsbefehl bleibt die Tür zu!«, rief Juan ihnen aus dem geöffneten Küchenfenster entgegen.

Die Katzen hatten die Einsatzfahrzeuge längst erspäht und zu neuen Schlafgelegenheiten erklärt. Immer mehr von ihnen kletterten auf die sonnigen Dächer und warmen Motorhauben. Es sah geradezu idyllisch aus.

Max konnte nicht anders, als das zu fotografieren, was ihm den angriffslustigen Blick eines Polizisten einbrachte.

Abwehrend hob er die Hände. »Ich wohne hier.«

Eine Fahrzeugtür öffnete sich und ein schnaubender Timothy Pickering hievte sich vom Rücksitz. »Das ist er! Das ist der Mann, der mich bestohlen hat! Wo ist mein Koffer, du Drecksack? Rück sofort meinen Koffer raus!« Der Kopf des Amerikaners war so rot wie gerade im Dampfkochtopf gegart, Schweißperlen standen auf seiner zornigen Stirn. »Nehmen Sie ihn fest, nehmen Sie ihn doch jetzt endlich fest!«

Der Polizist neben dem Wagen schüttelte ruhig den Kopf. »Wir haben noch keinen Haftbefehl.«

»Und auch keinen Durchsuchungsbefehl«, rief Juan jetzt von der Haustür aus. »Komm rein, Max. Die Policía darf da gerne parken, solange sie will. Ich habe ihnen auch schon Kaffee gebracht. Aber ins Haus lass ich keinen außer dir.«

Max ging hinein, hinter ihm verriegelte Juan die Tür. »Wir haben nicht viel Zeit, der Durchsuchungsbefehl ist nur eine Formalie. Der Koffer gehört also diesem Vollidioten da draußen?«

Max nickte.

»Also ist das sein Wein, den ich gesoffen habe. Und dem Aufgebot an Uniformierten zufolge war er nicht billig.«

»Du wirst nichts Teureres in ganz Rioja finden.«

»Haben mir auch gut geschmeckt.« Juan grinste. »Holst du mal den Koffer, dann hole ich das Gebiss.«

»Das ... Gebiss?« Von was redete Juan da?

»Erklär ich dir später. Wir müssen aufs Tempo drücken.«

Wie sich herausstellte, hatte Juan die leeren Flaschen wieder in den Koffer gelegt. Das Gebiss fischte er aus einem mit Flüssigkeit gefüllten Einmachglas.

»Das ist ein altes von meiner Großmutter. Ein Familienerbstück sozusagen.« Juan trocknete es an seiner Jeans ab.

»Was zum Geier hast du denn *damit* vor?«

»Beobachte und lerne. Fühlt sich an wie ein Kunst-Happening, oder?« Max fühlte sich eher wie im falschen Film. Er konnte sich beim besten Willen nicht vorstellen, wie ihnen ein Gebiss in dieser Situation helfen sollte.

Mit den Zähnen seiner Großmutter erzeugte Juan Bissspuren auf den Halterungsriemen im Koffer sowie den halb herausgezogenen Flaschenkorken.

»Was soll das? Und warum beißt du nicht selbst rein?«

»Weil ich nicht so gut mit den spitzen Eckzähnen treffen würde. Es muss nach kleinen Zähnen aussehen. Und meine Großmutter hatte einen besonders spitzen Eckzahn, weil sie mal auf einen Kirschkern gebissen hat und dabei eine Ecke abgesplittert ist. Sie war aber viel zu geizig, um sich das ausbessern zu lassen. Gut so.«

»Warum?«

Es donnerte gegen die Tür. »Aufmachen! Wir haben den Durchsuchungsbefehl.«

»Die Tür ist gleich offen«, rief Juan, klappte den Koffer zu und steckte sich das Gebiss in die Hosentasche. »Eine Sekunde.« Er schlenderte gemächlich zur Tür und öffnete sie seelenruhig.

Timothy Pickering stürzte als Erster herein und erspähte sogleich den Koffer. »Da steht er! Sehen Sie, habe ich doch gesagt! Dieser Mann da ist ein Dieb!«, rief er triumphierend. »Sofort festnehmen!«

Max hob unschuldig die Arme. »Tim hat den Koffer gestern in meinem Wagen vergessen. Da ich keine Adresse von ihm habe, konnte ich ihn nicht zurückgeben.«

»Sie hätten den Fund melden müssen«, sagte der Polizist.

»Ist mir erst heute Morgen aufgefallen. Ich war schon auf dem Weg zu Ihnen, bin aber dann bei Faustino aufgehalten worden. Sie wissen ja, was da los ist.«

Max erntete ein verständnisvolles Nicken. »Señor Pickering, kontrollieren Sie bitte, ob Ihr Besitz vollständig ist.«

Tim fiel vor dem Koffer auf die Knie und öffnete ihn vorsichtig, ja geradezu zärtlich.

Dann stieß er einen markerschütternden Schrei aus, und sein hochroter Schädel wurde mit einem Mal leichenblass.

»Sie sind leer. Fast alle ... leer! Die 64er ... *Meine* 64er!«

Juan zuckte mit den Schultern. »Ein Unglück, echt tragisch, tut mir wahnsinnig leid, wirklich. Wissen Sie, der Koffer war unverschlossen. Und meine Katzen, das sind kleine Raubtiere, sage ich Ihnen, völlig unberechenbar, die haben ihn geöffnet und die Korken rausgepult. Wahrscheinlich, weil die reifen Riojas so animalisch duften. Und dann haben sie die Flaschen umgeworfen, sodass die ganze Suppe rausgelaufen ist. Aber auflecken wollten sie das Zeug dann natürlich doch nicht! Schade drum. Waren die eigentlich teuer?«

»Wollen Sie mich verarschen?« Pickering stand ächzend auf. »Halten Sie mich für schwachsinnig? Katzen? Das können Sie Ihrer Oma erzählen!«

»Schauen Sie sich doch die Bissspuren an. Meinen Sie, ich habe da reingebissen?«

Ein junger Polizist sah sich den Koffer genauer an. »Da sind tatsächlich Bissspuren. Eine ganze Menge, von kleinen Zähnchen. Ich denke, er hat recht.«

Der Polizist entdeckte die großformatigen Bilder, welche gegen die Wände des lichtdurchfluteten Wohnzimmers gelehnt waren. »Sind Sie nicht dieser Künstler, der nächsten Monat in Bilbao eine Ausstellung hat? Der Erste aus Rioja überhaupt?«

Juan reichte ihm die Hand wie einem alten Kumpel. »Der bin ich. Ich werde ganz Spanien zeigen, was wir hier draufhaben!«

Der Polizist warf ihm einen prüfenden Blick zu, dann wandte er sich an seinen Vorgesetzten. »Die Geschichte mit den Katzen klingt zwar ungewöhnlich, aber ich denke, sie ist glaubwürdig. Das fällt dann wohl unter höhere Gewalt.«

Der Vorgesetzte wandte sich an Pickering. »Sie haben es gehört, höhere Gewalt. Kein schuldhaftes Versagen, keine Absicht. Es tut mir leid, aber da können wir leider auch nichts machen. Sie sollten in Zukunft einfach besser auf Ihren Koffer aufpassen und ihn ausreichend sichern. Nehmen Sie ihn lieber schnell an sich, bevor die Katzen noch mal zuschlagen. Den Rest sollen die Versicherungen klären. Unsere Arbeit hier ist erledigt.«

»Das ist doch wohl nicht euer Ernst?« Pickering tobte. »Ihr glaubt diesen Scheiß doch hoffentlich nicht wirklich! Seid ihr denn völlig hirnverbrannt?«

Das ließ sich der Kommissar nicht bieten. Er machte einen Schritt auf Pickering zu und streckte ihm seinen Zeigefinger entgegen. »Passen Sie lieber auf, was Sie sagen, Señor. Sonst haben Sie ganz schnell eine Anzeige am Hals.«

»Verfickte Scheiße!«, brüllte Timothy und stampfte mit dem Fuß auf wie ein trotziges Kind.

Mit einem Kopfnicken bedeutete der leitende Beamte seinen Leuten, den aufmüpfigen Amerikaner hinauszueskortieren.

Juan stand unterdessen bestens gelaunt neben einer attraktiven Polizistin mit herrlich barocken Formen.

»Ich würde dich gerne mal malen. Wie heißt du?«

Sie sah ihn an, ihr Blick wanderte von seinen Schuhen

hoch bis zu seinen Augen. »Nenn mich, wie du willst, Katzenmann.«

Das Lächeln auf Juans Gesicht hätte nicht breiter werden können.

Timothy zeterte weiter wie ein dickes Rumpelstilzchen im Hawaiihemd. »Das wirst du büßen!«, rief er Max zu. »Das schwöre ich dir! Dich mache ich fertig! Euch beide! Mich verarscht keiner, schon gar keine Dorfdeppen wie ihr!«

Die Policía zerrte ihn fort.

Juan ließ sich die Nummer der hübschen Polizistin zuflüstern und verabschiedete sich mit zärtlichen Wangenküssen, bei denen er sich nah an seine neue Eroberung drückte. Mit einem selbstzufriedenen Grinsen trat er danach zu Max. »Ist das nicht schön, wenn man als Dorfdepp aus der spanischen Provinz einen überheblichen Städter aus den USA aufs Kreuz legt? Also, ich fühle mich gerade phantastisch.« Juan legte seinen Arm um Max und blickte ihn ernst an. »Ich muss dir noch was sagen. Wegen deiner Esther.«

»Du musst nichts sagen, Juan. Ist okay. Wirklich.«

»Ich habe nicht mit ihr geschlafen.«

Max war erleichtert. Er hatte wohl doch noch mehr Gefühle für Esther, als er sich eine Zeit lang eingestehen wollte.

»Und ein Iker hat angerufen. Cristina sei morgen früh in Haro, soll ich dir ausrichten. Morgen findet dort nämlich die Batalla del Vino statt. Wolltest du da nicht sowieso hin?«

Und schon war Max wieder durcheinander. Er hoffte

wirklich, dass sich dieses Gefühlschaos bald lichten würde. Manchmal fühlte er sich wie ein hormonverwirrter Teenager, der nicht wusste, wohin mit all seinen Emotionen. Das war anstrengend.

»Ja, das wollte ich.« Max schloss Juan in die Arme und küsste ihn. Auf den Mund. Wie Männer es manchmal taten, auch in Spanien, aber nur in ganz besonderen Situationen. Der Gewinn einer Fußballweltmeisterschaft gehörte dazu. Und der Moment, in dem einem wieder mal bewusst wurde, dass man einen wahren Freund hatte.

Yquem schmiegte sich wohlig schnurrend an seine Beine.

Nun waren sie wohl zu dritt.

Es war der 29. Juni, der Tag des San Pedro. Um sieben Uhr ging es los in Haro. Doch wer dann erst kam, der kam schon zu spät. Darum saßen Max und Juan nach drei starken Kaffees nun wie zwei Duracell-Häschen mit wippenden Beinen und aufgerissenen Augen im Jeep.

»Ich trau mich das ja gar nicht zu fragen, Juan. Aber was ist das eigentlich für eine bescheuerte Tradition, bei der guter Rotwein hektoliterweise verschüttet wird?«

Vor ihnen tauchte Haro auf. Noch sah alles friedlich aus.

»Das weiß hier jedes Kind, Max. Im Hochmittelalter hatten die kastilischen Städte Miranda de Ebro und Haro einen blutigen Streit. Aber 1290 wurde er geschlichtet. Von da an musste jedes Jahr eine Messe auf dem Berg San Felica abgehalten werden. Der liegt zwischen den beiden Städten, und die Weingebiete dort waren der Grund für den Streit. Das ging ein paar hundert Jährchen gut. Aber wir Spanier haben ein verdammt gutes Gedächtnis, und im 19. Jahrhundert kochte die Suppe schließlich wieder hoch – doch statt sich ganz traditionell abzuschlachten, bespritzte man sich diesmal mit Wein. Die Batalla del Vino war geboren.«

Juan fand einen Parkplatz in Haro, wo es eigentlich gar keinen gab. Aber man konnte Autos ja auch schräg und halb auf der Fahrbahn parken. Bordsteine, egal wie hoch, stellten kein Hindernis dar. Zumindest an diesem besonderen Tag.

»Und jetzt ab in die weißen Klamotten! Damit man nachher auch sieht, wie vollgesaut du bist.«

Juan warf Max Malerkittel und Malerhosen zu, die er sich einst in seiner kurzen, aber heftigen Action-Painting-Phase zugelegt hatte. »Hier wird übrigens nur Presswein verwendet. Also nicht der gute, der ohne Druck von der Kelter läuft, sondern der, für den die Trauben richtig unter Druck gesetzt werden müssen. Der hat viele Gerb- und Farbstoffe.«

Ganz Haro schien auf den Beinen, und ganz Logroño war zu Besuch gekommen. Die Cuadrillas liefen gut gelaunt an Max und Juan vorbei, einige fuhren auf geschmückten Traktoren den Berg hoch, wo vor Beginn der Schlacht immer noch der traditionelle Gottesdienst stattfand.

Diese Fröhlichkeit und die ausgelassene Stimmung erinnerten Max an den Karneval seiner Heimatstadt, und auch die Vorfreude auf in Strömen fließenden Alkohol erkannte er wieder.

Nur dass man sich in Köln nicht damit durchnässte, sondern ihn auf interne Art vernichtete.

Die Sonne stand schon hoch am Himmel, doch es war

noch angenehm kühl. Angeführt von einem einzelnen Reiter, zog die fröhliche Prozession durch die Straßen von Haro. Die meisten hatten weiße T-Shirts und rote Halstücher an. Alle trugen Kanister, Flaschen oder Wasserpistolen, bis oben hin gefüllt mit Wein. In ihren Augen konnte man schon die Kampfeslust erkennen.

Max sah sich nach Cristina um. Eine dunkelhaarige Frau von gut einem Meter sechzig in dem einheitlich gekleideten Menschenmeer zu finden, war allerdings alles andere als einfach.

Immer wieder dachte er, er hätte sie entdeckt, und mit jeder Frau, die sich nicht als Cristina herausstellte, spürte Max einen kleinen Stich in seinem Herzen. Längst hatte er verdrängt, dass Liebe, echte Liebe, immer auch mit Schmerz verbunden war. Das Sehnen nach dem anderen, das unaufhörlich an den Eingeweiden zog, das unfassbare Begehren und die zerstörerische Frage, ob der andere einen genauso liebte oder ob alles schon wieder in Gefahr war zu zerbrechen. Vollkommenes Glück war doch immer nur eine Sache von Momenten.

Und doch, waren diese nicht alles wert?

Bei Esther, das wurde ihm jetzt klar, inmitten dieser drängenden Menschenmassen um ihn herum, bei Esther hatte er sich nie völlig fallen lassen, aus Angst vor diesem Schmerz. Er hatte Esther nie ganz in sein Herz gelassen. Das war ihr gegenüber nicht fair gewesen. War er nun bereit? Für Cristina, die ihn auf Distanz hielt und ganz offensichtlich nicht aufrichtig mit ihm war?

Tief in seinem Inneren wusste Max, dass seine Entscheidung gefallen war.

Sein Herz gab längst den Takt vor.

In diesem Moment blieben seine Augen an einem jungen Pärchen haften, das sich leidenschaftlich küsste. Sie hatte ihre Hände hinter seinem Nacken gefaltet, er zog sie eng an sich und hob sie leicht empor. Der Kuss schien niemals zu enden.

Doch dann drängte die Menge, sie mussten weitergehen, die Lippen lösten sich. Und Max erkannte die Gesichter der Verliebten. Es waren Ines Sastre und David, der australische Geschäftsführer von Francino, dem unangenehmsten Mitbewerber. Wie passte das zusammen?

David entdeckte ihn und winkte fröhlich rüber. »Komm endlich mal wegen der Fotos vorbei, Max. Ich brauch die für unsere neue Kampagne!«

Max nickte mit gequältem Lächeln. Weder Zeit noch Lust darauf waren in ausreichendem Maße vorhanden.

Als sich David durch die Menge bis zu Max vorgearbeitet hatte, umarmte er ihn so fest, als wären sie Freunde aus Kindertagen. »Komm doch direkt morgen vorbei. Da hab ich Zeit. Was meinst du? Ist jetzt echt dringend. Ich habe meinen Chefs von dir erzählt, und die sind jetzt ganz heiß auf deine Bilder.«

»Ich versuch's, versprochen.«

»Und, Max, wenn du dann noch ein Stündchen Zeit hättest... Ich hab selber ein kleines Projekt laufen, eine Garage-Winery. Dafür kauf ich nur die besten Trauben von alten Weingärten, von solchen, die nicht mehr viel Menge erbringen, dafür aber extrem geschmacksintensive Qualitäten. Ausgebaut wird alles nur in besten Barrique-Fässern, gebrauchten von Romanée-Conti aus dem Burgund.

Und im Keller mache ich einfach nichts. Bei so guten Trauben kannst du dir alle Tricks und Kniffe sparen. Da musst du nur eines tun: total und überhaupt gar nichts. Ich verkaufe fast alles in die Staaten, an echte Freaks mit viel Kohle. Da bräuchte ich auch ein paar Fotos, schwarzweiß am besten, so künstlerisch. Würdest du das machen? Die Zeit setzt du einfach auf die Rechnung von Francino. Merkt kein Mensch.« David breitete die Arme aus und grinste breit. »Ist das nicht eine tolle Gegend hier? Kein Wunder, dass ich mich direkt in das Land verliebt habe, was? Dabei bin ich damals eigentlich den Jakobsweg gewandert. Das Abzeichen habe ich heute noch. Ist zwar dreckig, aber ich bin stolz drauf. Solltest du auch mal wandern, den Jakobsweg, Max. Echt, bringt was! So, jetzt muss ich aber wieder. Wir sehen uns gleich bei der Schlacht!«

Zum Abschied klopfte er Max zweimal kräftig auf die Schulter und verschwand mit einem fröhlichen Kopfnicken in der Menge.

Damit brauchte er David zumindest nicht mehr nach dem Abzeichen zu fragen. Es war nicht Alejandro Escovedos. Es war Davids eigenes. Welcher Mörder wäre auch so dumm, ein Andenken an seine Tat zu behalten?

Max spürte Juans Ellbogen in seiner Seite. »Ich hab mich mal umgehört, was Francino angeht.«

»Und?«

Juan lehnte sich näher zu ihm. »Denen geht es gar nicht gut. Die Exporte sind eingebrochen, Davids Stuhl wackelt ordentlich. Und die Garage-Winery, von der er dir erzählt hat, die steckt noch in den Kinderschuhen. Er hat zu horrenden Preisen Trauben eingekauft, aber ist dann nur ein paar Flaschen davon losgeworden. Bewundernswert, wie fröhlich er ist, obwohl ihm der Arsch dermaßen auf Grundeis gehen muss.«

Vielleicht war Ines der Grund, die ihren schärfsten Konkurrenten gerade an der nächsten Straßenecke sehnsüchtig in die Arme schloss.

Auf dem Hügel angekommen, kam die Menge zum Stillstand. Dann wurde erst einmal gebetet.

Doch die Anspannung war fast greifbar, denn alle wussten: Wenn die letzten Worte gesprochen waren, ging es los.

Nicht nur der Duft von Wein lag in der Luft, auch der von Thymian und Rosmarin. Max schloss die Augen und atmete tief ein.

Dann ertönte ein Pfiff.

In Sekundenschnelle füllte sich die Luft mit Wein. In großen Fontänen und Milliarden kleinen Spritzern schoss er über die Menge und färbte sie allmählich dunkelrot.

Jemand drückte Max einen vollen Kanister in die Hand, doch bevor er auch nur den Deckel abdrehen konnte, war er bereits völlig durchnässt. Von allen Seiten prasselte Wein auf ihn ein.

Max suchte nach einem Opfer, dass noch völlig unbefleckt war. Doch ein solches gab es längst nicht mehr. Deshalb hielt er den geöffneten Kanister über seinen Kopf und drehte sich immer schneller und schneller, sodass der Wein in alle Richtungen davonspritzte. Langsam verstand er die Begeisterung für dieses Fest. Es war pure Lebensfreude.

Doch dann hielt er plötzlich inne.

Etwa fünfzig Meter entfernt, erkannte er Cristina. Und

diesmal war er sich sicher, dass sie es war. Er bahnte sich einen Weg durch die tobende, sich hemmungslos besudelnde Menge, bis er endlich hinter ihr stand.

»*Cristina!*«

Im Lärmen der Menschenmasse konnte sie Max nicht hören. Erst als er seine Hand auf ihre Schulter legte, bemerkte sie ihn und drehte sich um. Da waren sie wieder, die dunkelbraunen Augen, deren Schönheit er versucht hatte, auf Hunderten Fotos zu bannen. Sie blickten ihn ernst und wütend an.

»Warum bist du aus dem Guardaviña weggerannt? Und warum gehst du nicht mehr an dein Telefon? Du fehlst mir!« Er musste brüllen, damit sie ihn verstand.

Er griff nach ihrer Hand, doch sie schob ihn fort von sich. »Max, lass mich. Du empfindest doch gar nichts für mich, sei doch ehrlich zu dir.«

Der Wein fiel weiter wie roter Regen auf sie.

»Was redest du da?« Max konnte den Sinn ihrer Worte nicht begreifen. Reglos standen die beiden in der brodelnden Menge.

»Neulich hast du mich gefragt, warum ich Carlos kurz vor der Hochzeit verlassen habe. Ich verrate es dir. Ich bin weg von ihm, weil er alles bestimmen wollte. Er wollte mir immer vorgeben, was ich zu tun und zu lassen, zu denken und zu fühlen hatte. Und du bist genauso. Meine Meinung zählt nicht. Wenn man kein Opfer für den anderen bringt, obwohl es dem unheimlich wichtig ist, dann ist das keine Liebe.« Max traf es wie ein Schlag ins Gesicht. »Du hattest mir versprochen, mit deinen Nachforschungen aufzuhören, Max! Versprochen! Aber du hast es nie ernst gemeint.

Das habe ich damals schon in deinen Augen gesehen. Du willst nicht aufhören damit, auch nicht für mich. Weil du mich nicht genug liebst.«

Max küsste sie, hielt ihr Gesicht fest in Händen, doch sie riss sich los.

»Wie kannst du so was nur von mir verlangen? Immerhin war ich selbst unter Verdacht. Wie kannst du da erwarten, dass ich mich nicht mehr für die Wahrheit interessiere?«

»Ich hatte dich nur um diesen einen Gefallen gebeten. Aber du hast deine Chance verpasst. Carlos hat eingesehen, dass er damals dumm war. Er hat mir versprochen, dass er sich ändert. Ich bin wieder bei ihm.«

»Du willst mit einem Mann zusammen sein, der mich zusammenschlägt und mir den Kontakt zu dir verbietet? Nach einem Sinneswandel sieht mir das nicht aus. Er wählt den Mann für dich aus, und er wählt sich. Großartig, Cristina!« Max spürte, wie die Wut in ihm hochkochte und sich etwas im Inneren seines Brustkorbs zusammenzog.

»Ich fühle nichts für dich, Max. Das habe ich nie getan. Du warst ein Spiel. Ein schönes. Aber das ist nicht das Leben. Geh zurück nach Deutschland und vergiss mich.« Ihr Blick war kalt. »Unsere Geschichte ist zu Ende. Carlos ist die Liebe meines Lebens, ich war nur zu dumm, es zu sehen. Jetzt habe ich die Augen endlich aufbekommen.«

Sie drehte sich um und lief fort. In der Ferne konnte Max sehen, wie jemand seinen kräftigen Arm um ihre Taille legte. Carlos, der Radfahrer, der ETA-Hasser, der Schläger. Der Paulus der Rioja.

Max sah zu Boden und ließ den restlichen Wein aus seinem Kanister in den Grund sickern. Allmählich ließ der rote Regen nach, und die Sonne erhitzte den vollgesogenen Boden. Der Duft war unbeschreiblich. Wie in einem Weinkeller, wo alle Fässer zerborsten sind.

Max fand Juan wieder, völlig erschöpft und bis auf den letzten Quadratzentimeter seiner Haut weinrot gefärbt.

Kurze Zeit später saßen die beiden mit einer gut gelaunten Gruppe Mittvierziger an einem der aufgestellten Tische, wo jetzt noch großzügig gevespert wurde. Sie aßen Lamm, Schnecken und Würste. Max hätte genauso gut nasse Pappe essen können, denn er stopfte sich alles nur geistesabwesend in den Mund, ohne den Geschmack wahrzunehmen.

Wie in Trance ließ er sich eine Stunde später in der Menge der Weinkämpfer zurück nach Haro treiben. Auf dem Stierkampfplatz wurden junge Rinder freigelassen.

Irgendwann holte er endlich seine Kamera heraus. Die Weindusche hatte sie zum Glück gut überstanden. Erst durch das Objektiv nahm Max die Welt wieder wahr.

Auf einem Pferd thronte ein älterer Mann und posierte wie ein Conquistador. Bürgermeister Santamaria, unbestrittener Herrscher Haros. Ein eitler Pfau.

»Darf ich ein Foto von Ihnen schießen, Bürgermeister?«

Max erntete ein huldvolles Nicken. Er nahm jeden Aufnahmewinkel, der sich ihm bot, denn er bildete sich ein, dieses Gesicht schon einmal gesehen zu haben. Er vergaß Gesichter nie, aber sie zuzuordnen, fiel ihm manchmal schwer. Das spitze, fast dreieckige Kinn mit dem tiefen Grübchen, die buschigen Augenbrauen, gegen die selbst die von Theo Waigel dezent wirkten. Doch alles jünger. Viel jünger. Eine Uniform. Auf einem Foto.

»Haben wir uns nicht schon einmal getroffen?«, fragte Max den Bürgermeister. »Jetzt weiß ich es wieder. Ich habe Ihr Bild im Museum von Ormaiztegi gesehen. Aber steht da nicht, Sie seien ein Nachfahre des Generals Zumalacárregui oder wie der hieß?«

»Aber nein, Sie müssen mich verwechseln«, antwortete Santamaria irritiert und drehte sich weg.

»Nein, bestimmt nicht. Ich hab damals ein Foto geschossen. Warten Sie, ich zeige es Ihnen.« Max war sich seiner Sache sicher. Santamaria warf ihm einen wutentbrannten Blick zu. Er ritt heran, riss Max die Kamera aus der Hand und schubste ihn in den Dreck. »Es gibt kein Foto von mir! Haben Sie das verstanden?«

Max hatte wohl einen Nerv getroffen. Einen enorm empfindlichen.

Da musste er nachbohren.

»Dann fahre ich eben noch mal hin und mache ein neues.« Im Moment war Max alles egal, und er hatte kein Problem damit, sich mit dem Bürgermeister anzulegen. Klein beigeben kam gerade nicht infrage. »Und das Foto spiele ich dann der Presse zu. Scheint ja mächtig interessant zu sein.«

Santamaria schleuderte ihm die Kamera zurück. Max fing sie gerade noch auf.

»Sie stammen aus Ormaiztegi, oder? Aber warum machen Sie so ein Geheimnis daraus? Warum haben Sie sogar Ihren Namen geändert?«

Santamaria ritt direkt an ihn ran. Das Pferd schnaubte

aus seinen riesigen Nüstern. Dann lehnte sich der Bürgermeister vor. »Was meinen Sie, ist der beste Grund, Ormaiztegi zu verlassen? Na, da kommen Sie doch drauf. Aber wenn Sie das nicht für sich behalten, bekommen Sie unfassbaren Ärger. Vertrauen Sie mir, Sie wollen mich nicht zum Feind haben. Denn wenn Sie mich zum Feind haben, dann ist das ein kurzes Vergnügen. Deshalb rate ich Ihnen, kein Wort mehr über meine Herkunft zu verlieren.«

Damit gab er seinem Pferd die Sporen und ritt davon.

Max schoss noch ein paar Fotos von hinten. Wenig vorteilhaft, sowohl für das Pferd als auch für den Reiter.

Der beste Grund, Ormaiztegi zu verlassen? Die Familie? Die Liebe? Scheiß auf die Liebe, dachte Max. Mit dem Verlieben war er durch. Für immer. Aber warum war der Bürgermeister nicht nur aus seiner Heimat weggezogen, sondern hatte gleich noch den Namen geändert? Warum die Brücken so deutlich abbrechen?

Das fragte sich der Richtige, dachte Max. Eigentlich hatte er fast dasselbe getan. Köln ohne ein Wort verlassen, und wenn es ihm jemand angeboten hätte, dann hätte er auch schnell noch seinen Namen geändert. Hauptsache, weg und alles hinter sich lassen.

Das Schicksal machte sich schon wieder über ihn lustig.

Max fiel auf, dass er vor dem »Café Suizo« stand, wo er bei seinem ersten Besuch in Haro einen Kaffee getrunken hatte. Hier hatte auch Alejandro Escovedo Station gemacht, auf der Suche nach einem alten Bekannten aus dem Baskenland, dessen Namen aber niemand jemals in Haro gehört hatte.

Konnte das die Lösung sein? Die Synapsen in Max' Kopf feuerten wie wild.

Und sie feuerten einen Namen.

Santamaria.

Kapitel 10

2005 – Ein außergewöhnlicher Jahrgang! Die Blüte fand rund eine Woche früher statt als im Normalfall. Ausreichend Regenfall bis Ende Juni, dann wurde es trocken, doch die Reben waren in so gutem Zustand, dass ihnen das nichts ausmachte. Künstliche Bewässerung war in Rioja Baja ab dem 1. August verboten, im Rest des Gebiets vom 8. August an. Das gute Wetter hielt bis zum Beginn der Lese der roten Trauben in der letzten Septemberwoche. Als am 12. Oktober Regen einsetzte, hingen nur noch rund zehn bis fünfzehn Prozent der Trauben, die dann zwei Wochen später gelesen wurden. Die Trauben kamen in perfektem Gesundheitszustand auf die Kelter und wiesen großartige analytische Werte auf.

Selbst am nächsten Morgen musste Max sich noch mal duschen, um die rote Farbe des Weins aus der Haut zu waschen. Nach einem kurzen Frühstück stieg er ins Auto. Er musste zu den Bodegas Faustino. Den König retten. Auch wenn er der völlig Falsche dafür war.

Max blickte durch die Windschutzscheibe seines Jeeps auf das Rebenmeer der Rioja, die Hügel, welche wie große Wellen wirkten, die über das Land liefen. Die Trauben, die an deren Hängen still reiften, lagerten Zucker ein, Säure und Aromastoffe, sie hatten noch alle Hoffnungen, einen großen, vielleicht sogar einen außergewöhnlichen Jahrgang zu ergeben, wenn der Herbst es gut mit ihnen meinte.

Es war immer der Herbst, der entschied, ob die Mühen des Jahres Früchte trugen oder ob alles umsonst war. Der Herbst und der Regen.

Max blickte auf das Regenradar.

Tatsächlich, er kam. Der Regen kam.

Und nicht bloß eine kleine Wolke. Ganz Spanien war bedeckt, die Wolkendecke tiefdunkel, vollgesogen mit Unmengen von Wasser. Es sah aus wie der Beginn einer Sintflut.

La Rioja befand sich genau im Zentrum des anrückenden Tiefs.

Max fuhr rechts ran, stieg aus und blickte zum Himmel empor. Es brodelte wie in einer heißen Waschküche.

Der König würde nass werden.

Bevor er starb...

Max zündete sich eine Zigarette an und blies den Rauch in die Höhe, als ließe sich der Sturm damit besänftigen.

Sein Handy empfahl ihm mit einem Piepsen ungefragt eine neue App, die ihm jeden Tag einen neuen berühmten Menschen näherbrachte. »A Genius Every Day«. Heute war ein französischer Mathematiker dran, der sich unter anderem mit der Wahrscheinlichkeitstheorie auseinandergesetzt hatte. Und das Unwahrscheinliche geschah: Wie eine Roulettekugel auf die grüne Null, fiel plötzlich eine Erkenntnis in eine freie Stelle von Max' Mordtheorie.

Vielleicht wurde es doch noch ein guter Tag.

Optimistisch gestimmt, beschloss Max, den Sekundenmeditationen eine letzte Chance zu geben, und zog eine Karte. Hoffentlich keine mit Achseln.

»Heute nehme ich wahr, was vor mir liegt.«

Er übergab sie dem Wind.

Zurück im Jeep, hörte er ein leises Maunzen.

Von hinten tapste Yquem zwischen den Vordersitzen zu ihm und legte sich auf seinen Schoß. Er schnurrte. Offensichtlich hatte er sich heute Morgen in sein Auto geschlichen und sich seitdem ruhig verhalten – wahrscheinlich im Kofferraum ein gemütliches Schläfchen gehalten. Max legte seine Hand auf das Bäuchlein des Katers und streichelte ihn bis hoch zum Kinn. Das Schnurren wurde immer intensiver.

»Du bist wohl gut darin, an Plätze zu kommen, die eigentlich nicht für dich gedacht sind.«

Yquem hob genießerisch seinen Kopf, um mehr Kraulfläche zu bieten.

»Dann verrat mir eins: Wie komme ich in die Bodegas Faustino, um euren König zu retten?«

Der Kater räkelte sich, reckte sein flauschiges Bäuchlein heraus und streckte seine Beine von sich. Yquem war fraglos eine Schönheit. Ihm konnte man unmöglich böse sein. Mit Schönheit kam man überall durch.

Sie öffnete alle Türen.

Max griff sich das Handy, rief Miranda Priestly, die Chefredakteurin des amerikanischen »People Magazine«, an und bot ihr eine exklusive Fotostrecke über den Besuch des Königs an, wenn sie ihn in die Bodegas Faustino hineinbrachte. Miranda forderte noch ein Shooting mit

Heidi Klum, bei dem er es schaffen musste, dass diese endlich mal natürlich wirkte. Max willigte ein.

Zehn Minuten später kam das Okay aus New York.

Für diese Eingebung wurde der Kater auf sein Köpfchen geküsst. Und Max fuhr breit grinsend zu den Bodegas Faustino. Es gab doch nichts, was Priestly nicht organisieren konnte! Sie kannte jede Leiche in jedem Keller, der etwas auf sich hielt.

Die erste Straßensperre war so weit entfernt von Faustino errichtet worden, dass die Bodega noch nicht einmal zu sehen war. In den Weingärten standen in regelmäßigen Abständen Uniformierte mit MGs. Nachdem Max seinen Personalausweis gezeigt hatte, hielt der Sicherheitsbeamte per Funkgerät kurz Rücksprache mit seinem Vorgesetzten und ließ Max passieren.

Zwei weitere Straßensperren folgten.

Sein Personalausweis öffnete ihm alle. Ihm und Yquem, der es sich nun auf dem Beifahrersitz bequem gemacht hatte. Der Parkplatz von Faustino war gut gefüllt, aber nicht bis auf den letzten Platz. Schließlich waren die Gäste handverlesen, die Karossen entsprechend edel. Hier stand kaum etwas mit einem Wert unter hunderttausend Euro.

Max parkte seinen dreckverkrusteten Jeep auf zwei Parkplätzen – und genoss beim Aussteigen die Blicke, die seine verwaschenen Jeans und das »God Save The Queen«-T-Shirt der Sex Pistols auf sich zogen. Underdressed war gar kein Ausdruck, nur nackt wäre noch unpassender gewesen.

Am Eingang lieh ihm ein Mitarbeiter der Bodegas Faustino vor lauter Fremdschämen sein eigenes Sakko. Man wollte sich vor dem Monarchen schließlich keine Blöße geben. Und Max wollte nicht, dass Faustino sich seinetwegen blamierte, also zog er es ohne Murren an.

Noch war der König allerdings nicht eingetroffen. Ein roter Teppich führte von dem eingezeichneten Platz, an dem seine Limousine gleich halten würde, bis zum Eingang des Museums, wo Julio Faustino Martinez wartete, das Oberhaupt der Besitzerfamilie. Julio war ein weißhaariger Patriarch mit dunklen Augenbrauen, der nun kerzengerade vor dem Grundstein seines Erfolges stand, dem Flaggschiff seines Imperiums. Als Max ihn sah, wurde ihm klar, was das schlagende Herz des Unternehmens war: eine stolze, spanische Familie. Wie die meisten Bodegas in La Rioja wurde auch diese trotz unzähliger Mitarbeiter immer noch von einer Familie geführt. Nicht wie in Bordeaux, wo oftmals multinationale Konzerne dahinterstanden. Hier war es eine Frage der Tradition und damit der Familie, egal, wie groß man wuchs. Wein war eine Herzenssache, die man mit Ernst betrachtete. Und mit Liebe.

Neben Julio Faustino Martinez standen die Gäste, die Julio und seinem Gast durch die Bodegas folgen würden. Max schoss Fotos, doch nur, um unbemerkt alle Gesichter betrachten zu können. Befand sich der Attentäter schon unter ihnen, oder versteckte er sich gerade irgendwo in der Bodega? Max spürte, wie seine Anspannung zunahm.

Er schoss Foto um Foto. Neben wichtigen Mitarbeitern der Bodega – darunter Ines Sastre, Cristina und ihr Vater Iker – fanden sich viele lokale Berühmtheiten. Haros Bürgermeister Santamaria, Carlos, der berühmteste Radsportler der Region, sogar Juan war dabei und vertrat die Künstler der Region. Warum hatte er Max davon nichts gesagt? Als er am Morgen aufgestanden war, ging er davon aus, dass Juan noch mit einer brünetten Schönheit im Bett lag oder vielleicht auch mit mehreren.

Doch Juan blieb nicht die einzige Überraschung. David von Francino war ebenfalls zugegen. Der Antichrist. Etwa schon auf der Suche nach einer neuen Arbeitsstelle? Die größte Überraschung allerdings trug eine Mönchskutte: Padre Loba vom Kloster Yuso.

Was machte der Geistliche hier? Das Kloster lag ein gutes Stück entfernt, es gab etliche gleichrangige Vertreter der katholischen Kirche, die näher ansässig waren.

Dann entdeckte er Timothy Pickering. Sein Anzug war überall zu eng, der teigige Körper quoll an jeder Öffnung hervor, was Pickerings japsende Atmung erklärte.

Selbstverständlich vor Ort, allerdings nicht in Uniform, sondern in einem maßgeschneiderten Anzug, war Emilio Valdés, der leitende Polizeibeamte von Logroño, mit dem Max mehr Kontakt gehabt hatte, als ihm lieb war. Wie immer blickte der Mann mit der Elvis-Tolle wie ein Rottweiler, dem man seinen Knochen geklaut hatte.

Mit strammen Schritten marschierte er auf Max zu und hielt seinen Mund genau vor den Sucher von dessen Kamera.

»Das ›People Magazine‹? Aus New York? Bin beeindruckt, Señor Rehme.«

»Ich muss schließlich auch von irgendwas leben.«

»Ich glaube nicht, dass Sie ein Mörder sind.«

Das waren doch zur Abwechslung mal gute Nachrichten.

»Sehen Sie, das ist der Unterschied zwischen uns. Ich *weiß*, dass ich kein Mörder bin.«

»Ich weiß auch etwas, und zwar, dass Sie mehr über die Morde wissen, als Sie mir gesagt haben.«

»Ich habe keine Ahnung, wovon Sie sprechen.« Max versuchte, sich nicht anmerken zu lassen, dass sein Puls allmählich schneller schlug.

»Oh doch, mein Freund. Das sagt mir mein professioneller Instinkt«, entgegnete Valdés mit bohrendem Blick.

»Ich bin nur wegen der Fotos hier.«

Valdés legte einen Arm auf Max' Schulter und packte fest zu. Schraubzwingen arbeiteten sanfter.

»Spucken Sie es aus.«

»Was soll ich denn ausspucken? Ich weiß nichts.«

»Wenn Sie wirklich hier wären, um Fotos zu schießen, ständen Sie nicht so weit weg. Das weiß sogar ein Hobby-Fotograf wie ich.« Da musste Max ihm recht geben. Eine gute Tarnung sah anders aus. »Also, was hat Sie hergeführt? Sie haben so ein Robin-Hood-Gen in sich, Gerechtigkeit und so. Also raus damit! Ich will es wissen, und Sie wollen es mir eigentlich auch sagen.«

Max setzte die Kamera ab. »Es ist ein Attentat auf den König geplant.«

Valdés zog die gefärbten Augenbrauen in seinem braungebrannten Gesicht empor. »Haben Sie dafür Beweise?«

»Nein, die hat eine Putzfrau vernichtet.«

»Sie amüsieren mich, Señor Rehme. Wirklich. Und das gelingt nicht vielen. Wer will den König denn ermorden? Und aus welchem Grund, bitteschön?«

»Weiß ich beides nicht.« Das war schließlich die Wahrheit.

Valdés lachte kurz und trocken. »Sie wissen wirklich, wie man mich überzeugt.«

»Ich wollte es Ihnen nur gesagt haben, damit Sie die Augen offen halten. Ich werde es tun.«

»Glauben Sie mir, Señor Rehme, ich werde nichts anderes tun, als die Augen offen zu halten. Nicht einmal mit den Augenlidern klimpern werde ich.« Der Polizist trat bis auf wenige Zentimeter an Max heran. »Und wenn tatsächlich ein Attentat stattfinden sollte, dann finden Sie sich mit Ihrer Putzfrauen-Geschichte ganz schnell im Kreuzverhör wieder.«

»Ist mir klar. Aber ich konnte Ihnen die Sache nicht vorenthalten. Alejandro Escovedo hat vor dem Attentat in einem Abschiedsbrief gewarnt, der zufällig in meinen Besitz kam.«

Da wurde es plötzlich unruhig, und Max glaubte sogar, einen Anstieg der Lufttemperatur zu spüren. »Der König kommt!«, stieß Valdés aus.

»Darf ich Sie zur Abwechslung auch etwas fragen?«, warf Max ein.

»Dann aber verdammt schnell, ich muss los.«

»Was macht Padre Loba hier?«

»Der Padre ist auf besonderen Wunsch des Königs eingeladen worden, scheinbar verbindet die beiden eine enge Freundschaft.«

Warum hatte Loba dann nicht gewollt, dass Escovedos Brief an die Polizei gelangte? Hätte er nicht alles versuchen müssen, um seinen Freund zu schützen?

Valdéz fischte ein Funkgerät aus der Sakkotasche und drückte es an sein Ohr. »Alle auf Position?«

Max drehte sich in die Richtung, aus welcher der König anrollen musste, und entdeckte aus dem Augenwinkel, dass die Tür seines Jeeps offenstand. Yquem!

Das fiel wohl unter »Tiere suchen ein Zuhause«.

Die Polizeieskorte bog mit Blaulicht auf den Vorplatz der Bodega ein, auf dem sonst die Traktoren mit ihren Traubenanhängern hielten. Der Himmel grollte, als hätte er zu Mittag eine große Portion Kohl mit Zwiebeln verdrückt.

Dann fuhr der König in einem schwarzen Audi A8 vor.

Max spürte, wie sein Körper unwillkürlich Haltung annahm. Sein Blick galt allerdings nicht dem anrollenden Monarchen. Durch die Kamera beobachtete er die Wartenden, aber er konnte nichts Auffälliges entdecken. Würde der Anschlag sofort stattfinden?

Die Wolken gaben die Wassermassen frei.

Es schüttete nicht wie aus Eimern, nicht wie aus Kübeln, es schüttete wie aus Containerschiffen.

Der für den König aufgespannte Schirm bog sich unter dem Gewicht des Wassers.

Kein gutes Attentatswetter.

Trotz des Regens ließ sich das Staatsoberhaupt nicht aus der Ruhe bringen, sondern näherte sich gemächlichen, würdigen Schrittes Julio Faustino Martinez und schüttelte ihm die Hand. Jedoch streckte er sie zuvor nicht aus. Das galt, wie Max wusste, in Spanien als unhöflich, so als würde man sein Gegenüber erstechen wollen. Und Erstechen sollte heute wirklich um jeden Preis vermieden werden.

Dann ging es hinein ins Trockene, wo der laut prasselnde Regen nicht mehr zu hören war. Cristina schritt direkt hinter dem König und Julio. Max blickte lange auf ihren schönen Rücken und war froh, dass auf diesem nicht Carlos' Hand lag. Ihr Ex-Verlobter ging am Ende der Gruppe. Ob sie noch ein Paar waren? Nichts sprach dagegen, gestern in Haro waren sie es noch gewesen. Max dachte an die vergangenen Tage und ihr merkwürdiges Verhalten. Obwohl sie offensichtlich Geheimnisse vor ihm hatte und er gerade niemandem traute, konnte er keinen einzigen Grund ausmachen, warum sie den alten Alejandro Escovedo hätte töten sollen. Oder Pepe Salinas. Nur wegen eines Jobs? Niemals, so war sie nicht. Max sah keinen Anlass, in diese Richtung weiterzudenken.

Im weiteren Gefolge des Königs sah Max Ines Sastre und Timothy Pickering, der sich direkt hinter den Besitzer der Bodegas gedrängt hatte.

Auch Max versuchte, möglichst nah an den König heranzukommen, aber die Personenschützer ließen ihn nicht. Seine Akkreditierung wies die falsche Farbe auf und seine Kleidung noch dazu den falschen Chic.

Julio Faustino Martinez persönlich zeigte dem König das Weingut – auch den Keller, in dem Alejandro Escovedo gefunden wurde. Doch das wussten nur zwei Menschen.

Drei, wenn man den Mörder mitrechnete.

Da der König bereits ein Fach im Keller besaß, war das freie, in dem kurzzeitig Escovedo gelagert hatte, nun für den Kronprinzen eingerichtet worden. Jetzt war es endlich mit dem gefüllt, was hineingehörte: Gran Reserva, bis obenhin.

Alle verhielten sich in diesem besonderen Raum still wie in einer Kirche, deswegen hallte ein Geräusch aus dem Nebenraum nun auch wie Donnerhall. Es klang wie eine umfallende Flasche. Zwei Sicherheitsbeamte zogen sofort ihre Waffen und rannten in die entsprechende Richtung.

Normalerweise hätte Max das für übermäßig dramatisch gehalten, jetzt waren ihm zwei zu wenig.

Aber schon nach wenigen Augenblicken kamen sie wieder zurück.

Max meinte, ein leises, hungriges Maunzen zu hören.

Schließlich betraten sie den neu errichteten, riesigen Fasskeller, den der König nun zum 50-jährigen Jubiläum der Bodegas Faustino feierlich eröffnen sollte. Stühle waren für die Gäste aufgestellt, ein breites rotes Band zwischen zwei metallische Ständer gespannt. Eine übergroße Schere lag daneben auf einem mit einer Samttischdecke überzogenen Stehtisch. Mit dem ersten Schritt des Monarchen in den Keller begann ein Streichquartett Vivaldis »Herbst« – die wichtigste Jahreszeit für Winzer. Alle setzten sich und lauschten gebannt. Die Stühle schienen exakt für die Anzahl der angekündigten Gäste abgezählt. Nur einer blieb leer. Wer fehlte? Max ging die Reihen durch. Doch kaum hatte er damit begonnen, waren die Streicher am Ende angelangt, und der König stand auf – sofort erhoben sich alle anderen ebenfalls. Mist! Hier bot sich für den Attentäter eine herausragende Möglichkeit. Das riesige Fasslager, welches einer Flugzeug-Konstruktionshalle glich, besaß Dutzende Ausgänge. Und wenn der Attentäter die Fässer dann noch ins Rollen brachte, würde ihn niemand verfolgen können.

Der Monarch schritt zu dem Band, das er feierlich durchschneiden sollte. Das Streichquartett spielte ein dramatisches Crescendo. Und …

… der König schaffte es tatsächlich, das dünne Band zu durchschneiden.

Applaus.

Wie gut, dass man einen König hatte.

Max atmete durch.

Zig Fotos wurden geschossen, dann ging es in Richtung des großen Saals, wo die Gäste das Gala-Menü erwartete. Die Gänge in der Bodega wurden enger, die Stimmung war gelöst, es wurde geredet, gescherzt, gelacht, eine ausgelassene Vorfreude auf Essen und Wein lag in der Luft.

Dann passierte es, gerade als Max nicht damit rechnete.

Tumult brach aus.

Die Panik war spürbar. Blanke Panik.

Alle wollten weg, doch niemand wusste, wohin.

Max konnte nicht erkennen, was die Ursache war, doch er spürte die Angst tief in seinen Knochen, er spürte das Tier in sich, das fliehen wollte, ins Dickicht, in die Sicherheit. Schwarz gekleidete Sicherheitskräfte stießen wie ein Rammbock durch den Pulk, alle drängten durcheinander, manche duckten sich an die Wand, als versuchten sie, in den Fugen zwischen den Mauersteinen Schutz zu finden.

Max spürte seine Schläfen pochen. Nichts konnte er ausmachen in diesem Chaos.

Dann setzte er den Sucher seiner Kamera ans Auge.

Und die Welt wurde klar, sein Atem ruhiger, sein professioneller Blick sezierte die Motive vor seiner Linse.

Die Unruhe war von rechts hereingebrochen. Die Sicherheitsleute hatten den König auf den Boden geworfen und sich darüber. Doch sie machten ihren Job schlecht, denn der Kopf des Monarchen war ungeschützt.

Freie Schussbahn.

Der Regen schlug dumpf auf das Dach der Bodega. Berstend laut. Darüber war das Brodeln der Gewitterwolken zu hören. La Rioja wurde durchtränkt wie ein trockener Schwamm.

In Max' Sucher erschienen Cristinas Augen, sie blickten ihn an. Traurigkeit sah Max in ihnen, Schmerz, Hilflosigkeit, und Liebe – und wegen dieser Liebe wurde ihm mit einem Mal alles klar. Liebe war es, die im Zentrum des Mordes an Alejandro Escovedo stand. Liebe der Schlüssel zur Auflösung. Er wusste nun, wer den alten Basken getötet hatte und aus welchem Grund. Er wusste, warum Cristina sich so merkwürdig verhalten hatte, und er vergab ihr. In diesem Augenblick schloss er sie sogar noch mehr in sein Herz, um sie dort vor all dem bewahren zu können.

Sie warf ihm einen Kuss zu, mit Tränen in den Augen.

Er dachte an die Sekundenmeditation. Heute nehme ich wahr, was vor mir liegt.

Er senkte die Spiegelreflexkamera.

Im selben Moment sah er, wie sich der Lauf einer Pistole hob. Die Hand, die sie hielt, zitterte, doch sie war entschlossen.

Max hatte damit gerechnet, dass dies geschehen würde, und doch war er nicht vorbereitet.

Er sah, wie der Lauf auf sein Ziel ausgerichtet wurde und der Finger sich um den Abzug krümmte.

Er hörte den Knall, als die Kugel aus dem Rohr schoss.

Das Geräusch, als sie sich ins Fleisch bohrte und auf der anderen Seite des Körpers wieder austrat.

Max meinte sogar, das Blut auf den Boden spritzen zu hören, auch wenn das inmitten all der Menschen unmöglich war.

Den Schrei hörte jeder.

Markerschütternd.

Der alte Iker ließ die Waffe fallen.

»*Warum?*«, schrie Ines Sastre. »Warum haben Sie das getan?«

Iker ging völlig ruhig und langsamen Schrittes zu seinem blutenden Opfer und hob bedächtig die hölzerne Flaschenkiste auf, die zu Boden gefallen war.

Heulend versuchte Timothy Pickering die Blutung an seinem rechten Oberschenkel zu stoppen.

Iker öffnete die Holzkiste und streichelte zärtlich über den 1964er Faustino I Gran Reserva. »Es gibt nur noch zwei Flaschen davon. Dieser Mann wollte eine davon stehlen. Das konnte ich nicht zulassen.« Die Tränen in seinen Augen verrieten Max, dass dies nicht die ganze Wahrheit war. Julio Faustino Martinez trat zu dem alten Mann, der seit dem Ende seiner Zirkuszeit bei der Grupo Faustino arbeitete, und umarmte ihn.

»Diese Flasche sollte der König bekommen«, verkündete der Patriarch selbst und schüttelte Iker dankbar die Hand. Das Kinn des Greises verhärtete sich.

Dann wurden die Gäste von Mitarbeitern der Bodega wie eine Schafherde von ihren Hütehunden in den großen Saal getrieben – allerdings mit höflichem Lächeln statt Gebell.

Zwei Polizisten halfen Timothy Pickering auf die Beine, ein Notarzt stand auf dem Parkplatz bereit, falls der König plötzlich hustete oder ein frisches Taschentuch benötigte. Die anderen Polizisten hoben die Waffe auf, sicherten sie und folgten dem König hastig. Iker schienen sie in all der Aufregung völlig zu vergessen.

Mit Cristina und Max blieb er allein im Raum zurück.

»Warum hast du ihn nicht erschossen?«, fragte Max.

»Ich habe auf sein Herz gezielt, aber ich bin ein schlechter Schütze«, antwortete Iker. Seine Enkelin schmiegte sich an seine Brust.

»Nicht Timothy. Den König, warum hast du nicht auf ihn geschossen, obwohl du es geplant hattest? Obwohl Alejandro Escovedo deswegen sterben musste. Er wollte dich davon abhalten, nicht wahr? Das meinte er, als er im Kloster Yuso sagte, er wolle ein großes Unglück verhindern. Eines, das aus einer großen Ungerechtigkeit entstehen würde. Er wusste von diesem Attentat und wollte nicht, dass es durchgeführt wird. Wie sollte ein Greis aus einem winzigen Dorf im Baskenland, der nicht gerne redete, der immer mehr mit Tieren als mit Menschen zu tun hatte, davon wissen? Doch nur, wenn ein alter Freund, der sich ihm anvertraut hatte, es plante.«

Iker sah ihn ernst an, Cristina begann zu weinen. »Du weißt es also.«

»Ich weiß auch, dass es nur eines gibt, was dich und Alejandro verbindet. Nämlich die Liebe zu Tieren. Er seine Ziegen, du deine Bären. Ist es wegen ihm, wegen deinem Bären? Er war Pepe, oder? Den der König in Russland erschossen hat. Ich habe davon im Flugzeug gelesen. Natürlich wusste ich da nicht, dass der Bär einen Namen hatte, und erst recht nicht, dass es deiner war.«

»Ja«, Iker nickte entschieden. »Alejandro hat Pepe auch geliebt. Wir waren wie eine Bande. Wie Brüder. Der König hat ihn einfach abgeknallt.« Das Wort »König« spuckte er aus wie bittere Galle. »Er war ein zahmer Bär, vor die Flinte haben sie ihm Pepe geführt. Er war zutraulich, freundlich gegenüber allen Menschen. Sie haben ihn mit einem Gemisch aus Wodka und Honig träge und langsam gemacht, damit er leichter abzuknallen war. Es war nicht fair, es war ein Abschlachten, ein kaltblütiges Ermorden. Schämen sollte sich der König dafür, und in der Hölle schmoren.« Das Gesicht des alten Mannes war von Wut verzerrt.

»Alejandro Escovedo war mit dir beim Zirkus?«, fragte Max.

»Er war die Ziegennummer. Eine gute Ziegennummer. Die Beste.«

»Du musst ihm nichts sagen, Yayo.« Zärtlich sprach Cristina das spanische Wort für Großvater aus, als wäre es Heilsalbe für seinen großen Schmerz.

»Doch, ich muss es sagen, ich will es sagen, es lastet auf mir. Woher wusstest du es, Max?«

»Es gibt zwei Möglichkeiten, ein Attentat absolut sicher zu verhindern. Man muss die Veranstaltung entweder absagen, auf der es geschehen soll, oder den Attentäter schon vorher dingfest machen. Vor seinem Tod hatte Alejandro einen Brief geschrieben, in dem er vor dem Attentat warnte, aber nicht den potenziellen Täter nannte. Ich habe mich gefragt, warum er sich für diesen Weg entschieden hatte. Warum er den Attentäter schützte, obwohl er offensichtlich selbst um sein Leben fürchtete?« Max blickte dem alten Mann fest in die Augen. »Weil er dich liebte, Iker, und er deine Beweggründe trotz allem verstand. Aber das wurde mir erst heute klar, als ich die Liebe in Cristinas Augen sah, die Liebe und das Leid. Sie liegen so nah beieinander. Da wusste ich, sie wollte dich stets schützen, Iker, nie sich selbst. Auch die Herzlichkeit, mit der Cristina Escovedos Witwe umarmt hatte, ergab plötzlich Sinn. Ihr kanntet euch von früher, oder?« Max blickte zu Cristina. »Aber Alejandro hast du nicht erkannt, weil er früher keinen Bart trug und der Tod sein Gesicht entstellt hatte?«

»Ja. Und weil er viel schlanker war«, sagte Cristina und wischte sich die Tränen von den Wangen, doch es flossen sofort neue nach. »Früher glich Alejandro einem wunderschönen Heißluftballon. Als Kind habe ich immer so gern in seinen Bauch geboxt«, sagte sie mit einem sanften Lächeln.

Iker blickte seine Hand an. »Alejandro sagte: Wenn du auf ihn zielst, dann denk an mich, und tu es nicht, ich flehe dich an. Ansonsten bist du nicht besser als er. Und du bist so viel besser als er!«

»Und als du jetzt auf den König gezielt hast?«, fragte Max und folgte mit den Augen der Schusslinie, die die Patrone zurückgelegt hatte. »Warum hast du dich entschieden, die Waffe auf Pickering zu richten?«

»Da hörte ich seine Worte wieder. Dabei war ich so entschlossen, Pepe zu rächen! Aber nun ist nur Alejandro wegen meiner Rachegelüste gestorben. Mein alter, guter Freund.« Ikers Lippen zitterten. »Einen besseren konnte sich niemand wünschen. Ich wollte das nicht, Max. Aber Alejandro hatte vor, zur Polizei zu gehen und ihnen von meinem Plan zu erzählen. Weißt du, was das bedeutet hätte? Für mich? Für Cristina? Für unsere ganze Familie?«

»Aber das Gleiche wäre doch geschehen, wenn du heute den König erschossen hättest.«

»Aber dann wäre es für eine gute Sache gewesen, Max. Ganz Spanien hätte erfahren, was er meinem Pepe angetan hat. Jetzt bin ich nur ein alter Narr, der seinen Freund erschlagen hat. Für nichts und wieder nichts.«

»An dem Tag, als Alejandro erschlagen wurde, hattest du Dienst bei Faustino, nicht wahr?«

»So war es. Ich wollte Alejandro zeigen, wo ich plante, den König zu erschießen – und wie er mir dabei helfen konnte. Still und heimlich ließ ich ihn durch die Seitentür rein, deshalb wusste auch keiner, dass er da war. Doch Alejandro wollte mich nicht unterstützen, sondern mich davon abhalten. Meine Wut darüber, dass *er*, gerade er mich nicht verstand, war übermächtig. Und dass *er*, der einzige Mensch, dem ich es anvertraut hatte, mich verraten wollte. Ich hatte mich so betrogen gefühlt. Sagst du es der Polizei?«

»Nein. Das ist deine Sache, Iker. Ich bin nur ein zufälliger Besucher. Und die Sache ist für mich beendet. Ich glaube, wir werden beim Königsmahl erwartet.«

Von der anderen Seite des Ganges winkte Ines Sastre ihnen hektisch zu.

Cristina drückte sich an Max, ihr Mund ganz nah an seinem Ohr. »Du weißt, dass mein Großvater nichts mit dem Mord an Pepe Salinas zu tun hat, oder?«

»Ja. Alejandro hat er im Affekt getötet. Aber Iker hat heute bewiesen, dass er zu einem geplanten Mord gar nicht fähig ist.«

»Und was glaubst du, wer es war?«

»Warte eine Sekunde.« Max gab Cristina einen zärtlichen Kuss auf die Wange und rannte den ganzen Weg zu dem großen Einsatzwagen auf dem Vorplatz der Bodega, wo Emilio Valdés gerade Timothy Pickering in die Mangel nahm. Valdés brüllte so laut, dass er Max gar nicht bemerkte, bis er sich räusperte.

»Kann ich Sie kurz sprechen?«

»Geht gerade nicht, sehen Sie doch! Ich bin mitten in einem Verhör.«

»Glauben Sie mir, Sie werden es nicht bereuen, ich habe Ihnen etwas Wichtiges zu sagen.«

Valdés schnaufte genervt, seine Muskelberge spannten sich. »Lassen Sie uns kurz ein paar Schritte gehen.«

»Nein«, sagte Max. »Ich möchte hier mit Ihnen sprechen. Vor Señor Pickering.«

»Dann aber schnell.« Valdés blickte demonstrativ auf seine Uhr.

»Sie haben die Französin nicht gefunden, oder? Die Frau, mit der Pepe Salinas kurz vor seinem Tod verabredet war, die mutmaßliche Mörderin?«

»Nein, haben wir nicht, sonst wüssten Sie davon. Sonst wüssten *alle* davon.«

»Sie haben sie.«

»Was reden Sie da schon wieder?«

»Sie sitzt Ihnen gegenüber.«

»Wollen Sie mich verscheißern?«

»Niemand hat die Frau je gesehen, oder? Den Termin vereinbarte angeblich ihr Sekretär.«

»Ja, die Nummer gehörte aber zu einer Telefonzelle, wir haben das kontrolliert. Erzählen Sie mir noch was Neues?«

»Wer sagt, dass Madame Pascal wirklich eine Frau war und nicht jemand, der nur für eine gehalten werden wollte?«

»Hirngespinst!«, spuckte Timothy Pickering aus.

»Du bist ein Spieler, Tim. Roulette ist dein Favorit, oder?« Nun war sich Max seiner Sache sicher.

»Ja, und? Das ist nicht verboten. Und nenn mich nicht Tim, du Dreckschwein! Für dich immer noch Mister Pickering.«

»Du liebst das Risiko, brauchst den Nervenkitzel.«

»Ach, leck mich doch am Arsch.«

Valdés stand wortlos und sichtlich genervt daneben und hatte keinen Schimmer, wovon die beiden sprachen.

»Du konntest deshalb nicht widerstehen, einen Namen für deine fiktive Weinkundin zu wählen, der ein gewisses Risiko in sich barg. Blaise Pascal, französisch. Dabei ist Blaise gar kein Frauenvorname, sondern der eines Mannes. Und es gab sogar einen sehr berühmten Mann mit diesem Namen. Mit genau diesem Namen: Blaise Pascal. Ein französischer Mathematiker aus dem 17. Jahrhundert, der als einer der Erfinder des Roulettes gilt. Deines Lieblingsspiels. Was für ein unwahrscheinlicher Zufall, nicht wahr?« Max wandte sich an Valdés. »Überprüfen Sie diese Hypothese, ich bin mir sicher, Sie werden Beweise finden. Vielleicht hat er in der Bodega zur Tatzeit mit dem Handy telefoniert, vielleicht hat jemand seinen markanten Wagen in der Nähe bemerkt. Irgendwas wird sich sicher finden.«

»Und welches Motiv sollte er haben?«, fragte Valdés.

»Weil Salinas ihm keine Flasche des 64ers verkaufen wollte. Ich weiß, das klingt drastisch, aber es würde mich nicht wundern, wenn unserem guten Tim, der so gerne am Roulettetisch sitzt, die Schulden bis zum Hals stehen. Und dieser Auftrag im wörtlichen Sinne überlebenswichtig für ihn war. Doch es gibt nur noch zwei Flaschen 64er Gran Reserva von Faustino. Und kein Geld der Welt kann eine davon kaufen. So, jetzt muss ich zurück in die Bodega, ein König erwartet mich.« Max grinste. »Aber vorher noch vier Worte, Tim, vom Dorfdeppen zum Vollidioten: Rien ne va plus.«

Der Amerikaner trat nach Max, aber der sah den Tritt früh genug kommen und wich ihm aus.

Heute nehme ich wahr, was vor mir liegt.

Und wie.

Max trat wieder in die Bodega, als er plötzlich ein Maunzen neben sich hörte und ein sandfarbener Blitz vor ihm zu Stehen kam. Yquem maunzte ihn vorwurfsvoll an, als hätte Max sich unerlaubt von ihm entfernt.

»Essen mit Königs?«, fragte Max.

Yquem lief mit gerecktem Schwänzchen vor ihm her.

»Dir ist es wahrscheinlich völlig egal, mit wem du isst, oder? Hauptsache du isst. Aber nicht den König anknabbern, das könnte schlecht aufgenommen werden. Komm her, Fellknäuel!« Max packte sich den Kater und steckte ihn unter sein Sakko. »Keinen Mucks und keinen Maunz!«

Nachdem der Sicherheitsbeamte seine Personalien mit der Gästeliste abgeglichen hatte, öffnete er Max die Tür. Die Begrüßungsreden waren schon geschwungen, und der erste Gang stand auf dem Tisch. Die Koch-Legende Ferran Adrià war extra eingeflogen worden, um die Küche Riojas für ein Menü zu modernisieren. Der erste Gang bestand aus einer Tube, die wie Zahnpasta aussah, sowie einem Schälchen rosa eingefärbtem Kaviar und einem Parfumflakon, in dem sich eine klare Flüssigkeit befand, die nach Pimientos Riojanos duftete.

Als Max sich setzte, ging das Getuschel los, und es hätte nur noch gefehlt, dass jemand mit dem Finger auf ihn zeigte. Julio Faustino Martinez blickte vom anderen Ende der Tafel zu ihm herüber und flüsterte dem König neben sich etwas zu.

Jetzt zeigte er mit dem Finger auf Max. Dann stand das Familienoberhaupt der Winzerdynastie auf und überreichte dem König feierlich die Holzkiste mit dem 64er Faustino I. Der König bedankte sich und stellte das Geschenk vor sich auf den Tisch.

Dann begann er zu sprechen. Es war mucksmäuschenstill.

»Wie ich gerade erfahren habe, konnte der Mord an dem Exportmanager dieser ehrwürdigen Bodega dank eines jungen Mannes an unserer Tafel soeben aufgeklärt werden. Der Täter hat vor einigen Augenblicken ein Geständnis abgelegt. Darauf möchte ich mein Glas erheben!« Er winkte einen Kellner herbei und flüsterte ihm etwas zu. Mit einem verdutzten und unsicheren Blick reichte er dem Monarchen sein Kellnermesser.

Dieser öffnete den 64er Gran Reserva, prüfte den Korken fachmännisch, und brachte die Flasche zu Max, um ihm einzugießen. Der Kellner folgte ihm mit der Holzkiste in den Händen. Dann verkorkte der König die Flasche wieder, legte sie zurück in ihre schützende Box und übergab sie Max.

Hatte das spanische Staatsoberhaupt persönlich ihm gerade tatsächlich eine Flasche vom wertvollsten Gran Reserva geschenkt?

Heute nehme ich wahr, was vor mir liegt.

Ein Glas mit großartigstem Wein.

Max bedankte sich ein knappes Dutzend Mal, holte die Flasche wieder heraus und wies den Kellner an, jedem am Tisch etwas davon einzugießen – Cristina und ihrem Vater besonders großzügig.

Den Toast sprach der König. »Auf einen Freund aus Deutschland!«

Max ließ den Tropfen auf seinen Gaumen gleiten und schloss wie von selbst die Augen. Er konnte gar nicht anders. Diese unglaubliche Tiefe, als erzähle der Wein eine Lebensgeschichte mit jedem Tropfen, der über die Zunge glitt. Als schwärme er von einem heißen Sommer, den kühlenden Herbstwinden, der Reife praller Trauben, den Händen der Lesehelferinnen, der Zeit im wohligen Fass. Ein Duft wie Parfum und doch um so vieles echter. Sandelholz und Lavendel, Walnüsse eines uralten Baumes, der tief wurzelte, getrocknete Feigen, die alle Fruchtigkeit wie eine Essenz in sich trugen. Max vergaß völlig, dass es Wein war, den er trank, vergaß, dass es chemisch betrachtet nur Aromen waren, die Nase und Mund mittels Neuronen weiterleiteten. Er badete in purem Gefühl, Wohligkeit durchströmte ihn.

Als er die Augen wieder öffnete, starrten ihn alle an. Dann begannen sie zu lachen, einige klopften ihm auf die Schulter. Cristina flüsterte ihm zu, dass er gestöhnt habe beim Genießen des Weines. Sie gab ihm einen Kuss dafür.

Er war angekommen.

Ja, er war fraglos angekommen. Endlich.

Max war in Rioja.

Das Land floss nun in seinen Adern.

Epilog

Der Duft des gefallenen Regens strömte aus dem Boden La Riojas. Die Erde schien tief durchzuatmen. Wie auch die Gäste in Juans Garten. Er hatte dort den großen Holztisch aufgebaut und die Kohlen unter seinem Schwenkgrill zum Knistern und Glühen gebracht. Ihm war nach einem Fest zumute, offiziell aus Anlass des Königsbesuchs, inoffiziell, weil endlich die Morde aufgeklärt waren und er nicht mehr in jeder Minute mit dem Besuch der Polizei rechnen musste. Jeder Anlass war Juan willkommen. Kurzerhand hatte er zig Freunde eingeladen, neben ihm saß eine neue Schönheit, die mit ihren raspelkurzen, weißen Haaren, der blassen Haut und dem jungenhaften Körper wie eine Gestalt aus der Zukunft wirkte. Juan hatte auch Iker, Cristina, Carlos und Padre Loba dazugebeten, Esther war uneingeladen erschienen, aber willkommen gewesen.

Gegen die große Eiche gelehnt stand das Bild von Juans Eltern, das er am Tag begonnen hatte, als Max in Rioja eingetroffen war. Juan hatte es mehrfach übermalt, mit strahlendem Rot, tiefem Blau, nur die Augen und die ineinander greifenden Hände des Ursprungsbildes waren noch zu sehen. Doch sie reichten völlig aus, um die allen Stürmen trotzende Verbundenheit zu zeigen, welche die beiden seit Jahrzehnten verband.

Max schenkte den Gästen großzügig ein. Julio Faustino

Martinez hatte jedem Gast der Jubiläums-Feierlichkeiten eine Holzkiste seines Gran Reservas übergeben, Juan hatte allerdings nach dem jüngeren, fruchtig-vanilleduftigen Faustino VII gefragt und davon noch einen zusätzlichen Karton erhalten, von dem sie nun die ersten Flaschen öffneten.

Ein kleines Rudel Katzen begleitete Max von einem Gast zum nächsten. Yquem allerdings lag wie eine Schnecke zusammengerollt auf Max' Tasche in der Sonne. Im Reinen mit sich, der Welt und seinem gut gefüllten Magen, streckte er sein kleines Bäuchlein den wärmenden Sonnenstrahlen entgegen.

Als Max bei Padre Loba ankam und ihm über die Schulter einschenkte, sprach er leise in dessen Ohr. »Ich war sehr überrascht, von Ihrer Freundschaft mit dem König zu hören.«

»Eine *Freundschaft?*«, der Priester zog die Augenbrauen empor. Mit seiner Glatze, seiner opulenten Größe und seinen scharfen Gesichtszügen wirkte er fast wie ein slawischer Herrscher. »Wir sind beileibe keine Freunde. Wir führen seit Jahren eine Briefkorrespondenz, aber es ist ein Anbrüllen in ausgewählten Worten, bei dem es um das Recht der Kreatur auf Leben geht. Sein Jägerdasein missfällt mir. Wer weiß, warum er mich trotzdem eingeladen hat. Vielleicht, um mich durch sein angenehmes Wesen zu überzeugen? Um mir zu schmeicheln, mich zu besänftigen? Wer blickt schon in Herz und Hirn der Mächtigen? Dafür sind wir viel zu verschieden.«

»Und wegen dieses Disputs nahmen Sie seinen Tod in Kauf?«

»Nein. Ich ging in festem Vertrauen auf Gott davon aus, dass alles seinen Weg gehen würde. Und das tat es dann ja auch.«

»Sie sind nicht enttäuscht?«

»Beileibe nicht. Ich will, dass der König überzeugt wird und sich vom Saulus zum Paulus wandelt. Nicht, dass er als Saulus stirbt. Alejandro Escovedo wandte sich an Gott, und ich wusste, dass Gott einen Weg finden würde, *seinen* Weg.«

So einfach konnte man es sich also machen. Glauben war doch was Herrliches.

Max' Blick fiel auf Iker, der still an seinem Platz saß, das Glas Wein unangetastet vor sich. Er wusste nicht wohin mit seiner Schuld, seinem Gewissen, seinem Versagen.

Max ging zu ihm. »Iker, hast du eine Sekunde Zeit für mich?«

Iker nickte, ohne den Blick zu heben. Max ging mit ihm in den verwilderten Garten, bis sie außer Hörweite der anderen waren. »Iker. Darf ich dir einen Rat geben? Obwohl ich jünger als du bin?«

Wieder nickte er stumm und bedrückt.

»Du musst die Geschichte öffentlich machen. Deine ganze tragische Geschichte. Deine, Pepes, Alejandros. Nur dann war es nicht umsonst. Du bist ein gläubiger Mensch, nicht wahr?«

Zitternd bekreuzigte Iker sich.

»Dann beichte bei Padre Loba. Jetzt, sofort, ihr könnt in mein Zimmer gehen. Erleichtere dein Herz von der Last. Danach kannst du dich befreit an die Polizei und die Medien wenden.«

Iker starrte lange auf den Boden, dann zu seiner Enkelin, und schließlich nickte er wieder.

»Ja, Max. Das muss ich wirklich tun. Und doch werde ich noch einmal lügen. Ich werde der Policía erzählen, dass ich Alejandros Leichnam in den Ebro gebracht habe. Damit Cristina nicht unter meinen Fehlern, meinen Sünden leiden muss.«

»Du bist ein guter Großvater.«

»Ich wünschte, es wäre so.« Tränen traten in seine Augen. Iker ließ sie laufen. »Weißt du, dass sie mich von dem Attentat abhalten wollte? Sie ahnte, was ich vorhatte, und hat mich angefleht. Aber ich alter Narr wollte nicht auf sie hören.« Er sah Max in die Augen, seine Pupillen zitterten. »Passt du auf sie auf, wenn ich im Gefängnis bin? Sie ist wunderbar, aber auch ein wenig verrückt.«

»Ich werde mein Bestes geben. Mein Allerbestes. Wenn sie mich will.«

»Mehr kann ich nicht verlangen.« Iker blickte in Esthers Richtung. »Oder gehört dein Herz noch ihr? Sie ist mehr für dich als eine einfache Bekannte, das spürt man. Und welcher Mann könnte das nicht verstehen.«

Max hatte sie neben Carlos gesetzt. Er gab die Hoffnung nicht auf, dass er den Kampf um Cristina doch noch gewinnen würde. Esther und Carlos verstanden sich prächtig. Esther hatte schon immer etwas für Sportler übrig gehabt – der einzige Grund, warum sie Fußball oder die Olympiade schaute. Vor allem Schwimmer hatten es ihr angetan. Vielleicht stieg Carlos ja noch um. Ob es mit den beiden etwas werden konnte? Das wäre schon ein Riesenzufall. Aber in der Liebe war nichts auszuschließen, wie

Max nun wusste. Er wünschte Esther jemanden, der ihr sein Herz öffnete und nichts zurückhielt. Sie hatte es verdient. Jeder Mensch hatte das verdient.

Das Telefon klingelte. Da Juan gerade mit seiner neuen Flamme knutschte, rannte Max hinein, um das Gespräch anzunehmen. Es war Emilio Valdés. Max war überrascht, dass selbst am Telefon zu spüren war, wie viele Fettpolster dieser Mann besaß. Auch in Kiefer und Zunge.

Das Gespräch dauerte nicht lang. Als er zurück in den Garten gehen wollte, stand Juan in der Terrassentür. »Und, wer war dran? Hatte gerade keine …«

»… keinen Mund frei?«

»Genau!« Juan knuffte ihn in die Brust.

»Es war die Polizei. Sie wollten mir noch mal danken.«

»Gibt's was Neues wegen Pickering?«

Max musste grinsen. »Ich musste etwas bohren, aber dann erzählte mir Valdés, dass Pickering nicht nur den Mord an Salinas gestanden hat. Er hatte auch die Jugendlichen engagiert, um Molotow-Cocktails auf die Bodega zu werfen. Er wollte Faustino damit unter Druck setzen, entschied sich aber dann doch für den Diebstahl. Das war schließlich auch günstiger. Doch er konnte die Flasche nur beim Besuch des Königs entwenden, denn bei den vielen Flaschen im Weinkeller konnte selbst er nicht erkennen, welcher ein 64er ist. Steht ja nicht drauf, und den Computer knacken konnte er nicht. Aber Pepe Salinas hatte ihm erzählt, dass der König bei seinem Besuch eine der beiden letzten Flaschen erhalten würde. Er hatte Pickering klarzumachen versucht, wie unmöglich es war, ihm eine Flasche abzukaufen. Doch der nutzte die Gelegenheit. Ihm steht das Wasser finanziell nämlich tatsächlich bis zum Hals. Seine Spielleidenschaft hat ihn tief in die Miesen getrieben: sein Haus ist so gut wie weg, sein Unternehmen, seine Frau wohl auch, ihm droht sogar Gefängnis. Dieser Auftrag sollte ihn retten, er war seine letzte Chance. Und dann will gerade Faustino ihm keine Flasche verkaufen. Da ist er ausgerastet.«

»Klingt fast, als hättest du Mitleid mit ihm.«

»Weißt du, kein Mensch sollte in solch eine Lage kommen. Selbst ein Drecksack wie er nicht.«

»Du bist ein unverbesserlicher Romantiker!« Juan nahm ihn kumpelhaft in den Schwitzkasten. Mit einem lauten Maunzen strich Yquem um Juans Bein. »Schau an, wer da ist. Dich krieg ich ja kaum noch zu Gesicht.« Er drückte Max etwas fester. »Los, sag es. Du willst mich doch schon die ganze Zeit fragen!«

»Bist du dir sicher?«

»Ja, sonst würde ich es nicht sagen.«

»Kann ich Yquem haben?«

Juan ließ los. »Er ist doch längst bei dir. Seine Entscheidung. Und ich werde nicht mit einem Kater diskutieren. Da verliert man immer. Schließlich hat er Krallen und ich nicht.« Er beugte sich zu Yquem und streichelte ihm über den Kopf.

»Dafür hast du ja immer eine Ana-María.«

»Das stimmt. Ich gehe nie ohne eine aus dem Haus.« Juan lachte vergnügt.

»Wieso eigentlich?«

»Wegen meiner großen Liebe, Max. Das ist ewig her, es

war zu Schulzeiten. Ich suche sie seitdem in jeder Frau und finde sie nie. Aber der Weg ist das Ziel.«

»Hast du noch Kontakt zu ihr? Zur echten Ana-María?«

»Gott bewahre, das würde ja alles kaputt machen! Los, geh zu deiner Cristina. Sie wartet doch auf dich.«

»Meinst du?«

»Ach Max, ihr Deutschen habt keinen Schimmer von Frauen. Sonst wärst du jetzt schon längst bei ihr und würdest sie nicht so allein da hinten sitzen lassen. Sie will doch, dass du kommst. Und jetzt frag bloß nicht: *Sicher?* Sonst trete ich dir in den Hintern. Rede mit ihr! Sofort.«

»Aber sie ist doch wieder mit Carlos zusammen.«

»Sieht es für dich danach aus? Hast du Carlos und Esther zusammen gesehen?«

Cristina saß mit dem Rücken zu Max auf einer Bank, die Juan aus alten Barrique-Fässern gezimmert hatte, und blickte auf die sanft ansteigenden Weinberge.

Als er sich näherte, drehte sie sich zu ihm um. »Setzt du dich ein bisschen zu mir?«

Max nahm neben ihr Platz, stützte die Ellbogen auf die Oberschenkel und legte den Kopf in die Hände.

»Welche Antwort willst du zuerst hören?«, fragte sie. »Du bekommst alle von mir.«

»Warum hast du mich angelogen, damals, als wir die Leiche fanden? Dass du noch in der Probezeit wärst?«

Cristina senkte die Augen. »Damit du Mitleid hast und mir hilfst, die Leiche zu entsorgen. Ich war so verzweifelt, Max. Es hätte mich wirklich meine Stelle kosten können, Probezeit hin oder her.«

»Und was hat es mit deinem Anhänger auf sich, dem Osborne-Stier? Pepe Salinas besaß genau den Gleichen.«

»Hast du etwa geglaubt...?«

»Nein, keine Sekunde.«

Zumindest nicht in seinem Herzen. Sein Kopf hatte argumentiert, doch sein Herz hatte sich geweigert, der Logik zu folgen.

»Mein Großvater hat dir doch gesagt, dass ich viele Enttäuschungen erleben musste, oder? Er hat mir von eurem Gespräch erzählt.«

»Ja, das hat er.«

»Pepe war eine davon. Er hat mir den Schlüsselanhänger damals geschenkt.«

»Er ist dein Exfreund? Aber warum hast du den Anhänger dann behalten?«

»Um mich daran zu erinnern, nie, nie wieder etwas mit einem Mann anzufangen, den ich nicht wirklich liebe.«

Max schwieg.

»Wenn du noch mehr Fragen hast, dann stell sie jetzt. Lass uns reinen Tisch machen, Max.«

»Warum hast du mir nicht erzählt, dass du Alejandro Escovedo kanntest. Und dass dein Großvater... vergiss die Frage. Sie ist dumm.«

»Ja, das ist sie.« Sie küsste ihn. »Ich verzeihe dir. Alles.«

»*Du* verzeihst *mir*?«

»Soll ich nicht?«

»Müsste ich nicht dir verzeihen?«

»Nein, das ist schon richtig so. Vertrau mir. Löwinnen machen nie etwas falsch. Das ist ganz einfach zu merken: Ich habe immer recht.« Sie lächelte ihn frech an.

»Löwinnen?«, fragte Max.

»Ja. Löwinnen machen nie etwas falsch. Auch die nicht ganz harmlosen wie ich. Das hat mein Großvater mir immer gesagt, als ich noch ein kleines Mädchen war.«

Max wusste, dass er nun die Frage stellen musste, die ihm am schwersten fiel. »Mit wem wollen Löwinnen denn zusammen sein? Mit Radsportlern oder Fotografen?«

Cristina strich mit der Hand zärtlich über seine Wange. »Ich weiß nicht, wie es bei anderen Löwinnen ist, aber diese hier will mit dir zusammen sein, Max.« Sie küsste ihn zärtlich. »Vergiss, was ich gestern gesagt habe, ich war wütend, enttäuscht, ich war dumm. Ganz selten passiert das auch mal einer Löwin. Aber wer mit uns zusammen ist, weiß, dass er nie darüber reden darf.«

»Und Carlos?«

»Er wusste eher als ich, dass es ein Fehler ist – und dass ich dich liebe. Ja, ich liebe dich, Max Rehme.«

»Und ich dich, Cristina Lopez.«

Sie küssten sich wieder, diesmal wollten ihre Lippen sich gar nicht mehr voneinander trennen und ihre Zungen das Liebkosen nie mehr beenden. Doch mit einem glücklichen Lächeln lösten sie sich irgendwann wieder voneinander, und Max schloss Cristina fest in seine Arme. »Was hielte die Löwin denn davon, wenn ich in Rioja bliebe und mir hier in der Gegend ein schönes Häuschen mieten würde?«

»In Spanien mietet man keine Häuser, man kauft sie.«

»Und wenn ich mir hier in Rioja ein schönes Häuschen *kaufen* würde? Weil ich immer in der Nähe meiner Löwin sein will. Und dieses Haus …«

Cristina legte ihm eine Fingerspitze auf die Lippen.

»Nicht so schnell. Wir kennen uns doch noch gar nicht lange. Und du willst schon mit mir zusammenziehen?«

Max küsste sie auf ihren schönen Hals und den Nacken, wo sie so kitzelig war. Doch sie hielt still. Für ihn.

»Ich will nur, dass du weißt, dass meine Tür immer für dich offen wäre. Dass du kommen kannst, sooft du willst, nachts Möbel umstellen, so viel du willst, und auch, dass du bleiben und es zu deinem Zuhause machen kannst. Alles kann, nichts muss. Ist das in Ordnung für eine nicht ganz harmlose Löwin wie dich?«

Sie sah ihm in die Augen, und Max sah die Liebe darin. Cristina griff sich ihren Schlüsselbund, löste den Anhänger mit dem Osborne-Stier und warf ihn weit weg. Sieben Katzen sprangen hinterher.

»Den brauch ich jetzt nicht mehr«, flüsterte sie. »Das wird mir nie wieder passieren.«

Im kühlen Schatten eines wuchtigen, alten Baumes küssten sie sich lange und leidenschaftlich, und der Geschmack von mehr lag auf ihren Lippen, doch das musste warten.

Cristinas Blick fiel auf Iker, der immer noch still am Tisch saß. Wenigstens hatte er vom Wein getrunken.

Cristina löste ihre Lippen von Max. »Was soll ich bloß machen? Ich will doch, dass er glücklich ist. Kannst du ihm etwas Tröstendes sagen? Ich weiß einfach nicht, was ich noch tun soll.«

Max drückte sie fest an sich, küsste sie sachte auf die Wange und ging zu ihrem Großvater. Bevor er sich zu ihm setzte, holte er eine Flasche Wein und schenkte ihm ein frisches Glas ein.

»Hast du schon mit Padre Loba gesprochen?«

Iker schüttelte langsam den Kopf.

»Er liebt Tiere sehr, er wird dich verstehen.«

Iker brummte. Wie ein alter Bär, der nicht aus seiner Höhle treten wollte.

Max begriff, dass es nichts brachte, weiter zu bohren. Er musste über etwas anderes mit ihm reden, damit Iker überhaupt wieder redete, seine Zunge benutzte.

»Iker, darf ich dich etwas fragen? Über den Bürgermeister von Haro? Er heißt Santamaria.«

»Ich weiß, wie er heißt. Und ich weiß, dass das nicht sein richtiger Name ist. Alejandro hat mir erzählt, dass er einen Verwandten oder Bekannten suchte, der einst nach Haro ging und dann nie zurückkehrte. Als Alejandro ihn nun in Rioja aufsuchen wollte, hatte aber niemand den Namen je gehört. Als wir uns trafen, beschrieb er mir seinen Verwandten und dessen spitzes, nahezu dreieckiges Kinn mit dem tiefen Grübchen. Da wusste ich sofort, wen er meinte.«

»Was war der Grund dafür, dass Santamaria sein Ormaiztegi verließ?«

»Die Liebe, Max. Die unerfüllte Liebe. Das sagte er zumindest. Aber ich glaube, Stolz war der Grund, warum er seine Heimat verließ. Er wollte sich nicht eingestehen, dass er, ein Nachkomme des berühmten Generals Tomás de Zumalacárregui y de Imaz von einer Frau abgewiesen wurde. Dass sie einen Mann vom Zirkus vorzog, Alejandro nämlich. Deshalb setzte Santamaria die Legende in die Welt, er sei ehrenvoll im Militärdienst gefallen wie sein Vorfahre, und setzte sich ab. Nur Alejandro wusste, das er fortgegangen war. Aber es war nicht Liebe, sondern Eitelkeit, die ihn forttrieb.« Max spürte, wie gut es Iker tat, einfach reden zu können. »María war schon damals eine ganz besondere Frau. Wusstest du, dass der alte Fernando Gefallen an ihr gefunden hat? Er sitzt jetzt nicht mehr auf der Bank vor dem Rathaus, sondern auf der vor ihrem Haus. Obwohl die viel zu sehr in der Sonne steht. *Das* ist Liebe – und kein bisschen Eitelkeit. Man sollte immer aus Liebe handeln, Max. Und zu dem stehen, was man ist. Selbst wenn man ein ...«, Iker schluckte, »selbst wenn man ein Mörder ist.«

Max fiel ein, dass er immer noch die Kette mit dem goldenen Kreuz von Alejandro besaß, und er beschloss, sie am nächsten Tag zu dessen Grab zu bringen. Das hätte er sicher so gewollt.

Iker stand nun auf und ging zu Padre Loba, um mit diesem einen langen Spaziergang zu machen.

Als sie nach über einer Stunde zurückkehrten, hatte der Geistliche einen Arm um Ikers Schultern gelegt, und der alte Mann lächelte. Dann ging er zu Juan, woraufhin beide im Haus verschwanden. Als sie zurückkamen, trug Iker eine Gitarre, und Juan hielt Kastagnetten in der Hand.

»Jota!«, rief er.

Die Musik begann. Die Gäste tanzten den uralten Tanz der Spanier, die Jota, im Dreivierteltakt durch den Garten. Ein wenig erinnerte das Ganze an Walzer, an Wien, an Opernball, aber mit Bäumen, umringt von Katzen, unter spanischer Sonne, mit Ausgelassenheit statt steifer Disziplin. Ein rauschendes Fest, wie es nur in Spanien gefeiert werden konnte.

Cristina nahm Max bei den Händen und brachte ihm die Schritte bei. Jeden Stolperer quittierte sie mit einem lachenden Kuss.

Weswegen Max sehr viel stolperte.

Es wurde ein langer Abend und eine lange Nacht. Sie war sternenklar, rein gewaschen vom Regen.

Und irgendwann lagen Max und Cristina im Gras, und Max erzählte ihr von seiner Heimat, von Köln. Und vom Dom. Vom Rhein. Vom nahe liegenden Ahrtal, den steilen Weinbergen dort und dem zauberhaften Essen.

Er wollte alles mir ihr teilen. Sein ganzes Leben.

Yquem kletterte über Max' Bauch, legte sich in die Kuhle zwischen den beiden, und sie schliefen ein.

Und in dieser Nacht lernte Max etwas Neues über Tempranillo.

Keine Rebsorte bescherte schönere Träume.

Danksagungen

Mein Dank geht an die Grupo Faustino, besonders an alle, die mit den Bodegas Faustino und Campillo zu tun haben. Ohne sie wäre dieser rechercheaufwendige Roman nicht zu stemmen gewesen – zudem habe ich ihre Weine beim Schreiben dieses Buches getrunken, um Rioja so wie Max in meinem Blut zu spüren.

An den deutschen Importeur der Faustino-Weine, Mack & Schühle, besonders Denis Kirstein für seine Unterstützung.

An Armin Faber (www.faberpartner.de), den für mich begnadetsten aller Weinfotografen, ohne den es dieses Buch nicht geben würde und ohne den Max nicht Fotograf wäre. Beim Betrachten seiner Bilder kann man den Wein förmlich auf der Zunge spüren.

An das Restaurant »Vieux Sinzig« von Jean-Marie Dumaine, der mir während einer Lesung die Möglichkeit gab, die letzten Zeilen des Romans zu schreiben – da am nächsten Tag Abgabe war. Und mich dabei auch noch königlich verpflegte!

An Jürgen Mathäß, der mich einst für die Weine Spaniens begeisterte und das Feuer legte, das in diesem Roman brennt.

An Gerd Henn, Uwe Voehl und Hagen Range fürs Gegenlesen.

An mein schlechtes Gewissen, das niemals lockergelassen hat.

An meine Familie, für alles.

Und da ich es bisher bei meinen Büchern schmählich vergessen habe und man es sich mit Gottheiten nicht verderben sollte: ein Dank an alle Musen, die mich küssen.

KAPITEL 1

Das Leben ist wie eine Schachtel Pralinen …

… nämlich viel zu schnell zu Ende.

Die Dampflok hielt schnaubend und mit quietschenden Bremsen im Bahnhof der westflandrischen Stadt Brügge, der wie eine Insel des Lichts im Dunkel der herbstlichen Nacht aufgetaucht war.

Natürlich dampfte der Zug nicht, schließlich war dies das 21. Jahrhundert, doch für Prof. Dr. Dr. Adalbert Bietigheim, Inhaber von Deutschlands einzigem Lehrstuhl für Kulinaristik, fühlte es sich so an. Schließlich strahlte Brügge Tradition und Historie aus, wie eine gute Tasse Tee Wärme und Wohlgefühl. Gerade war ihm allerdings nicht nach Tee, und das wollte wirklich etwas heißen. Gerade war ihm nach Zorn, gerechtem Zorn. Kaum aus dem Zugabteil gestiegen, ging Adalbert forschen Schrittes zur Lok, seinen Foxterrier Benno von Saber ungestüm bellend im Schlepptau. Mit dem goldenen Knauf seines Gehstocks pochte er erbost an die Scheibe des Führerhauses. Das Fenster wurde zur Seite geschoben.

Von einem mampfenden Mann, eine Tasse heißen Tee in der Hand – Bietigheim erschnupperte eine Feld-Wald-und-Wiesen-Schwarzteebeutelmischung. So einer war das also.

»Goedenavond«, grüßte der Mampfer ihn.

Belgisch, oder korrekter das belgische Niederländisch, war eine von Bietigheims leichtesten Übungen. Eng verwandt mit dem Niederdeutschen, seiner Meinung nach eine rustikale Unterform. Passte zu dem Burschen.

»Anderthalb Stunden zu spät! Für solch eine läppische Strecke! Jetzt ist es mitten in der Nacht, schon nach elf Uhr. Denken Sie, ich habe meine Zeit gestohlen?«

»Nein.«

»Habe ich auch nicht. Da hätte ich ja zu Fuß von Hamburg aus kommen können!«

»Bestimmt ein schöner Spaziergang.«

»Jetzt werden Sie mal nicht frech!«

Der Lokführer biss in eine Stulle. »Zurzeit werde ich nur satt.« Er lehnte sich hinaus und bot Bietigheim seinen Tee an. »Auch einen Bissen? Oder einen Schluck? Ist gut für die Nerven, irre gesund.«

»Erzählen Sie mir nichts über Tee! Ich bin Professor Dr. Dr. Adalbert Bietigheim!«

»Sie kommen mir irgendwie bekannt vor. Sind Sie nicht Fernsehkoch?«

»Professor!«

»Ich hab Sie mal irgendwo gesehen – da waren Sie aber viel netter.«

»Das kann nicht sein. Ich bin nicht nett. Ich bin Gelehrter!«

Der Lokführer nahm noch einen Schluck und lächelte zufrieden. »Genießen Sie den Abend. Ist es nicht ein wundervoller Abend? So warm, und die Sterne. Herrlich. Ich fahre jetzt nach Hause zu meiner Frau und lege die Füße hoch. Und morgen beginnt die Weltmeisterschaft der Chocolatiers. Die sollten Sie sich anschauen, Schokolade ist nämlich auch gut für die Nerven.«

Er schloss das Fenster und wandte sich ab.

Adalbert schlug noch einige Male mit seinem Spazierstock dagegen, doch es wurde nicht mehr geöffnet.

Die Nacht funkelte sternenklar über ihm, und der Wind blies eine angenehm kühle, salzige Brise von der nahen Nordseeküste über die Bahngleise. Brügge meinte es gut mit Bietigheim. Seinen ledernen Koffer in der Hand, wandte er sich von der Lok ab und machte sich auf den Weg zum Hotel. Wie immer trug er einen Maßanzug von einem der besten Schneider der Londoner Einkaufsstraße Savile Row sowie handgenähte Budapester Schuhe aus Vigevano. Seine rote Seidenfliege lockerte er für den Spaziergang nur wenige Millimeter. Nur eine Viertelstunde zu Fuß, für einen Hamburger ein Klacks. Womit Adalbert Bietigheim jedoch nicht gerechnet hatte, war, dass es zwar nur ein kurzes Stück Weg, doch eine Reise in der Zeit war. Je näher er dem mittelalterlichen Zentrum der Stadt kam, das von der UNESCO zum Weltkulturerbe erklärt worden war, desto mehr wurde die Uhr zurückgedreht, um Jahre, Jahrzehnte, Jahrhunderte. Brügge war fraglos das größte Freilichtmuseum Belgiens. Die Altstadt war von Wallanlagen mit Windmühlen und Kanälen umgeben, die von keinem Krieg und durch keinen großen Brand zerstört worden waren.

Jetzt, kurz vor Mitternacht, waren nur ganz vereinzelt Menschen unterwegs, Brügge war eine Stadt der Schatten und, mehr noch, der Dunkelheit, die sich in den engen Gassen wohlfühlte und Passanten auflauerte. Es hätte nur noch gefehlt, dass Bodennebel durch die Stadt kroch, doch auch so spürte Benno von Saber die unheimliche Stimmung und hielt sich nahe bei Adalbert Bietigheim, als sie über das Kopfsteinpflaster gingen.

Als Bietigheim in die Lendestraat einbog, gingen plötzlich sämtliche Lichter aus. Stromausfall. Das passierte wohl öfter. Ohne elektrischen Strom war die Illusion perfekt: Er befand sich im Mittelalter. Im wortwörtlich dunklen Mittelalter, in dem das Funkeln der Sterne und das Leuchten des Mondes um so vieles heller erschienen. Schon nach kurzer Zeit flackerte Kerzenlicht in einigen Häusern auf. Hier war man anscheinend gut vorbereitet.

Der salzige Geruch der Nordsee war innerhalb der alten Befestigungsanlagen kaum mehr wahrzunehmen, stattdessen schien es, als habe sich der Duft von Schokolade tief in das Mauerwerk geprägt, welches nun eine süßliche Note verströmte.

Adalbert war nicht überrascht, als plötzlich ein Nachtwächter mit weitem Umhang, Schlapphut, Signalhorn, Hellebarde und Laterne um die Ecke bog. Viel mehr verwunderte ihn die neumodisch gekleidete Gruppe hinter diesem.

»Guten Abend, Herr Professor.« Der Nachtwächter zog den Hut und verbeugte sich tief.

Verdutzt nickte Adalbert. Kannte er den Mann? Nun ja, dieser kannte zumindest ihn. Merkwürdig.

Bietigheim ging weiter, seine Schritte hallten durch die menschenleeren Gassen, bis endlich der Grote Markt mit dem stolzen Belfried an der Südseite vor ihm auftauchte. Es war zweifellos einer der schönsten Plätze Europas, 110 Meter lang und 68 Meter breit, neun Straßen trafen auf ihn, wie Adern in ein pumpendes Herz. Auf der Westseite stand das Haus Craenenburg mit dem gleichnamigen Café, die Ostseite des Marktes prägte das neogotische Provinzialratsgebäude mit der Wohnung des Gouverneurs von Westflandern, und die Nordseite schließlich bot wundervoll farbige, alte Zunfthäuser – und fast in jedem ein Restaurant.

Plötzlich war der Spuk vorbei, und mit einem Schlag gingen die Lichter wieder an. Adalbert schirmte seine Augen gegen den Schein der Straßenlaterne über ihm ab. Ein junges Pärchen schlenderte auf den Professor zu, er hatte seinen Arm um sie gelegt, das leichte Torkeln deutete auf übermäßigen Alkoholkonsum hin, vermutlich belgisches Bier. Der junge Mann hatte einen Glatzkopf und trug trotz der Kühle der Nacht nur ein Harley-Davidson-T-Shirt, sie ein Pailettenkleid – und sie sang. Adalbert konnte sich verhört haben, aber es klang wie »smakelijk chocolade, verleidelijk chocolade« – leckere Schokolade, verführerische Schokolade. Und obwohl ihre Stimme auch ganz leicht torkelte, klang sie wunderschön und ließ das düstere Brügge sogleich viel heimeliger erscheinen.

»Guten Abend, Professor Bietigheim. Schön, dass Sie da sind!«, sagte der Mann.

»Und das ist der kleine Benno von Saber«, ergänzte die junge Frau, bevor sie sich hinkniete und den Foxterrier am Köpfchen kraulte. »Du bist ja so ein süßer kleiner Teufel.«

Sie hatte lange braune Haare und ein sehr hübsches, ein wenig puppenhaftes Gesicht mit ausdrucksstarken Augen. Ihre Haut war leicht gebräunt – fast wie Vollmilchschokolade.

Ihr Begleiter rief plötzlich in Richtung des Platzes: »Er ist hier! Der Professor ist hier!«

Aus den dunklen Ecken lösten sich Gestalten, und plötzlich war Adalbert Bietigheim von gut zwanzig Menschen umringt, die ihn willkommen hießen.

»Wir freuen uns so, Sie zu sehen!«, sagte eine ältere Frau, die ihrer gemütlichen Körperfülle zufolge jeden Tag einen Klotz Butter, dick mit Margarine bestrichen und Sahne besprüht, aß, umarmte Adalbert und drückte ihm einen feuchten Kuss auf die Wange. Ja, gab es denn so was!? Was sollte dieser Rummel? Hatte sich etwa seine Aufklärung der Teemordserie bis nach Brügge herumgesprochen oder dass er es war, der das Rätsel um den Käsemörder im Burgund gelöst hatte? Oder hatten sie alle seine bahnbrechende Abhandlung über »Belgisches Bier – Vom Brauen als Kunst und Resteverwertung von Obst« gelesen? Wie auch immer, verdient hatte er diese Bewunderung mit Sicherheit. Und mehr als das! Aber diese Knutscherei musste trotzdem nicht sein.

Bietigheim löste sich aus der Umarmung, zog den ebenfalls heftig beschmusten Benno zu sich und ging über den beeindruckenden Marktplatz Brügges in Richtung Belfried.

Dann sah er es.

Vor dem Rathaus hing ein riesiges Banner zur »Weltmeisterschaft der Chocolatiers« mit dem Konterfei des Vorsitzenden der internationalen Jury: ihm selbst. Gezeichnet als Comicfigur, die gütig lächelnd in eine Tafel Schokolade biss. Wie ein netter Onkel, der den Kinderchen Süßes schenkt. Daneben Benno von Saber mit Kochmütze mit Kochlöffel in der Pfote. Solch eine Verdrehung der Tatsachen! Schokolade war doch nicht zum Vergnügen da! Und dies war immerhin eine Weltmeisterschaft, also eine ernst zu nehmende Angelegenheit! Fast schon eine Art Krieg. Statt Waffen schwangen die Gegner Schneebesen, statt mit Patronen erledigten sie den Gegner mit Kakaobutter, aber ansonsten: völlig gleich.

Adalbert Bietigheim dampfte innerlich. Und dann dampfte er ab zum Hotel, schnellsten Schrittes, niemanden, der ihn erkannte, eines Blickes würdigend.

Das »Relais Bourgondisch Cruyce« lag in der Wollestraat und galt als erstes Haus am Platz. Eine echte Schönheit. Das kleine, alte Luxushotel war direkt an einen der Kanäle gebaut, die die Stadt durchzogen. Sie wurden Reien genannt, wegen des im Mittelalter kanalisierten Flüsschens Reie, auf dem die Waren zum Meeresarm Het Zwin transportiert worden waren. Das Hotel war eines der ältesten Gebäude Brügges, seine hölzerne Front eines der meistfotografierten Motive der Stadt.

Adalbert hielt Benno die Tür auf und schlug mit solch einer Kraft auf die Tischglocke, dass sie eigentlich in dem Tresen hätte versinken müssen.

»Professor Bietigheim ist eingetroffen und wünscht, auf sein Zimmer gelassen zu werden!«, verkündete er lautstark. »Sein getreuer Hund ist ebenfalls im Hotel!« Er warf Benno einen stolzen Blick zu, während dieser sich ausgiebig am Ohr kratzte.

»Oh, Sie sind es! Herzlich willkommen im ›Relais Bourgondisch Cruyce‹. Wir freuen uns sehr, dass Sie hier sind.«

»Ich mich auch. Denn der Tag war lang, und ich möchte

möglichst schnell nächtigen. Die Schlüssel bitte.« Er streckte die Handfläche auffordernd über den Tresen.

Die junge, rotlockige Rezeptionistin legte ein Anmeldeformular hinein. »Das Chocomuseum hat ein sehr schönes Zimmer für Sie reservieren lassen.«

»Welche Kategorie?«, fragte Adalbert, während er das Formular akribisch mit seinem Füllfederhalter ausfüllte.

»De luxe.«

»Ich darf annehmen, dass dies die höchste ist?«

»Äh ... nun ja, eigentlich nicht.«

»Dann erhöhen Sie. Geben Sie mir Ihr schönstes freies Zimmer. Der Veranstalter zahlt.«

»Wir hätten aber nur noch eine Suite mit Marmorbadezimmer, ›Rouge Royal‹, für 450 Euro die Nacht.«

»Gerade gut genug.« Er pustete über die Tinte und reichte das Formular zurück.

Endlich übergab sie ihm den Schlüssel.

Forsch schloss Bietigheim die Suite auf, Benno rannte als Erster hinein und bellte vorsorglich in alle Ecken. Hm, ja, sah aus wie bei Königs zu Hause. Himmelbett, Stilmöbel, Ralph-Lauren-Bettwäsche, es lag sogar eine ganze Tafel Edelschokolade auf dem spitzenbedeckten Kopfkissen. Es war die Schokolade zur Weltmeisterschaft, und da deren Thema »Schokolade & Wein« lautete, war sie auf Bietigheims Wunsch hin mit moselanischem Riesling aus St. Aldegund angereichert worden. Er brach sich flugs einen Riegel ab und ließ ihn mit geschlossenen Augen am Gaumen schmelzen. Wundervoll! Nichts war besser für die Seele. Die Lieblingsspeise der Schlaraffen.

Adalbert ließ Benno etwas Wasser in einen mitgebrachten goldenen Napf ein, sortierte penibel seine Kleidung in die Schränke, stellte seine handgefertigten Lederschuhe ordentlich nebeneinander vor die Tür zum Wienern, glättete mit dem Reisebügeleisen seine – passend zum Anlass –

vollmilchschokoladenbraun gepunktete Fliege, zog sein knielanges Nachthemd an – ein Familienerbstück seines Großvaters – und öffnete das Fenster, um hinaus auf den Kanal zu blicken. Tief atmete er die kühle Nachtluft Brügges ein, während Benno sich neben ihm auf die Hinterläufe stellte, die Pfoten auf das Fensterbrett und seine Nase in den leichten Wind streckte.

Morgen würde die Weltmeisterschaft der Chocolatiers mit der Vorstellung der für die Endausscheidung nominierten Top Ten im Schokoladenmuseum der Stadt beginnen. Noch sah hier alles ganz friedlich aus – das würde sich bald ändern.

Ein einsames Ruderboot glitt völlig unbeleuchtet durch den Kanal vor seinem Fenster, ganz eng ans Ufer gedrückt, wo es nicht auffiel. Der Ruderer machte kaum Geräusche – und ließ langsam etwas ins schwarze Nass gleiten, das sofort versank, bevor er selbst wieder in den Schatten der Stadt verschwand.

Müllentsorgung auf Belgisch, dachte Bietigheim.

Bestimmt eine jahrhundertealte Tradition.

Das Glockenspiel des Belfried weckte Adalbert Bietigheim um sechs Uhr früh sanft aus seinen Träumen. Zu seinen Füßen hatte Benno sich auf den Rücken gedreht, seine Beine zuckten, er jagte wohl Kaninchen oder seinen eigenen Stummelschwanz. Adalbert nahm eine kalte Dusche, seifte dabei die Körperteile in der korrekten Reihenfolge ein, kleidete sich an und begab sich zum Frühstück. Er beanspruchte selbstverständlich den schönsten Platz am Fenster mit Blick auf den Kanal, obwohl dieser eigentlich für einen Stammgast reserviert war, und setzte zudem durch, dass Benno von Saber auf dem Stuhl neben ihm Platz nehmen durfte. Keine Widerrede! Die Zeitung wurde ihm – wie gewünscht gebügelt – an den Tisch gebracht.

»De Standaard« berichtete auf der Titelseite über die

Weltmeisterschaft – obwohl die Regierung mal wieder kriselte und die Flamen ihre Unabhängigkeit lautstark forderten. Aber Schokolade ging in Belgien nun mal vor. Auf der Titelseite: die Chocofee, neue Galionsfigur des Schokoladenmuseums und nun auch der Weltmeisterschaft. Sie trug ein Kostüm, für den der Ausdruck ›Hauch von Nichts‹ erfunden worden war. Ein schulterfreies Negligé aus weißer, fast völlig transparenter Seide, mit Spitzenbesatz in Blütenform am oberen Ende, das von braunen Lederriemen auf ihrem schönen Körper gehalten wurde. Der Stoff gab alles darunter preis – auch dass es darunter kaum weiteren Stoff gab. In ihrem voluminös toupierten braunen Haar steckten unzählige Kakaoblüten, die aussahen wie rosa-weiße Lilien. Auf ihrer Brust eine weitere große Kakaoblüte sowie eine Brosche mit zwei Astern, als Armreifen Rosen und um die Hüfte ein Band aus Orchideen. Das Gesicht ... es kam ihm bekannt vor ... puppenhaft schön ... das war doch ... aber ja ... tatsächlich! Die junge Frau vom Vorabend! Die Sängerin, welche Benno gleich so ins Herz geschlossen hatte.

Dem Bericht zufolge würde sie heute die Vorstellung der zehn besten Chocolatiers der Welt übernehmen. Die Teilnehmer waren schon seit einer Woche hier, hatten Zeit gehabt, sich aneinander zu gewöhnen, ans Englische, das während der Weltmeisterschaft von allen gesprochen werden musste, und alle ihre zum Teil exotischen Zutaten zu organisieren. Adalbert würde sich gleich auf den Weg zum Schokoladenmuseum machen – aber erst nach einem ausgiebigen Frühstück, bei dem nicht gehetzt wurde, sonst konnte man es auch gleich sein lassen.

Der Ort des offiziellen Startschusses, das Schokoladenmuseum, lag in der Wijnzakstraat 2 am Sint-Jansplein, einem Platz im Stadtzentrum. Es war nicht zu übersehen. Für ein Gebäude dieses Alters – errichtet worden war es im Jahr 1480 – war seine vierstöckige Bauweise in Brügge eine echte Seltenheit. Bietigheim hatte sich selbstverständlich im Vorfeld informiert, weshalb er wusste, dass hier einst eine Weinstube existiert hatte, die Fässer lagerte und weiterverkaufte – wie passend.

Ein roter Teppich war bereits vor dem Eingang ausgerollt worden, und eine flämische Musikkapelle in Tracht stand daneben und rauchte Zigaretten, als gelte es, den gesamten Platz einzunebeln. In den Rauch trat eine Frau wie eine Erscheinung. Ach was, keine Frau, ein Weib! Eine Matrone, eine ... Walküre! Blond gelocktes Haar, breite Schultern, ein imposanter Busen, eine herrische Haltung. Sie trug zwar ein rotes Brokatkleid, das aussah wie eine Gardine, doch sie trug es wie ein Kettenhemd. Sie breitete die Arme aus und schloss Adalbert in dieselben, drückte ihm Küsse mit der Wucht von Backpfeifen auf die Wangen und stellte sich erst danach vor. Es war Josephine-Charlotte Baels, die Organisatorin, die Gastgeberin, die Herrin der Weltmeisterschaft. Belgiens erste Dame der Schokolade, Gründerin des Museums, eine direkte Nachfahrin von Jean Neuhaus, der 1912 im Keller seiner Brüsseler Apotheke Creme in eine Schokoladenhülle füllte – und damit die belgische Praline erfand. Diese Frau war fleischgewordene Schokoladengeschichte.

»Treten Sie ein in die gute Stube. Aber putzen Sie sich vorher bitte die Schuhe ab!«

Eine Frau, die Wert auf Sauberkeit legte, war eine Frau nach Adalberts Geschmack!

Doch als er eintreten wollte, hinderte ihn einer der livrierten Lakaien daran und blickte streng auf Benno. »Hunde sind im Museum nicht erlaubt.«

»Das ist kein Hund, das ist Benno von Saber. Sein Stammbaum ist länger und edler als der Ihrige. Er ist mein Personal Assistant und weiß sich sehr wohl zu benehmen.« Ohne den Hanswurst eines weiteren Blickes zu würdigen, marschierte Adalbert hinein, Personal Assistant Benno mit stolz erhobenem Kopf an seiner Seite.

Die Grandezza des alten Hauses war unübersehbar, doch es war viel kleiner und enger als erwartet, verschachtelt und verwinkelt, wie die Altstadt Brügges. Die Walküre nahm seine Hand und führte ihn das Treppenhaus empor.

»Gestern gab es bereits eine kleine Zusammenkunft der Top Ten, ein letztes Mal unbeschwert zusammen sein, bevor der Wettkampf startet. Es ging bis spät in die Nacht, unsere bezaubernde Chocofee war auch zugegen, und einige lokale Berühmtheiten durften natürlich ebenfalls nicht fehlen. Wie schade, dass Sie nicht dabei waren!«

»Professionelle Distanz«, antwortete Bietigheim. »Man darf sich mit den Wettbewerbern nicht gemein machen, schließlich muss man sie bewerten und kritisieren. Ich bin ihr Richter – und für einige der Henker.«

Madame Baels lächelte. »Oh, là, là, Professor Bietigheim. Das soll hier doch kein Schlachtfest werden!«

»Obwohl der Schotte Edward Macallan einige seiner Pralinen mit Blut anrührt.«

»Hören Sie mir bloß auf mit Macallan! Solch ein Krawallbruder!«

Sie führte ihn lautstark durch die verschiedenen Etagen des Museums, in denen Herstellung und Historie der Schokolade ausführlich dargestellt wurden. Es gab sogar einen künstlichen Kakaobaum. Eine ganze Horde Putzfrauen war unterwegs, um alles auf Hochglanz zu polieren und die Spuren der nächtlichen Feier zu beseitigen – Madame Baels trieb sie mit harschem Ton an. Bietigheim dagegen schenkte die Herrin des Hauses ihr süßestes Lächeln. »Sie sehen, hier oben ist bereits alles très chic, nur in unserer Versuchsküche müssen die Damen noch ordentlich ran, da muss natürlich auch alles tippitoppi sein!« Den letzten Teil des Satzes sagte sie so laut, dass die Putzfrauen ihn nicht überhören konnten. Auch nicht die Putzfrauen aus dem Nachbarhaus.

»Haben Sie schon die Wettquoten gesehen?«

»Die ... was haben Sie gesagt, Gnädigste?«

»In England bei den Buchmachern ist Urs Egeli, der Schweizer Chocolatiermeister, haushoher Favorit. Pierre Cloizel aus Frankreich folgt dahinter und mit etwas Abstand Edward Macallan. Wunschdenken, wenn Sie mich fragen. Macallan ist bloß ein verrückter Außenseiter, Egeli dagegen ein Großmeister, und Cloizel will die Krone unbedingt, ohne Frage. Und er hat immerhin ein französisches Schokoladenimperium hinter sich.«

»Ich weiß nicht, ob Sie es wussten, aber einst waren es die Spanier, welche die Schokolade nach Frankreich brachten«, setzte Adalbert an, der diese überwältigende Frau von Anfang an mit seinem Wissen zu überwältigen gedachte. »Es war 1615, als die spanische Infantin Anne von Österreich den französischen König Ludwig XIII. ehelichte. Erst dank ihr fand die Schokolade den Weg vom spanischen Königshof, wo sie schon Mode war, in die Grande Nation. Im Jahre 1659 …«

»… wurde dann ein Königliches Privileg für den Vertrieb einer ›Komposition, die sich Schokolade nennt, als Getränk, Pastillen oder in Dosen‹ an den Franzosen David Chaillon ausgestellt. Wie könnte ich dies nicht wissen, mein lieber Professor Bietigheim?«

Zunder und Donner, was für ein Weib. Schön und klug!

»Wissen Sie denn, dass auch Ludwig XIV. eine spanische Königstochter …«

»… ehelichte? Natürlich. Maria-Theresia. Durch sie wurde Schokolade in Versailles erst richtig en vogue. Dreimal die Woche wurde Kakao serviert. Die kleine Küstenstadt Bayonne wurde aufgrund von Juden, die vor der Inquisition nach Frankreich flohen, zum Zentrum der Schokoladenwelt, und 1780 …«

»… wurde dort die erste mechanisierte Schokoladenfabrik errichtet! Potztausend. Sie sind eine Frau ganz nach meinem Geschmack, wenn ich das sagen darf.«

»Aber immer gern.« Sie lächelte verschmitzt und hakte

sich bei ihm ein. »Und nun kommen wir in den inspiriertesten Teil unserer Ausstellung. Kunst aus Schokolade! Ihnen werden die Augen übergehen – auch weil Sie unbändigen Appetit bekommen werden.«

Benno sah sich um – Appetit hatte er augenscheinlich jetzt schon. Die Frage war nur, in welche Schokolade er zuerst beißen sollte. Sein Köpfchen schoss ständig von einer zur anderen Seite.

Die hohen Decken und die weißen Wände des großen Raums wirkten majestätisch und bildeten den perfekten Rahmen. Ein großes, mannshohes Schokoei mit Schleife kündete von der Eröffnung des Museums 2004, doch was folgte, waren keine Weihnachtsmänner und Osterhasen, sondern wahre Kunstwerke. Die Skulpturen waren teils sehr realistisch, teils abstrakt und erinnerten an Rodin, Giacometti oder Henry Moore. Für Adalberts Geschmack alles viel zu modern.

Eine junge Frau lief aufgeregt hinein. Sie trug ein schokoladenbraunes Etuikleid, schokoladenbraune Ballerinas, ihre Haare waren dunkel wie hundertprozentige Schokolade, und ihre Zähne waren ... blendend weiß. Ihr Namensschild wies sie als Mareijke Dovendaan aus.

»Madame Baels! Unsere Chocofee ist nirgends zu finden. Dabei sollte Bea schon seit einer Stunde hier sein. Und sonst ist sie immer pünktlich. Wir müssen ihr doch noch das Kostüm anziehen und sie schminken, das schaffen wir schon gar nicht mehr vor der Pressekonferenz!«

»Haben Sie versucht, Bea auf dem Telefon zu erreichen?«

»Natürlich, Madame Baels. Seit einer Stunde, Festnetz und Handy. Habe auch bei ihren Eltern angerufen und in dem Studio, wo sie ihr Album aufnimmt. Sie ist nirgendwo. Und keiner weiß was.«

Madame Baels tststste. Und wie sie das machte. Laut und vorwurfsvoll, wie es nur die Besten hinbekamen. Dann musterte sie ihre Mitarbeiterin. »In diesem Fall ziehen Sie halt das Kostüm an. Hopphopp!«

»Aber wir haben Bea angekündigt! Und sie sollte doch das Lied zur Weltmeisterschaft singen.«

»Playback!«

Professor Adalbert Bietigheim tippte Madame Baels sachte auf die Schulter, doch diese reagierte nicht.

»Aber es gibt doch auch ein Fotoshooting neben ihrer Schokoladenskulptur. Da fällt auf, dass ich nicht sie bin.«

»Abgesagt!«

Bietigheim versuchte es abermals, diesmal fester, denn er hatte etwas entdeckt. Es war groß. Und ziegenkäseweiß.

»Und sie sollte sich ins Goldene Buch der Stadt eintragen!«

»Meinetwegen fälschen Sie die Unterschrift, merkt sowieso kein Mensch.«

Bietigheim griff nun zu drastischeren Maßnahmen. Er schüttelte Madame Baels an der Schulter.

Endlich drehte sie sich um. Ihr Blick herrisch, wie der einer nordischen Göttin.

Bietigheim schmolz dahin wie Schokolade im Hochsommer.

»Ich bin mir ja nicht sicher«, begann er, »also nicht völlig. Aber ich glaube, dass dieser Mann hier, nun ja, dass er, wie soll ich es sagen, normalerweise anders aussieht. Gesünder.«

Im Raum war ein Mann aufgetaucht. Eine Bergkette von einem Mann. Mindestens Alpen, vielleicht sogar Himalaja. Beim heiteren Beruferaten hätte bei ihm niemand auf Chocolatier getippt, eher auf Mammutmetzger. Doch es war, wie Bietigheim wusste, Franky van der Elst, der belgische Kandidat. Seine blasse Haut war stets gerötet, seine Schweinsäuglein leicht glasig. Er hatte ungefähr die Ausmaße von Bietigheims altem Freund, dem Rocker Pit Kossitzke, doch bei diesem lagen mächtige Muskeln unter dem

Speckmantel, wogegen bei van der Elst vor allem eines unter dem Speck lag: noch mehr Speck.

Van der Elst war blass. Wo auch immer sein Blut steckte, es war nicht zu sehen. Er zeigte in Richtung der Demonstrationschocolaterie, in welcher vor den Augen der Besucher und geschützt durch eine deckenhohe Plexiglasscheibe Pralinen und Schokoladen erzeugt werden konnten.

»Die Skulptur«, stotterte er. »Die gehört da nicht hin.«

»Mein lieber van der Elst«, erwiderte Madame Baels genervt. »Skulptur hin oder her, wir haben gerade ganz andere Sorgen.«

Bietigheim blickte um die Ecke in die Chocolaterie und ging ein paar Schritte näher. Er schreckte zurück. Dann machte er eiligst kehrt und ergriff Madame Baels' Hand. Sie war groß, fleischig und mit festem Griff. Atemberaubend, diese Frau! Nur widerwillig ließ sie sich mitziehen.

»Diese Skulptur, von der Mijnheer van der Elst spricht … also, sie ist wohl gar keine. Nicht im eigentlichen Sinne.«

Er zog Madame Baels vor die Plexiglasfront.

»Was reden Sie denn da, Herr Professor? Fangen Sie nicht auch noch …«

Doch weiter kam sie nicht, denn ein Schrei aus der Kehle Mareijke Dovendaans zerriss die Luft. Und sie hörte erst auf zu schreien, als Madame Baels ihr eine scheuerte.

Erst danach erblickte die Museumsleiterin den Grund des Schreckens und verhinderte nur durch beherztes Pressen der Hand auf ihren Mund eine ähnlich lautstarke Gefühlsäußerung.

Auf der riesigen Marmorplatte der Chocolaterie, auf welcher sonst die Schokoladenmasse bewegt wurde, um sie kontrolliert und gleichmäßig abzukühlen, lag etwas definitiv Abgekühltes. Eine tote Frau. Sie war nackt, soweit man dies sagen konnte, da ihr ganzer Körper, auch ihr Gesicht und ihre Haare, von Schokolade überzogen waren. Ihr Mund stand offen und war bis zu den Lippen mit Kuvertüre gefüllt worden.

»Sechzigprozentige Madagaskar-Kuvertüre von *Walrhano,* würde ich meinen«, sagte Bietigheim, der den besonderen Farbton sofort wiedererkannt hatte. »Gehe ich recht in der Annahme, dass wir die Chocofee hiermit gefunden haben?«

»Absolut, Professor«, sagte Madame Baels, um Atem ringend.

Dann fiel sie in Ohnmacht.